딱 잘라 말한 토오야마에게
가냘픈 목소리가 돌아왔다.
아니, 완전히 울먹이는 목소리다.
하지 마, 진짜 그러지 마.

"……역시, 화내고 있구나…….
싫, 겠지,
내가."
아리스
드랄 플레어테일
'수집룡'이라 불리는 용.
인간은 접촉조차 할 수 없는 상위 생물.
그 절대적인 힘 때문에
세상에 싫증이 나 있었는데……?

"반했나?"

"시끄러, 갑옷쟁이."

토오야마 나루히토

누군가에게 뭔가를 받는 것을 당연하다 여기지 않고
고생마저도 자신의 것으로 삼는 탐욕스러운 모험가.
꿈은 '호숫가에 집을 짓는 것'.

현대 던전 라이프의 다음 생은

이세계 오픈월드에서!

The Continuation of Modern Dungeon Life
Have Fun in an Another World,
Like an Open World!

1

시바이누 부타이

illust
히로세

CONTENTS

일러스트 / 히로세

The Continuation of Modern Dungeon Life
Have Fun in an Another World, Like an Open World!

1

프롤로그 / 어느 탐색자의 최후

호숫가에 작은 집을 짓고 싶었다.

토오야마 나루히토는 문득 생각했다. 배에 난 커다란 상처, 내장까지 헤집은 그 상처의 고통은 진작에 사라졌고 그저 따뜻했다.

"경치, 한 번 좋구나…… 젠장."

미군의 불하품 경매에서 얻은 구식 M1911권총, 괴물의 머리를 계속해서 부숴 온 전투용 망치도 이젠 그 손에는 없었다. 어금니 뒤에 넣어 둔 이모탈의 이름을 내건 던전용 재생 약품도 피를 멎게 해주지 않았다.

눈앞에는 푸르른 대초원. 싱싱한 녹음의 냄새가 바람을 타고 코를 간질인다. 아직 후각은 죽지 않았다.

현대 던전 속에 펼쳐진 파노라마 속, 다리를 질질 끌고 피를 흘리면서 홀로 나아간다.

"……맞다, 컴퓨터의 하드…… 처분, 해야지……."

헛소리를 중얼거리면서 토오야마는 떠올렸다. 집은 모던한 통나무집. 다다미 매트를 깔아서 나는 부드러운 골풀의 향기. 물론 냉난방에 바닥 난방 완비. 화목난로나 피자 화덕도 마련하고 싶다. 겨울엔 따뜻하고 여름엔 시원한, 그런 집.

"괴물 원숭이 놈이…… 꼴 좋다……."

호숫가에는 사우나를 짓자. 아침에, 아직 새도 일어나지 않은 시간부터 사우나에 들어가고 아무도 들어가지 않은 호수에서 몸을 식히자. 그리고 하늘을 올려다보면서 물 한 잔 마시고, 하늘 높이 일렁이는 하얀 구름을 보며 꾸벅이다 다시 잔다.

"진짜 큰일 났네. 죽겠어, 이거."

나만의 집을 짓고 싶었다.

거기에는 전속 셰프와 빵 장인이 있어서 그날의 기분에 맞춰서 갓 구운 빵이 나온다. 토오야마는 이루어지지 않을 꿈을 꿨다.

"폼 잡는 게 아니었어, 진짜."

계속해서 걷는다. 한 걸음 나아갈 때마다 배에서 피가 계속 떨어졌다. 멈추지 않는다. 죽어 가는 몸과는 반대로 머리는 이상하게 맑아서 이루고 싶었던 욕망의 광경을 떠올리고는 입 밖으로 흘렸다.

개도, 키우자.

시바견이든 뭐든 좋다. 어느 정도 크고 복슬복슬한 녀석이 좋다. 그 집에 가끔 마음이 잘 맞는 동료를 불러서 술을 마시고 떠들고 노래하고 수영하고 맛있는 걸 먹고, 그리고, 그리고—.

털썩.

"돈, 돈도 부족하지 않으니…… 먹고 싶은 걸 먹고 싶은 만큼 사고, 영양 균형이 잡힌 최고의 식사를 준비하고, 마시지도 않을 쓸데없이 비싼 술을 사고, 쓰지도 않는 가전을 사고…… 사치를, 부리고."

갑자기 무릎의 힘이 풀렸다. 바닥을 향해서 쓰러졌다. 충격으로 내장이 흘러나왔나 하고 착각했지만, 아직 괜찮은 것 같다. 하지만 몸이 이상하게 따뜻했다.

아아, 자신의 피로 생긴 웅덩이인가. 토오야마는 이제 희미하게 웃는 수밖에 없었다. 콧속에서 초원의 싱그러운 냄새와 피의 녹슨 쇠 냄새가 뒤섞였다.

"몇 마리 죽였더라……? 그 녀석들, 잘 도망쳤나?"

멍하니, 토오야마는 중얼거렸다.

괴물종. 2028년 현대사회에 갑자기 나타난 신비의 땅, '현대 던전'. 그곳에 서식하는 기존의 생물이라는 범위에서 크게 벗어난 존재, 전승으로 남은 괴물과도 닮은 초자연적 생물.

그 중 한 종류, '외눈박이 초원 큰 원숭이'의 단단한 뼈를 부수는 감촉은 이미 손바닥에서 사라진 지 오래다.

5마리 죽인 것까지는 기억하는데, 그 뒤는 모르겠다. 던전 취기에 잔뜩 취한 탓에 고양된 기분으로 사지에 남았고, 정신을 차리고 보니 이렇게 몽롱하게 계속 걷고 있었다.

"아~…… 던전에서 죽고 싶지 않아~, 죽고 싶지 않다고……."

검은 택티컬 재킷, 카고 팬츠에 기능성이 뛰어난 합성소재 가공 부츠. 괴물한테서 튄 파란 피와 자신의 피가 섞인 질척한 모습 그대로 토오야마는 중얼거렸다.

"탐색자 조합 놈들, 뭐가 간단한 서식 수 조사 일이냐……. 터무니없는 거짓말을 치고 자빠졌어. 살아서 돌아가면 토벌 수당을 바가지 씌워 주마……."

2028년의 세계, 일본 배타적 경제 수역 내, 북위 27도 14분 49초, 동경 140도 52분 28초, 전세계에서 사람들이 부와 명예를 찾아서 모이는 그 섬의 지하에는 현대 던전이 존재한다.

토오야마 나루히토는 탐색자다. 그런 직업이 있다.

'현대 던전, 바벨 대혈'이 자아내는 **던전 취기**에 적응하여 괴물을 죽이고 보물을 찾아내 돈을 버는 현대의 무법자. 탐색자 일을 시작한 지 3년, 사람이 자주 죽는 이 업계에서 어찌어찌 베테랑이라 불려도 이상할 것 없는 위치에 올랐다. 하지만 그것도 오늘까지다.

"아~, 젠장. 모처럼 상급 탐색자가 됐는데…… 이제부터 재밌어지는데 말이야~……."

소질은 있었다.

괴물을 처치하는데 저항은 없었다. 푸른 피의 달달한 냄새에도 금방 익숙해졌다.

단련도 성실하게 해왔다. 어떻게 하면 효율적으로 죽일 수 있는가. 그걸 배우는데 그다지 고생한 적은 없었다.

"하아 그렇게, 죽여서, 인가. 하기야, 내가 죽기도 하겠지……."

탐색 준비를 게을리하지도 않고, 자신의 힘을 과신하지 않고 도망쳐야 할 때는 도망치며 살아남아 왔다.

괴물종을 죽여 그 소재를 벗겨 돈으로 바꾼다. 괴물종의 보물을 빼앗아 돈으로 바꾼다.

"좀 더 일찍, 도망치면 ……아, 이런, 어두워……."

자신의 꿈을 이루기 위해, 자기답게 살기 위해 탐색자가 되었다.

토오야마 나루히토는 탐색자가 되어서야 겨우 인생은 생각보다 재밌는 게 아닐까 하고 생각하게 되었다.

잃기만 했던 인생이 상승세를 탈 것이 분명했다. 그래도 죽을 때는 죽는다. 오늘이 그때다.

"어디서…… 잘못한 거지…… 나는."

눈초리에 맺히는 것은 눈물. 분함인가 두려움인가, 아니면 둘 다인가.

의뢰를 받은 것이 잘못이었나.

동료를 지킨 것이 잘못이었나.

동료를 만든 것이 잘못이었나.

아니면,

"탐색자…… 됐던 것이 잘못이었나……."

중얼거리고, 웃었다.

바보인가, 난. 탐색자가 된 후의 3년이 토오야마의 머릿속을 맴돌았다.

"재밌었어…… 진짜 재밌었어. 싸우고, 죽이고, 또 싸우고, 죽이고, 돈을 벌고, 맛있는 걸 먹고, 사치를 부리고."

즐거웠다. 토오야마는 즐거웠던 것이다. 탐색자라는 피두싱이의 삶이. 빼앗고, 싸워서 얻는다. 그런 삶의 방식이 정말 즐거웠다.

어릴 적에 동경한 창작물의 등장인물, 판타지에 나오는 난폭한 자들, '모험가'와 같은 삶이 즐거웠던 것이다.

"하, 하하. 다음에는, 틀리지 않을 거야…… 그렇지, 전술을 재검토하자. 안개칼날을 일찍 쓰고…… 총알도 아끼지 말고……."

머리를 맴도는 것은 이번 전투에서 반성할 점. 어딘가 궁상 떠는 기질이 빠지지 않아 '비장의 수단'을 쓰는 걸 주저했다.

토오야마는 '마스터볼'이나 '세계수의 잎', '엘릭서' 등을 아끼고 아끼다 결국 쓰지 않고 게임을 클리어 해 버리는 타입의 인간이었다.

"아~… 다음이다, 다음. 다음엔 팍팍 쓰자. 시작하자마자 리스크는 생각하지 말고 비장의 수단을 팍팍 쓰자…… 안개—."

울컥. 입을 열자 검은 덩어리 같은 피가 굴러 나왔다. 삼키려고 해도 안 됐다. 목에 힘이 들어가지 않았다.

몸의 힘이 빠져나갔다.

슥, 스스스스스.

그때, 마치 몸이 던전에 잠겨가는 듯한 착각.

"……와우, 침전 현상…… 하하, 무조건 죽는 거잖아."

착각이 아니다. 현대 던전, 바벨 대혈에서 확인된 이상 현상 중 하나.

침전 현상. 의미는 그 이름대로 그 지대가 갑자기 질척질척한 액체로 변해 가라앉아 사라지는 현상이다.

만신창이에 다 죽어가서 이제는 손끝밖에 움직이지 못하는 토오야마가 조용히, 하지만 확실하게 던전에 잠겨 갔다.

토오야마 나루히토는 시체조차 남기지도 못하고 이대로 사라져 간다.

토오야마의 의식이 끊어지려 하는 그때, 가슴팍의 주머니에 넣어둔 단말기가 울렸다.

[나루히토!! 나루히토!! 들리나?! 나다! 지금 자위군의 구원팀과 합류했다! 부탁이야, 대답해 줘!!]

동료의 목소리다.

성격 좋은 바보다. 모처럼 도망치게 해줬는데 와서 어쩌자는 거냐, 바보. 너 다음 달에 결혼하잖아.

토오야마는 넘치는 웃음을 억누를 수 없었다. 살아 있었다, 자신은 헛되이 죽지 않는다는 그 사실이 토오야마의 몸에 약간의 유예를 줬다.

"하토무라…… 들, 려, 무사하냐……."

[나루히토!! 다행이다……! 이봐, 지금 어떤 상황이지?! 우린 무사해! 네 덕분에 히나도 살아 있어! 이제 너만 생환하면 대승리야!]

마지막으로 목소리를 들을 수 있어서 다행이다. 그렇게 생각했다.

"……그럼 됐어. 뭐, 너희가 살아 있으면, 내 승리지……."

[야, 무슨 소릴 하는 거냐?! 너 지금 괜찮은 거지?! 이봐! 나루히토! 다친 곳은?]

단말기의 목소리가 갈라져서 들린다. 기계가 망가진 게 아니라 내 귀가 망가졌을 것이다.

"하토무라…… 이제, 시간이 없어……, 부탁이, 있어, 들어줘."

[뭐, 뭐야! 뭐든지 들어줄게, 뭐든지 들어줄 테니까! 너, 힘내라고!!]

무선기기를 통해 나오는 객기로 가득 찬 하토무라의 목소리에 토오야마는 살짝 웃었다.

"……내 하드에 들어있는 비장의 폴더…… 판타지 코스프레물

19금 동영상…… 그리고 은발 엘프랑 활발한 은발 흡혈귀물 에로 만화, 그거 좀 처분해 줘. 유품 정리할 때 부끄러우니까……. 그리고 내 이세계 전생 판타지 소설이랑 코미케에서 손에 넣은 드래곤 도감 같은 건 전부 너한테 줄…… 테니까."

이제 됐다. 토오야마는 눈을 감았다.

[머, 멍청아!! 그딴 건 필요 없어!! 재수 없는 소리 하지 말—.]

뚝.

회선이 끊어졌다.

정신 차리고 보니 몸의 반 이상이 땅에 잠겨 있었다. 개미지옥 같구나. 토오야마는 느긋하게 생각했다.

"……이제, 문제없어. 동료는 살아 있었어. 하드의 비장의 컬렉션 삭제도 부탁했어……. 마음에 드는 소설이랑 책은 좀 아깝지만…… 하하, 내 승리야."

시야가 어두워진다. 눈을 뜨고 있는데, 아니, 눈을 뜨고 있다는 것조차 알 수 없게 되었다. 지금 자신이 어떤 상황에 처했는지도 이해할 수 없어서, 공연히 추워서, 미덥지 못해서, 쓸쓸했다.

이것이, 죽음.

나의, 죽음. 나의 끝.

무서워서 참을 수 없다. 분해서 참을 수 없다. 하지만, 그래도 마지막에 토오야마는 웃었다.

"아아, 재밌었다. 다음엔 더 잘해 주겠어. 돈, 벌어서, 집 짓고, 그래, 가게도 열까. 더 자유롭게, 내 마음대로…… 탐색, 모험하고, 돈, 밥, 가, 족…… 개…… 아아, 타로……."

끔찍한 인생이었다. 부모는 없고, 친해진 강아지는 강에 떠내려가고, 시설에서는 직원한테 계속 두들겨 맞고, 학생 때 좋아했던 애는 의사랑 결혼해 버리고.

하지만 다음에야말로—.

탐색자가 된 이후의 3년, 즐거운 현대 던전 라이프는 토오야마가 그렇게 생각하도록 만들어 줬다.

마지막에 그렇게 생각할 수 있는 건 굉장히 운이 좋은 것이다.

토오야마는 만족스럽게 웃고—.

어둠이. 이제 아무것도 모르겠다.

상급 탐색자, 토오야마 나루히토의 단말 반응은 현대 던전, 바벨 대혈, 2층에서 소실.

서둘러 간 구원팀이 마지막 단말 반응 지점을 수색했지만 시체를 발견하지 못함. 주위에는 대규모 침전 현상 흔적 있음. 피 냄새에 끌린 괴물종의 공격을 받아 구원팀은 철수.

후일.

탐색자 조합이 상급 탐색자 토오야마 나루히토의 시체 수색 임무를 어떤 탐색자 팀에게 의뢰했다.

토오야마의 행방은 아무도 모른다.

"어머나, 진한 냄새. 너 또한 '당신'이구나?"

"내 작은 정원을 즐겨줘서 고마워. 너 또한 '당신'이 될 가능성이 있는 사람이었어."

"귀도, 팔도, 눈도, 내장도, 다리도, 뇌도, 입도, 손톱도, 이도, 심장도. 전부 깨어났어. 그 아이들도 자신의 의지로 움직이기 시작했어. 그 아이들도 별을 '그 아이들'로 만들려고 이것저것 하고 있나 봐. 후후, 즐거운 일이 자안뜩."

"넌 아깝구나. '당신'이 아니지만, 닮았어. 그 욕심 많고 포기하지 않는 점, 정말 훌륭해. 하지만 여기선 안 되는구나. 이미 죽어버렸는걸."

"여긴 나의 작은 정원, '당신'의 묘소, 네가 끝나는 곳. 하지만 넌 여기서 끝나도 괜찮아?"

"후후, 그렇네. 너라도, '당신'이라도 똑같은 말을 하지. 좋아. 널 계속하게 해줄게. 그래도 말이야, 여기선 안 돼. 넌 여기선 끝났어."

"한 가지 일이 끝나면 원래대로 돌아가는 건 굉장히 어려워. 그래서 무리인 거야. 넌 이제 여기선 살 수 없어."

"하지만 안심해! 너한테 잘 맞는 곳이 있어. 넌 '당신'이 될지도 모르니까! 조금 편의를 봐줄게."

"그곳은 이곳이 아닌 세상. 이곳과는 다른 세상. 여러 가지가 있는데, 그래도 분명 넌 즐길 수 있을 거야. 넌 거기서 마음대로 해도 좋아."

"있잖아, 넌 어떤 식으로 하고 싶어? 어떤 인생을 살고 싶어? 무엇을 원하고 무엇을 소중히 여겨?"

"시민이 되어서 평범한 생활을 하는 것도 좋아. 상인이 되어서 돈을 버는 것도 좋겠네. 아! 거리에서 공연하는 사람도 괜찮겠다! 보고 싶을지도!"

"물론 위험한 삶도 있어. 병사가 되어 싸우는 것도 좋고, 기사가 되어 무공을 세우는 것도 좋지. 너도 될 수 있을지도 모른다구?"

"네가 관심이 있다면 하늘에 떠 있는 학교를 찾아 마술을 배워 보는 것도 좋을지도! 소질이 있는지 없는지는 모르겠지만…… 그래도 너라면 어떻게든 될 것 같아! 그리고, 그렇지! 교회! ……는 좀 부끄러우니까 가능하면 별로 안 와도 좋으려나…? 그래도 그래도 '당신'과 닮은 네 부탁을 받으면 또 편의를 봐줄지도."

"나쁜 짓을 해도 좋아. 도둑이 되어 수많은 보물을 훔치는 것도 멋지지. 그렇지, 암살자나 도적 길드, 이려나. '까마귀'를 찾아서 피로 살아가는 것도 좋을지도. 너 나쁜 짓을 하는 소질이 있는걸!"

"그리고, 그리고 있지, 인간 이외의 종족과 친해지는 것도 좋을지도 모르지. 호빗과 내기를 하거나, 드워프와 술잔치를 벌이거나! 용과 이야기를 주고받기도 하고, 그렇지! 흡혈귀의 성도 찾아봐! 정말 아름다워!"

"그래도 말이야, 난 역시 넌 모험가가 잘 맞다고 생각해. 이 작은 정원을 진심으로 즐겨 줬는걸. 분명 그 세계의 탑도 마음에 들 거야."

"응! 그렇게 해요! 있잖아, 최상층까지 와! 만약 네가 원한다면 여기로 다시 돌아올 수 있을지도 몰라."

"'당신'과 가까운 네가 탑을 다 오른 뒤에 세상이 어떻게 될지 너무 궁금해! 탑을 올라, 탐색자, 아니, 모험가 씨!"

"그리고, 맞다! 탑에 두고 온 '당신'을 위한 부장품! 너라면 조금 써도 괜찮아! 허락해 줄게!! '당신'은 너랑 얼굴이나 체격도 비슷했으니까 분명 어울릴 거야!"

"후후, 기대된다. 아무리 시간이 걸려도 좋아. 모든 경험이, 너의 여정이, 그 모든 것이 널 '당신'에게 이르게 할 테니까."

"그리고 이건 내가 주는 선물. '귀 님'이 재밌는 걸 하고 있어서 그걸 내 나름대로 어레인지 해봤어. 네가 앞으로 갈 세상은, 그, 이 세상보다 약간 더 어려우니까."

"안심해! '어려움'이었던 것이 '매우 어려움'이 되는 정도니까! 이건 너에게 도움이 될 거야. 분명 네 라이프를 더 알기 쉽게 해 줄 거야. '화살표의 인도'를 도움으로 삼아. 아, 그렇지, 읽는 것을 좋아하는 '그 아이'도 슬슬 심심할 때니까 말 상대가 되어줘! 괜찮아, 분명 마음이 잘 맞을 거야. 그도 그럴게 그 아이도 원래는 위쪽 섬에 살고 있었거든! 사서였다구?"

"아아, 괜찮아. 평소에는 화살표가 나오지 않아!! 후후, 이런 걸 '제한 플레이'라고 하지? 그래, 멋진 단어야. 전부 간단하면, 시시하잖아."

"아, 슬슬 시간이 됐네. 내 작은 정원을 즐겨 줘서 고마워. 있잖아, 욕심 많은 네 인생의 다음 이야기를 보여줘, 그래, 맞아— 너의 이 인생의 그다음은, 아니—."

"현대 던전 라이프의 다음 생은 이세계 오픈 월드에서."

"재밌게 즐겨! 넌 어떤 인생을 보여줄까."

목소리가 사라지고, 그 후.

빛.

어둠 속에 빛이 몇 번인가 반짝였다.

떨어지는 듯한, 올라가는 듯한 부유감.

그리고—.

=====================================

ver1.0에서 ver?$↓으로.

'탐색자 심도' 인계

소유 '유물' 인계

획득 기능을 '스킬'로 변환………변환 실패.

'둔기 취급', '개 애호가', '살●적성', '오타쿠', '머리 나쁨', '전투사고' '연애운: hopeless' 등의 기능을 그대로 인계.

선물 특전 '시스템(기적)'【퀘스트 마커《BAD엔딩 좋아함》】을 획득…….

=====================================

막간 / 어느 용의 따분함

또 하나, 어머님의 **옛날이야기**가 끝났다.

"아아, 심심하다. 심심해."

그 여자는 지하에 있는 투기장 한가운데서 멍하니 위를 보고 있었다. 길게 바깥으로 삐친 금색 머리카락, 도자기처럼 하얀 피부. 아름다운 목소리가 송장 썩는 냄새가 감도는 공간에 울렸다.

"벌써 죽은 건가? 이제 움직이지 않는 건가? ……아아, 또 끝나 버렸어."

그녀가 걸터앉아 있는 것은 거대한 애벌레 괴물의 사체, 몬스터 중에서도 고대종이라 불리는 존재다. 제국력이 시작되기 전, 대전기 때부터 그 존재가 확인된 옛날이야기에 나올 법한 괴물의 사체 위에 주눅이 든 것처럼 무릎을 끌어안고 앉아 있었다.

"아가씨, 훌륭하십니다. 200년 전에 한 나라를 집어삼켰다고 하는 고대종, 몽골리안 데스웜을 설마 눈을 가린 채로 숨통을 끊을 줄은……."

소리도 없이 나타난 날카로운 매와 같은 눈을 가지고 연미복을 입은 노인. 주저앉아 있는 여자에게 허리를 90도로 숙여 인사했다.

"흥, 아부는 그만 해라, 할아범."

파란 피를 끈적하게 뒤집어쓴 여자는 시시하다는 듯이 한숨 섞인 목소리를 냈다. 얼굴의 반을 파랗게 물들인 그녀는 한없이 나

큰한 듯이 눈가리개를 한 채로 노인을 올려다봤다.

"기분이 안 좋으시군요."

"……옛날이야기가 말이다, 어릴 적에 잠드는 것이 무서웠던 나에게 어머님이 이야기해 주신 수많은 옛날이야기가 말이야, 하나씩 끝나 간다."

"………….."

"난 사는 것이란 즐거운 것이라 생각하고 있었다. 세상에는 날 즐겁게 할 만한 것이 무수히 있고, 내가 모을 만한 물건으로 가득하다고 생각하고 있었다. 난 그걸 손에 넣기 위해 고생하고, 곤란에 맞서고, 승리하여 그걸 손에 넣는다. 아버님도 어머님도 그렇게 가르쳐 주셨다."

하지만 그렇지 않았다. 그녀의 기대는 지난 100년으로 완전히 사라졌다. 한없이 시시하다는 듯이 투덜거렸다.

"……철혈룡(鐵血竜) 님도 화룡(花竜) 님도 아가씨께서 이 세상을 즐기길 원하실 겁니다. 두 분의 말씀은 틀리지 않지 않겠습니까."

"카카, 정말로 그런가? 난 심심해. 사람은 날 보고 떠받들거나, 두려워하거나, 피하거나 하는 반응밖에 보이지 않아. 이 세상에 허다하게 존재했던 옛날이야기, 어린 나를 겁줬던 전설들도 뚜껑을 열어 보니 이 모양이다. 난 전혀 즐겁지 않아, 할아범."

그녀는 세상에 기대하고 있었다. 그녀는 세상이 그렇게 존재하라고 정하여 태어났다. 세상에 사랑받고, 세상을 사랑하고, 지키기 위한 존재로서 만들어진 존재였다.

"따분하다, 정말 따분하다. 모든 것이 간단하고 모든 것이 시시하다. 간단한 것은 재미없다. 아아, 산다는 것은 따분한 것이다."

"……아가씨는 아직 젊으십니다. 그렇게 판단하시는 건 이르지 않습니까."

"어머님께도 그런 말을 들었다. 그래서 오늘 이렇게 어린 날의 나를 공포에 떨게 한 이 전설과 서로 죽어라 싸움을 벌인 것이다. 아아, 옛날이야기는 옛날이야기인 그대로 가슴에 묻어 뒀어야 했다. 이 또한 따분하고 시시한 가치 없는 것 중 하나였다."

그녀는 세상에 실망하고 있었다. 선택받은 존재로서 태어난 그녀의 힘은 너무 강했다. 그녀의 존재는 이질적이면서 너무나도 고귀했다. 인간과도 섞이지 못하고, 괴물마저 도달하지 못하는 존재.

"아무것도 모르면 좋았을 것을. 옛날이야기의 정체도, 인간의 약함도. 동경하는 그대로, 바라만 볼 걸 그랬다. 이래서는 용계와 전혀 다르지 않아. 시간도 쇠함도 없는 불변의 장소와 똑같은 정도로 인간계도 따분해서 견딜 수가 없다."

그녀는 한없이 고독했다. 바라면 모든 것이 손에 들어오는데 한없이 따분하고 고독한 존재였다.

"……아가씨, 뭔가, 뭔가 다른 바람은 없습니까? 이 노구가 할 수 있는 일이라면, 아가씨의 지루함을 해소하기 위해 어떠한 일이라도 할 각오가 되어 있습니다."

씁쓸한 목소리. 맹독인 카쿠오 열매를 녹인 독액을 맛본 듯한 목소리로 연미복을 입은 노인이 그녀에게 물었다. 잠깐의 침묵 뒤에 그녀가 눈가리개를 풀었다.

"그렇다면 재밌는 일을. 아아, 그래. 따분하다. 난 정말로 따분하다. 그 무엇도 나를 위협하지 않는다. 원하는 것은 고생하지 않아도 손에 들어온다. 이를 어떻게 해주지 않겠나, 할아범."

푸른 눈이었다. 하늘의 가장 높은 곳, 별이 펼쳐진 세상과 구름과 하늘의 세상의 틈새, 가장 짙고 가장 푸른, 진청색 하늘을 담은 눈동자가 드러났다. 그러나 그 눈에 빛은 없었다.

"어떻게 하면 내 따분함이 없어지지? 교회는 재미없고, 기사는 전부 약하고 날 떠받들기만 해. 왕국의 용 교단도 마찬가지. 인간 중에서는 괜찮은 그 천사교회의 **돈에 미친 녀석**은 나하고는 절대로 싸우지 않아. 같은 인간계에 있는 전지의 용은 논외다. 그럼 모험가인가? 탑급 모험가 중 몇 명이 나랑 제대로 싸울 수 있지? 그렇다면 용사인가? 그건 인간계에 위기가 닥쳤을 때 인간의 기도로 태어나지? 아아, 그래, 그렇다면 차라리—."

그녀의 따분함은 그녀를 뒤틀리게 했다. 시련 없고, 고생 없는 그 삶은 생물에게 있어서 좋은 것이 아니었는데.

"세상을 멸망시킬까."

그녀가 원한다면 이루어지고 말 것이다. 설령 그것이 그녀의 진짜 소원이 아니라고 하더라도.

"아니오, 당신은 그러지 않을 것입니다, 그 일만은 하지 않을 것입니다."

하지만 노인은 그 말을 딱 잘라 부정했다. 그는 알고 있었다. 자신의 주인이 선한 존재라는 것을. 그 힘을 잘못 행사할 일은 없다는 것을.

"……흥, 재미없어. 아아, 아니면 할아범, 네가 내 따분함을 부숴 주지 않겠나? 너라면 용과 싸울 상대로 부족하지 않겠지."

그녀가 광포한 웃음을 지었다. 폭력과 투쟁, 잔학성을 생명의 본질로 가지고 있으면서도 그녀 자신의 본질은 선이라는 모순, 그 모순이 그녀를 천천히 뒤틀리게 했다. 차라리 악했다면 이렇게까지 따분함을 느끼는 일도 없었을 것이다.

용이 조소했다. 부서지기 직전인 세계의 수호자가 힘없이.

"주인을 때리는 짓은 하지 않습니다. 하지만 이 베르나르, 신명을 다해 당신의 따분함을 해결하겠습니다."

하지만 종자는 고개를 저었다. 시중을 드는 자로서의 긍지도 있었다. 하지만 무엇보다 자신으로는 안 된다는 것을 무엇보다도 잘 이해하고 있었다. 그녀와 똑같이 높은 곳에 있는 자신으로는 안 된다.

"아가씨, 당신의 그 따분함을 채우는 존재는 인간이어야 합니다. 딱한 일입니다, 아가씨."

어린 용에게는 처음부터 너무나도 많은 것이 갖춰져 있었다. 강한 몸, 7개의 목숨, 생물을 압도하는 아름다움, 그리고 **인간의 마음을 꿰뚫어 보는 용의 눈**. 너무나도 축복받은 생물은 지루함이 싫어 용계를 뛰쳐나왔다. 하지만 인간계 또한 마찬가지로 지루하다는 것을 그녀는 금방 알게 되었다.

"인간인가, 인간은 시시해. 뭐든 똑같다. 날 본 인간의 마음은 전부 두려워하거나, 찬미하거나, 숭배하거나. 불쾌한 것은 놈들이 혀끝으로 조잘거리는 울음소리와 얕은 마음으로 내뱉는 말이 전혀 다른 것이다. 시시해. 할아범, 너처럼 마음이 보이지 않는다면 아직 귀여운 구석이 있는데 말이야."

용이 재미없다는 듯이 중얼거렸다. 일부를 제외하고 인간은 모두 거짓말을 한다. 불쾌했다. 용은 말과 마음이 전혀 다른 그 생물에게 진저리가 났다.

"뭐, 그래도 교회의 돈에 미친 녀석이나 제국의 늙은이처럼 가끔 재밌는 녀석도 있으니 멸망시키는 건 그만둘까."

오만한 말이다. 하지만 그녀는 그런 말을 하는 것이 허용된 측의 존재다. 상위의 생물, 선택받은 생명은 시간을 들여서 천천히, 천천히, 뒤틀려 가고 있었다.

"아가씨……."

어두운 눈동자를 한 용을 바라보고, 노인이 자신의 무력함을 한탄하듯이 힘없이 중얼거렸다.

이 어린 용은 뒤틀리기 시작했다. 지금 그녀에게 필요한 것은 그 뒤틀림을 바로잡을 충격. 자신이 기대하고 실망한 자들로부터의 반격. 불꽃의 열기를 떠올리려면 불꽃에 닿는 수밖에 없다. 하지만 노인은 자신이 그 불꽃이 될 수 없다는 걸 이해하고 있었다.

"카캇, 할아범, 고생을 시키겠구나…… 뭐, 기대하지 않고 기다리지."

"무슨 말씀이십니까. ……몸이 차가워지겠습니다. 목욕 준비를 해뒀으니 우선은 거기로 가시죠."

"……그래, 알았다."

용이 힘없이 웃고 일어섰다. 금색 머리칼을 만지면서 자신이 기대하고 패배시킨 자의 잔해를 마지막으로 한 번 더 내려다보고 걷기 시작했다.

"파란, 아가씨의 존안과 의복을 정돈해라."

노집사의 목소리에 갑자기 메이드복을 입은 여지가 나타났다. 영리하고 작은 얼굴에 희노애락은 없었다.

"네, 집사님. 아가씨, 실례하겠습니다."

메이드가 함께 걸으며 그녀에게 튄 피를 천으로 닦았다. 튜닉에는 증기를 쐬어 얼룩을 불리고 닦아 나갔다. 용이 걷는 동작에 완벽하게 맞춰서 행하는 봉사는 전혀 막힘이 없었다.

"거침이 없구나, 파란. 이보게, 파란, 너라면—."

그녀가, 용이 메이드의 움직임에 눈을 가늘게 뜨고 새빨간 혀를 살짝 보이며 입술을 핥았다.

"전 아가씨의 메이드이니~, 당신에게 손찌검 같은 것은 할 수 없습니다~."

"으음, 아직 아무 말도 하지 않았건만."

따분하다, 아아, 따분하다.

옛날이야기는 차례차례 끝나 간다. 난 다시 한번 이 세상에 실망해 나간다. 용은 생각했다. 자신의 이 공백이 채워지는 때가 오기는 하는 걸까 하고, 용은 생각했다. 이 공백이 채워지지 않으면 자신은 대체 어떻게 되어버리는 걸까 하고.

자신이 앞으로 어떻게 바뀌어 갈 것인가. 이 상위생물은 마치 사춘기의 인간과 같은 정서를 품고 있는데—.

—괜찮아.

"음? 파란, 네가 무슨 말을 했더냐?"
"네~? 딱히 아무 말도~ 하지 않았는데요~?"
"그럼. 할아범인가?"
"무슨 일이십니까, 아가씨? 아무도 말하지 않았습니다만."
"……아니, 됐다. 신경 쓰지 마라."
용은 그 목소리를 못 들은 것으로 하기로 했다. 기대할수록 부질없다. 이 세상에 자신의 손길이 닿지 않는 것은 없으며 자신을 위협하는 것은 존재할 수 없다. 그래서 그 목소리에도 기대하지 않기로 했다. 배신당하는 것이 무서웠다.
"갑작스럽습니다만, 아가씨. 오늘 하실 놀이에서 이 베르나르가 한 가지 제안드릴 것이 있습니다."
"말하라."
걸어가면서 메이드에게 차림새를 정돈 받으면서 대화가 이어졌다. 부드러운 천으로 파란 피가 닦였다. 메이드가 손가락을 흔드니 공중에 해파리처럼 두둥실 떠오른 물. 하얀 수증기를 두른 따뜻한 물이 나타났다.
"네, 사냥입니다. 일전에 1급 모험가가 헤렐의 탑에서 가져온 정보로 2년 만에 탑의 1층에서 거인종 '사이클롭스'의 존재를 확인. 1급 승급 시험을 겸해서 어느 2급 모험가 집단이 이를 토벌하러 가고 있다고 합니다."
"그래서?"

여자의 긴 금발, 들러붙은 파란 피와 먼지를 둥실둥실 떠있는 따뜻한 물이 휘감아 씻겨 나갔다. 비눗방울 같은 따뜻한 물속에서 금발이 춤췄다.

"취향을 바꾸어서 아가씨께서 그들과의 사냥 경쟁을 즐겨 주셨으면 합니다. 2급이라고는 하나 50명 규모의 모험가 집단입니다. 감각이 예리한 수인을 중심으로 카나리아(모험노예)도 다수 갖추고 있습니다. 그리고 무엇보다 탑(塔)급 모험가 '불사'가 변장하여 감사역으로 그 집단에 참가하고 있기 때문입니다."

"호오, 그 녀석인가. 흠, 그럼 좋다. 그 남자가 있다면 나름대로 여흥은 되겠지. 할아범, 허가한다. 네 장난에 어울려 주지."

그녀는 날카로운 송곳니를 보이며 웃었다. 하지만 마음은 들뜨지 않았다. 그녀는 알고 있었다. 이번에도 분명 전혀 즐겁지 않을 것이다. 분명 이번에도 자신은 다시 한번 무언가에 실망할 것이다.

"……망극하옵니다."

"아, 아가씨~, 갑옷 청소도 끝났으니까~, 꼭 써 주십시오~."

이는 세상에 싫증이 난 어느 용의 이야기. 아직 시작되지 않은 이야기의 1막. 그녀는 알고 있다. 자신이 특별한 존재이며 한없이 고독한 존재라는 것을.

"그래, 그렇게 하지. 천사한테 기도라도 해두지. 이번에야말로 내 갑옷에 흠집을 하나라도 낼 수 있는 자가 나타나기를."

그녀는 알고 있다. 그런 존재는 결코 존재하지 않는다는 것을. 이번에도 고생도 하지 않고, 위기도 없고, 시련도 없이 모든 것이 끝날 것이라는 것을.

살짝 취미를 바꿔서 카나리아라도 잡아서 놀아 볼까. 그녀가 용으로서 지닌 잔인함이 입꼬리를 들어 올렸으나.

—괜찮아. 너의 따분함은 곧 끝날 테니까.

"—흐카카."

또 다시 들린 그 목소리에 그녀는 웃었다.

집사나 메이드의 모습을 보면 역시 그 목소리는 그녀에게만 들리는 것이었다. 상위생물, 용인 그녀조차 기척을 느끼지 못하게 하고 목소리만을 전하는 무언가의 부름.

"그래, 기대하지 않고 기다리도록 하지."

그 목소리에게조차 그녀는 기대하지 않았다. 자신이 흥미를 가지면 금방 빛이 바래니까.

자신이 접하면 그 어떤 동경도 전부 끝나 버린다. 그녀는 알고 있었다. 자신은 이 세상의 어떤 존재보다 높은 존재라는 것을.

—괜찮아, 그는 분명 널 배신하지 않을 거야.

목소리는 계속됐다. 높은 존재인 용에게 속삭였다. 인간의 영역에 있으면서 취기로 늘어진 뇌와 모자란 윤리로 신비를 죽이는 존재를 호언장담했다.

"……흥."

용은 그 유래를 알 수 없는 목소리에 전혀 동요하지 않았다.

용은 알고 있었다. 어떠한 신비도 불가사의한 존재도 자기에게는 미치지 못한다는 것을. 그래서 그 말을 흘려들었다. 얼마 안 되는 흥미에서도 눈을 돌렸다.

"어차피 아무 일도 없을 텐데. 다시 따분함이 이어질 뿐이다."

—올 거야, 올 거야. 넝마를 걸치고, 낡은 '안개'와 많은 '책', 그리고 커다란 '멍멍이'를 데리고 '그'가 **탑**에 올 거야. 왜냐하면 내가 불렀는걸.

하지만 용은 몰랐다. 그 존재를.

50만 년 동안 다른 자를 죽이고 빼앗는 것으로 진화해 온 생물을, 자신의 욕망을 위해 어떤 괴물이든 다 죽여 버리는 그 생물을, 진정한 별의 지배자를, 이 세계의 용은 몰랐다. 불꽃의 열기를, **인간**의 힘을, 그 용은 아직 몰랐다.

용의 한없이 심심한 듯한 말과는 반대로.

—웃으면서 올 거야. 꿈을 버리지 않고, 아무것도 버리지 않고, 이번에야말로 모든 것을 손에 넣기 위해 올 거야.

그 목소리는 끝까지 즐거운 듯이.

—탐색자가, 올 거야.

제1화 노예 스타트

덜컹, 덜컹.

흔들리고 있었다.

덜컹. 크게 흔들렸다.

"……흐갸."

정신이 들었다. 엉덩이와 등에 딱딱한 감촉. 자신이 뭔가에 앉아있다는 것을 깨달았다.

토오야마 나루히토는 천천히 눈을 떴다.

"아아, 거기 너, 이제야 눈을 떴나."

"……어?"

유난히 떨떠름한 목소리. 목소리가 난 방향을 봤다.

"그 마을의 관문을 빠져나가려고 했지? 나나 저기 있는 난민 녀석들과 마찬가지로 '모험가' 놈들의 함정에 뛰어든 가지. 근데 둘 다 재수가 없구만. 하필이면 '카나리아'를 찾고 있던 놈들한테 잡히다니. 편히 죽진 못할 거야."

누구냐, 이 녀석은. 무슨 소리를— 토오야마가 숨을 죽였다. 눈앞에 앉아서 말을 걸어온 남자의 얼굴을 보고 굳었다.

"……왜 그러나? 리자드니안이 그렇게 이상한가?"

도마뱀. 인간의 몸에 얼굴은 도마뱀인 남자가 앉아 있었다.

눈앞에서 누더기 옷을 걸친 도마뱀 남자가 그야말로 유창한 언변으로 말하고 있었다.

토오야마는 눈을 비볐다. 도마뱀 얼굴을 바라보고, 그의 머리 위에 둥둥 떠 있는 것을 알아차렸다.

'⬇' 이런 마크가 둥둥 떠 있었고.

"……화살표……?"

두둥실, 화살표 위에 또 뭔가가 둥둥 떠 있었다. 몇 번 눈을 비벼도 그건 확실하게—.

==

【메인 퀘스트】

【카나리아】

==

메시지가 두둥 하고 낮은 북소리와 함께 시야에 흘러갔다.

"……말도 안 돼."

"왜 그러나? 너 계속 잠들어 있었던 것 같은데, 이 상황에 그, 간이 꽤나 크구나."

==

【목표 달성 리자드니안 노예와 대화한다】

==

도마뱀이 말했다. 그와 동시에 시야에 글이 흐르고 풍경에 녹아들 듯이 사라져 갔다.

어느샌가 화살표도 사라져 있었다.

"화살표, 사라졌어……."

"……아무래도 아직 잠이 덜 깬 것 같군. 음, 그, 혹시 괜찮다면 말인데."

도마뱀 남자가 품에서 어떤 꾸러미를 꺼냈다. 어떤 식물의 잎에 싸여있던 것은 진갈색의 폭신폭신한 무언가.

"내가 만들어 둔 흑빵이 있다. 먹을 텐가?"

이게 어떻게 된 일이냐.

던전에서 죽었나 싶었는데 같은 무언가에 타고 있는 도마뱀이 빵을 권하고 있다.

토오야마가 멍하니 건넨 빵을 바라보며 굳어있으니—.

"……아아, 아니다, 미안하다. 리자드니안이 만든 건 기분 나빠서 먹을 수 없겠지."

풀이 죽었다는 걸 확실하게 알 수 있었다. 꼬리가 축 늘어지고 눈꼬리가 내려간 표정은 인간보다 더 알기 쉬웠다.

"아, 아냐 아냐, 먹어도 되면 받을게. 고마워."

호밀로 만든 빵일까? 토오야마는 건네준 빵을 덥석 입에 넣었다.

폭신. 살짝 퍼석퍼석하지만 잘 씹으면 은은한 단맛과 반죽의 부드러움을 잘 알 수 있었다. 영양이 가득한 맛이다.

"……먹었나? 먹은 건가?"

도마뱀이 눈을 휘둥그레 떴다.

"어, 먹으면 안 됐어? 맛있네, 좋아하는 맛이야. 단맛이 적고

건강한 맛, 호밀인가?"

토오야마의 말에 도마뱀 남자가 아, 으 라며 말을 잇지 못했다.

세로로 크게 열린 동공이 흑빵을 우물거리며 입 안 가득 넣고 먹는 그 모습을 가만히 비추고 있었다.

"맛있나, 맛있는 건가, ……그런가, 그런가……."

얼굴을 손으로 가리고 도마뱀 남자가 아래를 봤다.

건네준 빵이 아까워진 걸까. 토오야마는 어깨를 떠는 도마뱀 남자를 보고 이제 와서 어떤 것을 깨달았다.

"……어라, 그보다 넌 왜 수갑이 벗겨져 있는 거야?"

"아, 아아, 놈들이 싸구려를 써서 말이지. 숨겨둔 락픽으로 풀었지. 짐마차 안이면 안 들켜."

"호오~, 꿈치고는 설정이 탄탄하네."

토오야마가 반쯤 멍한 상태로 중얼거리니—.

"어이!! 시끄러!! 조용히 하라고! 노예 놈들이!"

덮개 너머에서 상스러운 목소리가 울렸다. 귓전에 울리는 큰 목소리에 토오야마가 얼굴을 찌푸렸다.

"……생각보다 귀가 좋은 놈도 있는 것 같군. 수인도 섞여 있을 것 같아."

"수인…… 오~ 그건가, 요즘 이세계 전생물에 빠져서 그런 꿈을 꾸는 건가. 주마등이랑은 또 다르네. 죽은 뒤에 꾸는 꿈인가?"

사후체험? 꽃밭 속에서 죽은 가족이 기다리고 있는 것이 정석인데, 가족이 없으면 이런 꿈을 꾸게 되는 건가. 토오야마는 별 생각 없이 자신을 납득시키고 숨을 들이쉬었다. 몸의 감각도 마치 현실 같다. 무엇 하나 희미한 부분이 없다.

"……너하고는 미묘하게 이야기가 맞지 않는군. 어디서 왔지? 고향은? 겉모습을 보면 제국의 동부 출신인가? 검은 머리칼과 밤색 눈동자는 희귀하지."

"아~, 고향? 일본. 일본의 히로시마야. 뭐, 철이 들었을 무렵에는 시설에서 지내고 있었으니까 어디서 태어났는지까지는 기억이 안 나지만."

"일본……? '제2문명 대일본 공화국'을 말하는 건가? 흠, 넌 방금 모험가 놈들이랑 대판 싸웠으니 말이야. 머리라도 맞은 거겠지. ……하지만, 좋은 녀석이구나. 리자드니안이랑 이렇게 착실하게 이야기하고, 게다가 건네준 빵까지 먹어 줬으니 말이야."

"아니, 반대지. 빵을 나눠 준 네가 좋은 녀석이라 생각하는데."

토오야마가 무심히 중얼거린 말에 도마뱀 남자의 움직임이 멈췄다. 입을 벌리고 멍하니 굳었다.

도마뱀 남자가 입을 벌린 그 순간이었다.

그르륵. 한층 더 큰 바퀴 소리. 마차가 멈췄다는 것을 감각으로 알았다.

"……멈추고 말았나. 마지막으로 좋은 추억이 생겼다. 고맙네, 여행자."

도마뱀 남자가 어딘가 그늘진 웃음을 지었다.

"어? 꿈? 뭐야, 멈췄다니 무슨 소리야?"

"……인생의 끝이라는 것이지. 아아, 위대하신 선조, 그리고 청렴한 우리의 천사에게 감사를. 마지막 순간에 너희는 나에게 꿈을 보여주었다.”

“세계관을 모르겠어. 무슨 꿈이야……. 아니 꿈이라 하기엔 뭔가, 좀…….”

기도하기 시작한 도마뱀을 보고 토오야마가 고개를 갸웃거렸다. 아직 상황 파악이 안 된다.

“어이!! 빨리빨리 내려!! 목적지다!! 이상한 짓은 하지 말라고!”

마차실 바깥에서 목소리가 울리기 시작했다. 호통을 치는 듯한 거친 목소리다.

“파인, 거기 있는 마차는 그 남자가 타고 있는 마차다. 론 대장이 너무 자극하지 말라고 했잖아?”

“시끄러!! 하찮은 좀도둑 리자드니안에 잡힌 휴먼 정도잖아! 론 녀석의 간덩이가 작을 뿐이라고! 야, 내려라! 물어뜯어서 죽여 버린다! 노예 놈들아!”

파인이라 불린 자의 목소리는 더더욱 커졌다.

“……갈까. 수인은 성미가 급해. 울화통이 터져서 죽을지도 모를 일이지.”

“오, 오오, 수인……? 도마뱀 남자 다음은 수인…… 엄청 판타지 느낌 나는 꿈이네. 이거 이세계 전생물을 너무 많이 읽었구만.”

일어나서 도마뱀 남자가 가자고 하는 대로 허리를 숙이고 마차 덮개 속을 나아갔다.

열린 문으로 바깥으로 내려왔다—.

“이제야 내려왔나, 깨끗이 체념하지 못하는군! 자! 빨리빨리 내려라!! 썩을 놈들이!”

진짜냐. 도마뱀 다음은 개 같은 남자, 개 남자다.

가죽으로 만든 흉갑, 간소한 바지, 털이 수북하지만 몸은 완전히 인간, 목부터 위는 튀어나온 주둥이에 뾰족한 개의 귀. 개의 얼굴. 하지만 그다지 귀엽지 않다. 인간의 안 좋은 부분과 짐승의 기분 나쁜 점이 합체한 얼굴이다. 진짜로 수인. 판타지 장르의 수인 그 자체인 녀석이 있었다.

주위를 잘 보니 똑같은 마차가 잔뜩 멈춰 서 있었다. 우락부락한 녀석들이 그 마차들을 운전하고, 짐칸에서 사람을 내리고 있었다.

"프랑, 이 사람들, 전부……."

"엘, 어쩔 수 없잖아? 탑은 위험하니까. 저들을 써서 몬스터의 위치나 위험지대를 어느 정도 파악해 둬야지. 모두가 탑급과 같은 일을 할 수 있을 리가 없어."

가까이에 있는 마차의 마부석에서 들린 아름다운 목소리. 토오야마가 그쪽을 힐끗 보고 굳었다.

진짜냐. 그 여자의 머리 위에 달려있는 어떤 것에 시선이 고정되었다.

간소하고 실용적인 가벼워 보이는 가죽 갑옷, 타이츠와 같은 아래옷, 서양인풍의 반듯한 얼굴, 그리고—.

"고양이 귀…… 진짜냐, 너무 좋은 꿈이잖아."

토오야마의 시선을 알아차렸는지 작은 쪽의 고양이 귀가 뿅 하고 귀를 흔들고, 살짝 이쪽을 보고 거북한 듯이 눈을 깔았다.

"어이! 빨리 한 줄로 서!! 넌 이쪽이다!"

어깨를 쑥 잡아끌렸다. 하지만 토오야마는 꿈쩍도 하지 않았다. 그다지 힘을 느끼지 못해서 잡아끌린 것도 알아차리지 못했다.
어디냐, 여긴. 건물이나 동굴? 토오야마는 주위의 모습을 확인했다. 넓은 홀 같은 공간, 바닥과 벽은 인공물답게 잘 손질되어 있었다. 곳곳에 밝혀진 횃불이 광원인 것 같다.
"뭐, 냐? 이 녀석 뭐야, 무거워?! 야, 이놈! 이쪽이다! 이 자식!!"
결국 까까머리 남자가 양손으로 어깨를 잡아당기자, 토오야마는 그제서야 겨우 잡아끌리고 있다는 것을 알았다.
"어이쿠, 아아, 그쪽이구나, 예이예이."
"뭐지, 이 녀석……."
까까머리 남자가 불쾌한 것을 본 것처럼 그 자리에서 떠났다. 토오야마는 똑같이 너덜너덜한 복장을 입고 있는 무리가 있는 곳으로 걸었다.
걸으면서 주위를 잘 보니 무기를 갖추고 무장하고 있는 녀석들이 많았다. 마차에 타고 있는 남녀 중에도 무장하고 있는 자가 있다.
"여기서 기다려라!! 명령이 있을 때까지 움직이지 마라! 노예!"
토오야마가 계속 두리번거리고 있으니 갑자기 누군가가 말을 걸었다.
"이봐, 너, 조금 전에 엘과 프랑 자매한테 눈길을 줬지?"
토오야마보다 머리 두 개 정도 컸다. 위에서 짐승이 으르렁거리는 소리가 섞인 말이 쏟아졌다. 강한 짐승 냄새와 함께—.
"에, 뭐야? 읍?!"
충격. 갑자기 명치를 맞았다. 뜻하지 않게 그 자리에 쓰러졌다.

"또 어쭙잖은 짓 해봐라. 그 귀를 잡아 뜯고 눈을 후벼 파주마. 노예 나부랭이가 까불지 말라고."

머리칼을 잡아당기고 귓가에서 위협했다. 털이 수북한 짐승의 얼굴. 술 냄새와 짐승 냄새가 섞인 체취.

꿈이라고는 생각할 수 없는 리얼함.

그렇기에 토오야마의 스위치는 간단히 켜졌다. 토오야마 나루히토를 '탐색자'답게 만들었던 적성이다.

앞으로 두 번 더 열받으면, ―토오야마는 문득 정했다.

현대 던전에 충만한 **취기는 사람의 뇌를 변질시킨다**. 양심의 가책을 느끼기 어렵게 만들고, 파충류 뇌*를 비대하게 만든다. 토오야마가 탐색자로서 산 3년은 이미 토오야마의 뇌를 바꾸어 놓았다.

"이봐, 스푼, 멋지게 한 방 먹였네. 저 노예, 무슨 짓 했냐?"

비슷한 모습의 수인이 실실대면서 토오야마를 때린 수인에게 말을 걸었다.

"그래, 저 노예, 우리의 공주님들에게 추파를 던져서 말이야. 원숭이 놈은 어디서든 누구에게나 발정해서 어쩔 도리가 없다니깐, 갸하하!"

"………."

탐색자 시절에 주위 사람들한테 티베트모래여우를 닮았다는 말을 들은 가는 눈이 개 남자의 등을 가만히 바라봤다.

"……이봐, 너, 괜찮아? 가장 최악이라는, 모험가의 노예다운 취급을 받았네…… '탑의 카나리아'인가."

---

*인간의 뇌 구조를 설명하기 위한 삼위일체뇌 가설에서 기본적인 생존의 행동과 생각을 담당하는 부분. 공격적 행위, 정형화된 의식 행위, 자기 세력권 방어, 계층적 위계 질서 유지 등, 종 전체에 공통적으로 나타나는 본능적 행위를 담당한다.

손을 내밀어 일으켜 준 자는 방금 전에 본 도마뱀 남자였다. 어느 틈엔가 풀어 뒀을 터인 수갑을 다시 차고 있었다. 손재주가 좋은 걸까?

"아야야, 모험가…… 저 녀석들, 모험가야? 그 길드인가 뭔가 하는 곳에서 시끌벅적하게 지내는 그거?"

판타지 소설 등에서 친숙한 그것. 토오야마는 비교적 간단히 그것을 받아들였다. 친숙한 단어다.

"그래, 그 모험가다. 수많은 노예의 고용주 중에서도 최악의 부류지. ……이 느낌, 아마도 탑에 도전하는 것을 허가받은 1급, 혹은 2급 모험가 집단인가. 카나리아는…… 제대로 된 취급과는 가장 거리가 먼 노예지."

"호~, 꿈치고는 뭔가 복잡하네. 아야야, 그건 그렇고 리얼해. 배를 맞은 감촉도 리얼하고 말이야."

"……네가 제정신으로 돌아오면 혹시나 싶었는데, 아무래도 안 되겠군. ……좋은 추억을 가슴에 품고 각오를 다지도록 하지."

그리고 도마뱀 남자는 고개를 숙이고 입을 다물어 버렸다. 뭔가 꿈인 것치고는 진짜로 세부사항이 빈틈없네.

토오야마는 별다른 이유 없이 웅성거리는 주위에 귀를 기울였다. 마차가 뒤에서 잇따라 나타나 작은 집단을 이루어가고 있었다. 말 냄새가 코를 좀 찔렀다.

회랑, 토오야마는 지금 있는 곳에 기시감을 느꼈다. 뭔가가 주시하고 있는 듯한 느낌.

던전, 현대 던전, 바벨 대혈 속에서 느낀 얼얼한 감각을 여기서도 느꼈다.

"아이리스! 각 멤버의 장비 체크!! 철저하게 확인시켜! 그리고 노예 놈들 중에서 요주의 멤버 쪽 인솔을 한번 모아! 특히 그 바보 삼형제! 오늘은 실패해서는 안 돼!"

"론 대장은 어딨지? 또 배탈 난 거야? 나 참, 그 사람은 정말 유리 멘탈이라니깐. 실력만 보면 1급에도 뒤지지 않는데."

"각자, 거인종 '사이클롭스'의 출현 예상 구간을 재정리! 주위에 우선 '카나리아'를 풀어서 상황을 볼 겁니다. 노예의 수갑에 조사 담당의 마술식 문양이 들어있는지 다시 확인 해두세요!"

"그 날뛴 녀석은 어느 마차에 있지? 아아, 그 삼형제가 있는 곳인가. 그럼 괜찮겠지. 꽤나 튼튼한 녀석이었어. 다른 식으로 만났으면 모험가가 되어서 그럭저럭 잘하지 않았을까?"

"뭐, 운명이지. 아무튼 오늘 일은 실수가 용납되지 않아. 조금 있으면 '용의 무녀'님도 오실 거야. 한심한 모습을 보여줄 순 없지. 조금이라도 그 분의 흥을 돋워야 해."

"'탑급 모험가'와의 사냥 경쟁이라. 이번 일만 잘하면 우리도 1급이 될 수 있어. 겨우 운이 돌아왔어. 성공시키자."

주위의 대화는 전부 선명하게 들린다. 왠지 모르게 자신의 상황이 이해가 됐다. 토오야마는 귀를 기울이면서 몸의 감각과 입고 있는 것을 확인했다. 변변찮은 천 옷, 허리에 말려있는 천, 구멍이 숭숭 난 바지에 구질구질한 가죽신.

"……뭔가 사우나의 실내복을 후줄근하게 만든 것 같은 옷이네, 이거."

도마뱀 남자와 비슷비슷한 변변찮은 복장. 촉감도 최악이다.

"이봐!! 빨리 움직여! 쳐죽여 버린다!"

소리치는 개 남자. 죽인다는 말을 너무나도 가볍게 쓰고, 주위의 약하디약한 노예들을 걷어차거나 하는 그 모습.

토오야마는 또 화가 났다.

앞으로 한 번.

누더기 집단이 모험가들에게 내몰리면서 줄지어서 움직이기 시작했다. 토오야마도 멍하니 흐름을 타고 앞을 따라갔다. 누더기를 입고 있는 인간은 모두 하나같이 손목을 수갑으로 구속당한 모양이었다.

……진짜 이거 무슨 꿈이냐. 그보다 난 죽었지?

그 괴물 원숭이 무리를 돌파하고, 한층 더 큰 괴물 원숭이를 처리하고, 그 뒤에 배를 찔리고, 어떻게든 도망쳤지만 소용이 없었을 텐데. ……그 뒤로 어떻게 됐지? 누군가가 뭔가 말했던 것 같은데…….

토오야마가 기억을 파헤치려고 한 그때—.

"도마뱀!! 네놈도 빨리 걸어라! 가죽을 벗겨서 지갑을 만들어 줄까?!"

다시 시끄러운 목소리가 울렸다. 낮게 고함치는 목소리. 어렸을 적에 있던 시설의 직원이 아이들을 향해 호통 치는 목소리와 비슷했다.

"그래, 알았다고…… 읍?!"

도마뱀 남자가 개 남자에게 세게 얻어맞았다. 경고도 뭣도 없이, 아무런 거리낌 없이 휘두른 주먹.

"아, 너무하네."

토오야마는 그 모습을 눈에 담았다. 폭력. 자신이 휘두르는 것은 별도로 쳐도, 다른 사람이 휘두르는 것을 보는 건 기분이 안 좋다.

"거들먹거리는 말투로 말하지 말라고, 리자드니안. 허가 없이 지껄이지 마라. 도마뱀 놈이랑 같은 공기를 마시는 것만으로도 기분이 안 좋아진다, 고!"

불합리한 말과 함께 납작 엎드린 도마뱀 남자에게 발차기를 한 방 더 먹이는 개 수인.

"……으, 으으…… ."

땅에 납작 엎드려 괴로움에 발버둥치는 도마뱀 남자. 차인 충격으로 그의 품에서 뭔가가 흘러나왔는데—.

"어? 뭐냐, 이 자식. 아직도 뭔가를 숨기고 있어…… 뭐냐 이거, 빵, 인가?"

손가락으로 집어서 포장을 찢어서 버리는 개 수인. 그것은 아까 전에 토오야마가 나눠 받은 흑빵이었다.

"호~, 이거 대단하네. 론 대장의 소지품 검사를 뚫은 거냐. 좀도둑으로 두기엔 아깝군."

"리자드니안이. 더러운 걸 보여 주고 자빠졌어. 몰래 가지고 있다가 먹으려 한 거냐?"

혐오감을 숨길 기색이 없는 개 수인 한 명이 빵을 내버리면서 도마뱀 남자에게 물었다.

"……아니야, 누군가가, 배가 고프면 안 될 것 같아서."

도마뱀 남자가 비틀거리며 몸을 일으켰다. 몸을 웅크리면서도 개 남자가 팽개친 흑빵을 주우려고 했다.

"아."

물컹.

무장한 개 남자가 도마뱀 남자의 눈앞에서 그 빵을 짓뭉갰다.

"푸흡!! 캬하하하하하!! 야! 들었냐!! 누군가가 배가 고프면 안 된단다!! 멍청이가! 리자드니안이 가지고 있던 빵 같은 걸 누가 먹겠냐!! 나라면 아사하기 직전이라도 네놈이 만진 것 따위는 입도 대기 싫거든!"

조소. 개 남자들이 큰 입을 벌리고 비웃기 시작했다.

"……아, 내가 만든, 빵이……."

도마뱀 남자가 멍하니 짓뭉개진 빵 부스러기를 바라보며 중얼거렸다.

그 중얼거림을 듣고 주위 녀석들의 웃음소리가 더욱 커지고 또 커지고.

"만들었다고?! 야, 너희들 들었냐! 리자드니안이 빵을 만들었댄다!!"

"약탈과 침략하는 것 말고는 아무것도 못하는 저주받은 종족이 빵을 만들다니!! 웃기지 말라고! 역겹군!!"

"내기를 걸어도 좋다고! 네놈이 만든 빵 따위는 아무도 안 먹어!! 역겨워서 토할 것 같다!! 그런 역겨운 건 노예도 안 먹을 거라고!!"

"야 야~, 너희들 너무 괴롭히지 말라고. 뭐 근데, 도마뱀 자식이면 딱히 상관없나."

"더러워. 잠깐만, 그 노예, 리자드니안 같은 건 우리한테 접근시키지 마. 소름 돋아."

꺄하하하하하하하하하하하하하하하하하하하하하하하하하하하하하하하하하.

더러운 웃음이 소용돌이쳤다. 개 남자들뿐만 아니라 주위에 있는 무장한 녀석들은 모두 웃고 있었다. 진심으로 재미있는 것을 보고 있는 것처럼.

"……크, 으."

도마뱀 남자가 쭈그리고 앉아 몸을 둥글게 말았다. 긴 꼬리가 몸을 빙빙 감고 있었다.

거칠고 천한 놈들의 비웃음, 매도, 추잡스러운 말이 넓은 회랑에 계속해서 울려 퍼졌다. 주위의 누구 하나 그 행동을 꾸짖는 녀석은 없었다. 똑같은 누더기를 걸친 노예라 불리고 있는 녀석들조차도 어딘가 히죽거리는 웃음을 머금고 있기까지 했고.

"어?"

"오?"

"뭐냐?"

비웃음이 멈췄다. 그 웃음을 멈춘 것은 어느 노예의 행동이었다. 갑자기 줄에서 튀어나와서 조용히 귀에 거슬리는 웃음소리를 내는 녀석들이 있는 곳에 나타났다.

토오야마 나루히토가 그 웃음을 멈추게 했다. 개 남자들은 웃음을 멈추고 갑자기 나타난 노예를 바라보고 있었다.

"아까워."

빵을, 주웠다.

짓밟혀도 아직 형태가 잘 남아 있었다. 좋은 빵이라는 증거다. 수갑으로 속박된 손. 손끝을 흔들흔들 흔들어 가능한 한 먼지를 털어 내고 그대로 그 빵을 입에 던져 넣었다.

"…………에?"

"…………어?"

짓밟힌 빵을 토오야마 나루히토가 가볍게 주워서 그대로 먹었다.

우물, 우물. 버적.

모래가 섞이고 먼지가 섞였다.

그래도 어안이 벙벙해진 개 남자들의 낯짝을 보면서 먹는 빵의 맛은 나쁘지 않았다.

"맛있네."

토오야마가 꺼억. 트림을 했다.

"이, 이 자식!!! 뭘 멋대로 움직이는 거냐!! 노예가!!"

"이, 이 녀석, 더러워, 리자드니안이 만든 빵을 먹었어."

"검은 머리에 밤색 눈동자, 잡았을 때 제일 날뛴 녀석이다! 론 대장이 제압한 노예다!!"

단번에 곤두서는 털. 개 남자들이 침을 튀기며 마구 고함을 질렀다.

"너, 너……."

도마뱀 남자가 믿기지 않는 것을 봤다는 듯이 파충류의 눈을 크게 떴고.

“도마뱀 남자, 빵 아직 있냐?”

“어, 아, 아니, 지금 게 마지막이다.”

“그런가, 그럼 또 만들어 줘. 맛있었어. 돈은 다음에 내지.”

“아, 어, 그래. 아니, 너, 왜 그런, 괜찮은 건가?”

“뭐 이 정도 양이라면 배탈은 안 나겠지. 그보다.”

토오야마는 도마뱀 남자 앞에 서서 시비를 걸러 온 개 남자들을 바라봤다.

뾰롱. 귀에 전해지는 경쾌한 소리. 동시에 시야에 나타난 ⬇ 마크. 둥둥 뜬 ⬇가 개 남자들을 가리키고 있었다.

수. 1, 2, 3마리. 무장. 손도끼, 허리에 찬 검, 등에 걸친 커다란 망치. 경장, 털가죽이 두꺼워서 쓸데없이 입을 필요가 없는 건가? 꿈인 주제에 설정이 세세하네. 토오야마는 느긋하게, 하지만 냉정하게 그 녀석들을 바라보며 전력을 가늠했다.

“해볼까.”

상급 탐색자, 현대 던전이라는 도박판에서 살아온 뇌, 던전의 취기로 인해 윤리관과 양심의 브레이크가 사라진 뇌가 판단했다.

죽일 수 있다고.

“뭘 멋대로 떠드는 거냐!?! 또 혼나고 싶은 거냐!! 노예!! 우리 모험가를 얕보는 거냐?! 우리는 2급 모험가라고!”

“좀 더 혼내 두자고. 어차피 사이클롭스를 불러낼 미끼야. 다리나 팔은 부러뜨려 놔도 상관없잖아."
"론 대장한테는 이 녀석이 또 날뛰었다고 말해 두자고!! 우릴 얕보고 자빠졌어!!"
격분하는 개 수인들. 그걸 보고 주위에 있는 녀석들이 떠들어 대기 시작했다.
"야, 저거 봐, 저 형제가 또 노예한테 시비를 걸고 있어."
"죽이지 말라고! 그 녀석들한테도 경비가 들었으니 말이야~."
주위의 인간.
무장하고 있는 녀석들은 말리려고 하지 않았다. 재밌는 구경거리가 시작됐다는 듯이 야유를 날리고 시끄러운 소리를 내기 시작했다. 상스러운 야유, 귀에 울리는 휘파람.
"짜증 나네, 이 녀석들."
사실 토오야마 나루히토의 '밑준비는 이미 끝나 있었다'. 토오야마는 한순간 전부 죽여 버릴까 생각했지만, 그걸 사용한 뒤의 문제가 있고, 그걸 쓰면 도마뱀 남자가 말려들기 때문에 사용을 그만뒀다.
"수준 떨어져, 게다가 숙련도도 낮아 보여. 잔챙이 무리냐?"
그러니 방식을 바꾼다. 뻔한 도발에 개 수인들은 간단히 걸려들었다.
"구질구질하게 뭐라는 거냐!! 노예!!"
"어~이, 어이 어이, 난 들었다고~! 저 녀석 너희를 잔챙이라고 했다고, 파인!"
"캬하하! 노예한테 바보 취급당하고 있잖아~!"

"아아~, 저 노예는 이제 죽었구나."

주위의 무장한 남자들의 야유에 개 남자 세 명이 격분했다.

"이 자식, 뭐라고? 노예가 우리를 깔보는 말을 지껄였다고?"

가장 가까이에 있는 개 남자가 성큼성큼 다가왔다. 엄니를 드러냈고, 허리에 차고 있던 검을 뽑아들고 있었다.

"따끔한 맛을 보여주지, 휴먼. 난 말이다, 네놈 같은 노예가 멋대로 까부는 걸 참을 수 없다고."

개 남자가 손도끼를 토오야마를 향해 치켜들고 위협했고.

"세 번째."

""""어?""""

토오야마가 중얼거리는 소리에 개 남자들이 동시에 얼빠진 소리를 냈다.

"너희한테는 세 번, 엄청 짜증 났어."

토오야마가 위협하는 개 남자들을, 자기보다 머리 두 개 정도는 키가 큰 그 녀석들을 올려다봤다.

"먹을 것을 함부로 하는 놈은 쓰레기다. 다른 사람이 만든 것을 짓밟는 놈도 쓰레기다. ……짜증 나기 시작했어."

이 녀석들 잘 보니까 그때의 원숭이 놈들이랑 비슷한 분위기가 나네. 본격적으로 화나기 시작했다. 토오야마가 개 남자들에게 통보했다.

개 남자들이 멍하니 각자의 얼굴을 마주 보고는—.

""""캬하하하하하하하!!!""""

큰 웃음. 한 번에 웃음을 터뜨렸다.

주위의 야유를 날리는 녀석들도 마찬가지다. 최고로 재미있고 바보 같은 놈을 봤다는 그런 상스러운 웃음이 홀에 울렸다.

"야 야 야 야, 들었냐! 저 녀석, 이제 죽었다."

"카하하히! 저 녀석들, 카나리아한테 저런 취급을 받고 있어!"

"어, 언니, 저 사람, 죽을 거야."

고양이 귀 소녀가 그 모습을 보고 얼굴을 파랗게 물들이면서 목소리를 떨었다.

"엘, 이제 그만 보렴. 뭐, 바보들의 스트레스 해소가 노예 하나로 끝난다면 싸게 먹히는 거지. 혈기왕성한 녀석들이니 다른 노예에게 본보기를 보여주기에도 딱일 거야."

그와는 대조적으로 또 한 명의 고양이 귀 소녀, 어른스러운 용모를 지닌 소녀는 작게 한숨을 쉴 뿐.

제멋대로 지껄이는 녀석들, 토오야마는 '모험가'라는 녀석들을 얼굴색 하나 바꾸지 않고 관찰했다. 할 수 있다. 그렇게 판단했다. 몸매, 팔은 두껍지만 배가 튀어나와 있는 녀석이 많다. 동작, 턱을 들고 등이 비실비실한 녀석이 대부분. 어느 것을 봐도 이류, 아니, 삼류로 판단했다.

"좋아."

토오야마는 사냥감 감정을 조용히 끝내고 준비를 시작했다. 아무도 알아차리지 못한다. 노예 토오야마 나루히토가 그 몸에 갖추고 있는 병기에 대해서는.

"인생을 가능한 한 풍성하게 살아가는 방법은 많이 있지. 나 같은 경우에는 한 가지 룰을 따르기로 정했어."

그것은 토오야마 나루히토가 자신의 인생에 부과한 단 하나의 규칙.

“뭐냐, 이 녀석. 불쾌해. 이봐, 뭐라고 하는지 들렸냐.”

모험가들은 히죽거리는 웃음을 멈추지 않았고 토오야마도 말을 멈추지 않았다. 설령 꿈이든 아니든, 자신의 규칙은 변하지 않는다.

“난 내가 하고 싶은 것을 한다. 원하는 것을 얻으려고 노력한다. 자신의 바람에 솔직하게 산다. 난 내 욕망을 배신하지 않아. 하고 싶은 것도, 원하는 것도 무엇 하나 타협하지 않아. 그것만큼은 정해 뒀어.”

“아니, 무서워서 머리가 맛이 갔겠지. 해치워 버리자고!”

“그건 꿈속이라도 변하지 않아. 짜증 나는 놈을 때려눕히고 싶다는 것도 욕심. 내 욕망이지.”

토오야마는 결코 말을 멈추지 않았다. 눈앞에서 알기 쉽게 살의를 키워 나가는 개 남자들에게 담담하게 말했다.

“욕망대로. 탐욕스럽게 산다. 그렇게 정했어.”

뇌가 나른해진다. 토오야마가 하고 싶은 것, 욕망은 이미 정해져 있었다.

“무슨 말 해쪄요~? 캬하, 카나리아, 무서워서 머리가 이상해졌나? 자, 자, 죽일 수 있으면 죽여 보라고, 자.”

개 남자 한 마리가 수갑이 채워진 토오야마에게 얼굴을 내밀며 까불거렸다.

“우리 중에서 한 명이라도 얼굴을 때리기라도 한다면 풀어 줄 수도— ……어?"

철썩.

개 남자의 말이 멎었다.

토오야마가 지근거리에서 뱉은 침이 털이 북실북실한 얼굴에서 늘어지고 있었다.

지금 토오야마의 욕망은 하나. 단 하나의 목적뿐.

"노린내 난다고. 샤워하고 와라, 얼간아."

이 녀석들의 입을 영원히 다물게 하는 것이다.

"이, 이 자식, 침을?!! 원숭이 놈이!!"

토오야마를 향해 내려친 손도끼. 바보답게 손만큼은 빠른 모양이다. 토오야마는 양손을 수갑으로 구속당해 무방비 상태. 도마뱀 남자가 새로운 폭력의 예감에 다시 눈을 가렸다—.

자르르르르르르륵!!

"어?"

수갑, 토오야마가 좌우를 잇는 그 쇠사슬로 내려치는 손도끼를 미끄러뜨리고 얽어매듯이 받아내서—.

"무슨?!"

"싸구려네, 이거."

파칭! 간소한 만듦새, 조잡한 소재의 쇠사슬이 끊어졌다. 토오야마 나루히토의, '상급 탐색자'의 양팔이 자유로워졌다.

"에이."

결과적으로 빗맞은 일격. 빈틈투성이의 개 남자. 손가락 두 개로 그대로 개 남자의 눈을 찔렀다. 눈을 못 쓰게 했다.

"아, 갸악?!!"

비명, 어이없어하는 다른 수인은 아랑곳하지 않고 비명을 지르는 개 남자가 손도끼를, 자신의 무기를 손에서 떨어뜨렸다.

"무기를 놓치다니, 너 초짜냐?"

그대로 토오야마가 손도끼를 주워서 당연하다는 듯이 고통에 웅크린 개 수인의 머리를 내려쳤다.

폭삭. 정수리를 내려찍은 날이 간단히 두개골을 부쉈다. 보기보다 그 녀석의 두개골, 털가죽, 뼈는 부드러웠고.

"하나."

"하, 베?"

털썩. 눈구멍에서 피를 흘리면서 쓰러지는 그 녀석을 걷어찼다. 같이 다니는 녀석들은 아직 어안이 벙벙한 상태라 움직이지 않았다.

너무 간단하다. 괴물종 무리가 몇 배나 더 힘들다.

"읏차."

"으아?"

발을 디디며 손도끼를 치켜들었다. 용서, 힘 조절은 일절 존재하지 않는다. 토오야마 나루히토는 그런 인간이다. 붕! 허공을 가르는 손도끼 일격. 두 명째 수인의 바지 아래, 고간을 향해 골프 스윙을 하듯이 휘둘렀다.

키잉. 뭔가를 으깼다.

"아, 으에, 엑."

거품을 뿜으면서 두 명째 수인이 쓰러졌다.

“아, 뭐, 뭐야?! 너희들, 왜, 어째서?! 이 노예가아아아!!”

느린 반응. 마지막에 남은 세 명째 수인에게 시선을 향하고.

“오, 넌 아까 내 명치랑 도마뱀 씨를 때린 놈인가. 복수해야지.”

“아아아아아아아아?!!”

이제야 사태를 이해한 건가. 마지막으로 남은 개 남자가 검을 높이 들어 올렸다. 동료를 죽인 노예를 힘껏 베려고—.

“큽, 에?”

옆구리에 손도끼가 파고들었다. 검을 너무 크게 휘둘러 토오야마 나루히토의 옆구리 공격을 쉽게 허용했다.

“아파도 멈추지 마라. 기합을 보여 주라고, 기합을.”

고통에 부들부들 떨며 몸을 기역자로 구부리는 개 남자.

털썩. 개 남자의 손에서 검이 사라졌다.

“아.”

“눈에는 눈, 명치에는 명치.”

푹.

토오야마가 개 남자의 힘 빠진 손에서 검을 빼앗았다. 그 다음엔 그대로 검 끝을 개 남자의 명치에 아무렇게나 비틀어 넣었다.

“에, 큽.”

“죽어라, 얼간이.”

그대로 검이 박힌 곳에 앞차기. 물론 검은 발차기로 인해 말뚝처럼 박혀서 개 남자의 명치에 더 깊이 파고들었다.

“끄륵.”

찌부러진 개구리 같은 소리를 내고 개 남자가 위를 보고 쓰러졌다. 손발을 파닥거리며 날뛰었지만, 금방 죽은 매미처럼 굳어서 조용해졌다.

순식간에 세 명이 죽었다.

탐색자가 모험가를 세 명 죽였다.

"무기는 잘 손질하고 있잖아. 하지만 손도끼인가. 좀 어중간해서 내 취향은 아니란 말이지."

뗑그렁.

역할을 끝낸 손도끼를 내버리는 소리가 크고 넓게 울렸다.

뾰롱.

==

【옵션 목표 달성 모험가를 처리한다】

【메인 목표 갱신 모험가의 포위망에서 도망쳐라!】

==

시야 끄트머리에 다시 메시지가. 아하, 그렇군. 이거 꽤나 편리하네. 토오야마가 시야에 비치는 둥둥 뜬 화살표가 가리키는 곳을 바라봤다.

"너, 너, 굉장하네……."

도마뱀 남자가 눈을 깜빡였다. 눈앞에서 일어난 한순간의 공방에 대한 감상은 그뿐이었다.

"오오~, 도마뱀 남자, 다친 곳은 없어? 미안하게 됐네. 네 빵, 쓰레기 놈들이 짓밟게 하고 말았어."

맛있었는데 말이야~. 토오야마가 중얼거리면서 손에 튄 피를 죽은 개 남자들의 옷으로 닦았다.

"맛있었다, 그런가……."

감동이라도 했는지 도마뱀 남자가 눈을 감고 꼬리를 흔들고 있었다. 토오야마는 왠지 모르게 이 도마뱀의 성격이 이해되기 시작했다.

"아, 이런. 느긋하게 있을 때가 아니지."

문득 깨달았다. 여긴 적진 한복판이다.

이 시점이 되어서야 겨우 주위의 모험가들이 상황을 이해했다. 노예가 동료를 죽였다. 행실도 나쁘고 평판도 좋지 않다. 그래도 같은 집단의 동료고, 그 녀석들의 실력이 뛰어나다는 것도 알고 있었다. 그런데 야유를 날리며 누군가가 노예가 어떻게 죽을지 내기를 하자는 말을 꺼내고 이야기를 정리하던 사이에, 정신을 차리고 보니 동료가 세 명 죽어 있었다.

"죽, 여."

누군가가 말을. 그 목소리는 떨렸고—.

"저 노예를 죽여라아아아아아아아!!"

목소리가 격앙되어 있었다. 굉장히 초조한 모양이다.

"이제야 알아차렸냐. 재 고블린 놈들이 훨씬 반응이 좋다고."

토오야마가 씨익 흉포한 웃음을 지었다. 가늘고 긴 눈이 그야말로 흉하게 일그러져 있었다. 투쟁의 흥분에 취했다.

"너, 너……."

과연 도마뱀 남자는 무엇을 보고 전율한 것일까. 동료가 죽어

살기를 띤 모험가인가, 아니면 토오야마 나루히토인가.

"안심해, 도마뱀 씨. 난 이제 아끼지 않아."

"에?"

계획은 이미 세워져 있다.

짜증 나는 놈을 처리해서 후련하다. 하지만 여긴 적진 한복판. 적 무리에 둘러싸인 상태다. 하지만 토오야마는 알고 있다. 괴물을 죽여서 돈을 벌었던 토오야마는 요령을 알고 있었다. 괴물 무리와 싸우는 방법을—.

"아아—."

문득 입가에 미소가 어린 것을 깨달았다. 멍청하고 살의를 다 드러낸 빌어먹을 놈들에게 둘러싸여 있는 이 상황은 마치 그 최후의 순간의 재현.

"바로 그리운 상황이 나왔네. 히히히, 복수다."

충격.

속공.

교란.

그리고,

"채워라, ———."

토오야마가 작게 중얼거렸다. 이미 둘러치고 펼쳐 뒀던 그것을, 준비해 뒀던 그것을 발동했다.

"무조건 죽여라!! 놓치지 마라! 우리 명예가 달려있다!! 카나리아가 반항을— 어?"

모험가 한 명이 이변을 깨달았다. 이어서 고양이 귀 소녀들이

두리번두리번 주위를 둘러보기 시작했고.

"이, 이게 뭐야, 언니."

"엘, 내 옆에 와, 움직이면 안 돼."

모험가들이 눈을 부릅떴다.

어떤 자는 말을 잃고, 어떤 자는 두려워하고, 어떤 자는 몸을 맞댔다.

새하얗다. 새하얀 연무가 모험가들을, 아니, 노예들까지 통째로 휘감고 주변 일대에 가득 차 있었다.

수십 센티 정도의 앞도 보이지 않는 새하얀 연무, 그것은―.

"이건, 안개……? 어째서, 이렇게 갑자기?! 아무리 헤렐의 탑이라고 해도 여긴 아직 1층이라고?!"

안개다. 새하얗게 모든 것을 가두는 안개의 바다.

몇 미터 앞도 내다볼 수 없는, 영산에서 내려온 듯한 새하얀 안개. 무거운 안개가 세상을 가둔다. 아무도 움직이지 않는다. 움직일 수 없었다.

두 노예를 제외하고는―.

"도마뱀 씨, 가자! 지금 가야 해!"

"그 목소리, 너인가?! 앞이, 앞이 안 보이는데!!"

"손 내밀어! 잡아당길게! 따라와! 저 인원을 전부 죽이는 건 좀 더 기세를 타지 않으면 힘들어!"

토오야마가 도마뱀 남자를 잡아끌고 달리기 시작했다. 망설임 없이 아무것도 보이지 않는 안개 속을 달렸다.

"너, 어떻게 앞이 보이는 거지?! 이 안개는 뭐냐?!"

당연하게도 반쯤 패닉 상태인 도마뱀 남자. 하지만 그래도 다리는 착실하게 움직여서 토오야마를 따라갔다.

"아군이야! 우리의! 아 참, 그렇지! 확실하게 해둘까!! 어~이, 노예, 잡혀있는 놈들! 이런 기회는 이제 없다고~! 우리는 도망친다! 너희는 어떡할 거냐?! 괴물의 먹이가 되고 싶지 않다면 지금이 마지막 기회다! 마음대로 하는 편이 좋을 거라고~! 어차피 남아도 변변치 않을 거라고~!"

토오야마가 뒤돌아보고 새하얀 안개 속에 외쳤다.

잠깐의 침묵 뒤.

와아아아아아아아아아아아아아아아아아아!!

도망쳐라, 도망쳐라아아아아아아아아아아아아아아아아아아아!!

어디로, 어디로 도망치지?!

노예들이 사방으로 뿔뿔이 흩어져 달리기 시작했다.

노, 노예 놈들을 놓치지 마라!! 놓칠 바에는 죽여라!!

캬악?! 이 자식, 왜 날 베는 거냐?! 죽여 주마!

아, 미안— 크악?!

……당했네. 그만해! 너희들! 이 안개 속에서는 같은 편끼리 싸우게 될 거야!! 모두 한곳에 모여! 여긴 마경, 헤렐의 탑이야. 무슨 일이 일어나도 이상할 것 없어!

혼란. 모험가들은 통제를 완전히 잃어버렸다. 같은 편끼리의 싸움, 지휘 계통의 상실, 토오야마가 간파한 대로 모험가는 맥없이 집단으로서의 기능을 잃었다.

"좋아! 작전 성공! 도마뱀 씨, 자, 가자!"

"너, 넌, 진짜 누구냐? 학원의 마술사? 아니, 교회의 기사? 아니면 왕국의 모험가?"

"아니, 탐색자다! 일류가 되기 직전인 이류 탐색자!"

"탐색자? 아니, 그보다 넌 어떻게 이 안개 속에서 거침없이 나아갈 수 있는 거지?! 보이는 건가?"

"아니 전혀! 하지만, 왠지 모르겠지만 '화살표'가 보여! 작전대로야! '안개'를 최대한 짙게 해도 '화살표'는 보여! 히히히히, 완전 게임의 마커네!"

그렇다. 토오야마의 시야에는 다시 그 ⬇가 떠있었다. 앞이 보이지 않는 안개 속에서 친절하게【도망쳐라!】라는 메시지도 붙어 있다.

"유저 친화적이라 편해! 히히히히, 이게 꿈이 아니면 최고였겠지만!"

탐색할 때 이게 있으면 상당히 우위에 설 수 있지 않나? 가야 할 지점을 가르쳐 주는 것만으로도 고맙다. 뭐, 꿈이 아니었다면 이런 수상한 화살표를 믿을 생각은 전혀 없지만. 토오야마는 두둥실한 고양감 속에서 안개 속을 계속해서 달렸다. 뒤의 모험가들이 혼란해하는 목소리는 점점 멀어지고 있었다.

"무슨 소리를 하는 건가?! 서, 설마, 이 안개는 네가?! 스킬? 마술식, 아니, 설마 시스템?!"

"그게 뭐야? 뭐 어쨌든, 달려 달려! 개중에는 감이 좋은 녀석도 있겠지. 요행으로 쫓아올지도 몰라— 아니?! 우와, 어?"

주르륵.

두 사람이 넘어졌다.

갑자기 땅이 비스듬해졌다. 그리고 축축해지더니 물이 흐르기 시작했다.

"우오, 이게 뭐냐!"

워터 슬라이더. 아까 전까지 포석이 깔린 평탄한 회랑이었던 곳이 기울어져 흘렀다.

물론 탐색자와 도마뱀 남자도 주륵주르륵 나가시소멘*처럼 땅을 미끄러져 떨어져 갔다.

"으, 큭, '헤렐의 탑'이다!! 무슨 일이 일어나도 이상할 것 없어! 우오오오오오오오?!"

"헤렐의 탑은 뭐야아아아아아아아아아?!!"

꿈이라는 생각이 들지 않는 리얼한 추락감. 물이 춤추고 몸이 튀어서, 눈앞이 깜깜하게—.

==================================

【퀘스트 목표 달성 모험가의 포위망을 돌파한다】

==================================

*일본의 문화 중 하나로 반으로 자른 대나무에 흐르게 한 물로 소면을 흘려서 먹는 방식.

제2화 메인 퀘스트를 내다버린 플레이

꿈을 꾼다. 햇님과 탄 식빵 냄새가 섞인 향기. 개의 냄새다.

검은 강아지와 늘어진 셔츠와 반바지 차림의 아이가 놀고 있다.

멍! 멍!

아하하, 너 머리 똑똑하네! ……왜 버려졌을까. 너도 집이 없구나. 나랑 똑같네.

멍? 멍!

아, 미안해, 슬슬 통금 시간이야. ……우리 집, 시설이라서 널 데리고 갈 수 없어. ……또 올 테니까. 미안해, 나도 먹을 건 안 가지고 있어.

끼이이잉, 멍.

우리 똑같네, 버림받고 집도 없어. 그래도 밥은 먹고 싶지.

끄응…….

그렇지, 이렇게 하자. 내가 거기서 먹을 걸 가지고 올게. 시설 녀석들은 날 때려. 넌 건방지고 정상이 아니니까 때려서 고치고 있는 거래…….

끼잉…….

그런 곳은 이제 싫어. 나가 주겠어. 그렇지, 있잖아, 너 말이야, 괜찮으면 나랑—.

◇◇◇◇

찰박.

"음…… 타, 로……."

"이봐! 너 괜찮나? 좋아, 숨은 쉬는군. 내가 누군지 알겠나?"

어렴풋이 눈을 떴다. 도마뱀 얼굴이 들여다보고 있었다.

"음, 아, 도마뱀……? 어라, 타로는…… 음, 그보다, 어라, 바벨 대혈, 어라?"

토오야마가 눈을 비비면서 몸을 일으켰다. 누더기 옷은 젖어 있지만 몸에 이상은 없는 모양이다.

"잠이 덜 깬 마당에 미안하지만 일어나 줘. 난 너와는 달리 실력에 자신이 없어. ……이거 심하게 이상한 곳까지 미끄러졌군."

도마뱀 남자의 말을 듣고 토오야마가 주위를 둘러봤다.

폭포다.

용소 근처였다. 주위는 어둑어둑하지만, 초록, 빨강, 파랑으로 빛나는 바위가 광원이 되어 살펴볼 수 있었다.

폭포 위를 봐도 아무것도 보이지 않았다. 어느 정도 높이에서 떨어진 건지 짐작도 안 됐다. 용소에서 뻗어 나온 개울, 공기의 흐름, 바람이 불고 있었다. 그 감각은 정말로 리얼해서 이게 꿈인지 진심으로 위화감을 느끼기 시작했다.

"꿈에서 깨고, 또 꿈…… 인가. 근데 등이 아프네…… 설마, 이게 꿈이 아니라던가?"

"이봐, 부탁하네. 정신 차려. 이렇게 되면 여차할 때 의지할 수 있는 건 너……… 뿐…….”

멍하니 중얼거리는 토오야마의 모습을 보고 숨을 내쉬는 도마뱀 남자. 하지만 금방 어느 한 곳을 보고 입을 떡 벌리고 굳었다.

“어? 왜 그래? 굳어서, 는…….”

토오야마도 그 시선에 이끌렸고, 그리고 그것을 보고 말을 잃었다.

뾰롱. 메시지가 나타났고.

==

【퀘스트 갱신 ‘거인종’ 사이클롭스로부터 살아남아라】

==

그것은 외눈박이 거인. 초록색 피부에 올려다봐야 할 정도의 근육질의 거구, 허리에 두른 조잡한 도롱이.

8미터, 집 정도의 크기는 될 것 같은 거인이 토오야마 일행을 보고 침을 흘리고 있었다.

“Oh…… 사이좋게 지내지는 못할 것 같네.”

“사, 사이클롭스…… 그 모험가들이 찾고 있던 몬스터…….”

토오야마와 도마뱀 남자가 입을 모아 멍하니 중얼거렸고.

『그으…… 우오오오오오오오오오!!』

“도마뱀 씨!! 엎드려!!”

“에, 어?”

사이클롭스는 커다란 손바닥을 옆으로 휘둘렀다.

토오야마는 도마뱀 남자를 밀치면서 땅을 구르듯이 엎드렸다.

『그으오오오오오오오오?!』

휘오오. 고약한 체취. 쉰 음식물 쓰레기 같은 냄새가 돌풍이 되어 몰아쳤다. 머리카락 끄트머리의 오싹오싹한 느낌. 저 괴물의 일격이 스쳤다.

"우와?! 히, 히히히히히히, 이거 한 대 맞으면 아웃이네! 더럽게 큰 뱀 '마더 구스'가 생각나네!"

탐색자는 위기를 우습게 여겼다. 현대 던전의 '취기'로 변질된 뇌가 위기감과 공포를 고양감으로 바꿔 나갔다.

"너, 너는 왜 웃는 거냐."

죽을 위기에 웃음을 짓는 토오야마를 보고 도마뱀 남자가 당황했다.

"어어?! 당연히 무섭고 재밌으니까 그렇지! 난 웃고 싶을 때는 웃는다고! 그것도 내 욕망이니, 말이야!!"

그렇다, 탐색자는 목숨을 잃을 위기에 취하는 것이다. 현대 던전에 의해 인간에서 '탐색자'로 바뀐 존재는 공포를 공포로 인식하지 못한다. 주정뱅이와 같이.

토오야마가 웃으면서 가까이에 있는 적당한 짱돌을 주워 힘껏 던졌다. 노리는 곳은 저 커다란 눈.

톡.

'그으?'

눈을 직격한 투석. 하지만 아무런 의미도 없었다.

"음~, 역시 안 되나. 손도끼를 버리지 말 걸 그랬어."

꽤나 분위기나 기세로 살아가는 토오야마가 고개를 갸웃거렸다. 그런데 아직 '안개'가 충분히 퍼지지 않았다. 그래도 여긴 순풍, 괴물에겐 역풍. 차라리 써버릴까 하는 생각을 하고 있으니.

『그으오오오오오오!!』

"아, 이런."

무기도 없다. 도구도 없다. 아직 비장의 수단은 준비가 안 됐다. 큰 팔로 날리는 일격, 타이밍을 잘못 재면 납작해져서 죽는다.

그걸 이해하고 있으면서도 토오야마 나루히토는 아무래도 웃음을 멈출 수가 없었다.

"호오, 죽음을 앞두고 웃는 건가. 노예."

치이익…….

『그으?』

기우뚱. 사이클롭스의 목이 기울어졌다.

큰 팔이 목을 누르려고 움직이다가 딱 멈췄다. 멈췄나 싶었더니, 그 목이 떨어졌다. 예리한 날붙이로 잘린 것이다.

고기를 굽는 좋은 냄새가 났다.

"참 어이없구나. 이 정도 사냥감을 나와의 사냥 경쟁 목표로 삼다니…… 심심풀이 이하구나. 역시 탑급이나 적어도 '1급' 정도가 아니면 놀이 상대도 안 돼."

금속이 부딪히는 소리. 흐릿해서 남자인지 여자인지 알 수 없는 목소리가 공간에 울렸다. 목이 사라진 거인의 어깨에 누군가가 있었다.

"오오, 진짜냐."

"말도, 안 돼…… 사이클롭스를 일격에? 1급 모험가라도 몇 명이 달려들어야 하는 거인종이라고? 아, 니, 설마."

"흐카카카, 호오, 우리의 방계인 리자드니안이 아니더냐. 그 복장, 보아하니 도망친 카나리아인가. 왜 그러나? 비늘색이 안 좋구나."

기우뚱, 땅울림을 내며 목을 잃은 거구가 쓰러졌다. 당연하다는 듯이 뛰어내린 그 녀석이 거인의 몸을 짓밟고 발판으로 삼으며 걸어왔다.

갑옷이다.

이 어둠, 빛나는 바위 말고는 광원이 없는 이 공간에서도 잘 보이는 금빛으로 번쩍이는 갑옷.

웅장한 두 개의 뿔이 달린 호화로운 풀페이스 투구에 빨간 벨벳 같은 호화로운 망토가 달린 갑옷을 입은 기사가 거기에 있었다.

그 손에는 빨갛게 달궈진 큰 삼지창을 들고 있었다. 저걸로 거인의 목을 친 건가? 믿기지 않는 힘이다.

"오, 오우, 도마뱀 씨 왜 그래? 배라도 아픈 거야?"

그 순간 도마뱀 남자가 무릎을 꿇고 몸을 웅크렸다.

꼬리를 접고, 떨면서 땅에 납작 엎드리기 시작했다.

"……설마, 너는, 아니, 당신은…… 용?"

용, 도마뱀 남자는 떨면서 말했다.

"호오! 호오! 흐카카카! 내 종자가 가공한 몸을 숨기는 마술식

!
저벅
찰박

이 담긴 갑옷 속을 간파한 건가! 리자드니안, 네놈은 피가 상당히 진해 보이는군…… 좋다, 칭찬해 주지."

"……용? 저 갑옷이?"

갑옷을 봤다. 어디에도 토오야마가 아는 용의 요소는 보이지 않았다.

"너, 넌 진짜로 제국령의 인간이 맞나? 헤렐의 탑, 그리고 용, 저 금색 갑옷…… 한 명밖에 없잖나……?!"

"거기 흄(인류종). 네놈은 리자드니안과는 달리 눈치가 없구나, 죽고 싶나?"

갑옷의 흐릿한 목소리. 남자인지 여자인지 모르겠다.

"뭐? 너 뭐냐, 브엑?! 도, 도마뱀 씨! 뭐하는 거야?!"

토오야마가 갑옷쟁이의 말에 대답하는 것과 동시에 도마뱀에게 어깨를 잡혀 아래로 눌렸다.

"부, 부탁이야, 넌, 너는 은인이야! 하지만 지금은 머리를 숙여 줘, 부탁이야!"

토오야마는 도마뱀에게 몸을 눌리면서 어쩔 수 없이 무릎을 꿇었다. 갑옷쟁이는 그 모습을 만족스럽게 바라보고 있었다.

"호오, 호오 호오 호오, 리자드니안, 네놈, 좋구나. 분수를 아는 영리한 도마뱀은 싫지 않아."

유쾌한 듯한 목소리. 듣기만 해도 기분이 좋다는 걸 알 것 같은 목소리다.

"그래서 한 가지 놀이를 생각해 냈다. 노예 사냥보다 재밌을 것 같은 놀이를 말이야."

거인의 시체에서 뛰어내린 갑옷쟁이가 즐거운 듯이 흠흠 소리를 내며 이쪽으로 걸어왔다. 망토를 잘난 듯이 나부끼면서.

"이봐, 저 녀석은 왜 저렇게 거들먹거리는 거야. 그리고 도마뱀 씨, 너 떨고 있지 않아?"

"조, 조용히 해! 오히려 넌 어떻게 그렇게 침착하게 있을 수 있는 거지?! 용이라고?! 탑급, '타워 클래스 모험가'다! 네가 아무리 실력이 뛰어나다고 해도 저건 격이 달라. 이 세상의 이치를 반쯤 뛰어넘은 것과 같은 존재다!"

도마뱀 남자는 반쯤 광란 상태였고, 토오야마는 그 이유를 알 수 없었다. 하지만 서서히 그 갑옷쟁이가 다가올 때마다 목 뒤쪽이 움찔거리며 저릿해져 왔다.

"크크크, 도마뱀, 너무 그렇게 칭찬하지 마라. 음, 기분이 나쁘지 않구나. 노예, 좋다, 얼굴을 들어라. 내가 허락하지."

"아, 넵!!"

"…………."

도마뱀 남자가 얼굴을 들었다. 토오야마도 그에 이끌려 앞을 봤다.

"흐음? 흠, 네놈…… 묘한, 케케묵은 냄새가 나는구나……. 뭐, 됐다. 카나리아, 칭찬해 주지. 용케도 모험가 놈들의 구속을 풀고 도망쳤어. 지금쯤 여기보다 좀 더 위에 있는 층에서는 재밌는 일이 벌어지고 있을 거다."

"재밌는 일, 말입니까……?"

"뭐, 그렇겠지. 그게 목적이기도 하니."

금빛으로 빛나는 갑옷의 말에 도마뱀 남자는 어리둥절. 대조적으로 토오야마는 태연했다. 토오야마만이 갑옷쟁이의 말의 의미를 이해하고 있었다.

"흐카카! 흠 노예, 역시 네놈은 노리고 있었나! 좋다, 그 태도는 제쳐 두더라도 의외로 나쁘지 않구나."

"무, 무슨 뜻이지?"

토오야마와 갑옷쟁이의 모습을 본 도마뱀 남자가 눈을 깜빡이면서 혼란스러워했다.

토오야마는 잠시 생각한 후,

"……도마뱀 씨, 여긴 괴물이 있는 곳이지? 그러니 위에 있는 놈들, 그 모험가라고 하는 자존심만은 센 것 같은 초짜들. 그리고 내가 부추겨서 일제히 도망친 노예. 괴물의 소굴에서 인간들끼리 큰 소란을 피웠지. ……무슨 일이 일어날 것 같아? 누가 좋아할 것 같아?"

도마뱀 남자도 그 말을 듣고 이해한 듯했다. 침을 꿀꺽 삼키며 고개를 끄덕였다.

"카카카!! 아아, 그, 뭐냐, 네놈, 잘 보니 눈빛이 좋지 않느냐. 죽일 수 있는 자의 눈이야. 수많은 목숨을 자신의 의지와 욕망으로 빼앗아 온 눈이야. 네놈이 노린 대로 괴물들은 배터지게 먹었지."

갑옷이 말할 때마다 뼛속이 떨렸다. 토오야마는 이와 비슷한 느낌을 알고 있다. 도를 넘는 존재, 괴물종, 현대 던전에 사는 그 강력한 생물과 상대할 때와 똑같은 느낌이다.

"…………있잖아, 도마뱀 씨. 혹시 말인데, 이거 꿈 같은 거 아니야?"

너무나도 리얼한 감각에 토오야마는 자기도 모르게 등에 대량의 땀을 흘리고 있었고.

"너, 아직도 그런 소리를 하는 거냐?! 부탁이야, 정신 똑바로 차려. 지금 이 분의 눈앞에서 조심성 없는 짓만은 하지 말아 줘."

"카카! 뭐, 괜찮다 괜찮아! 그럼, 네놈들에게 제안을 하지. 너무 그렇게 긴장하지 마라. 그래, 유희, 심심풀이 게임이다."

"게, 게임, 말입니까?"

"…………이거 제대로 된 건 아니겠네."

안 좋은 예감이 들었다. 이 갑옷쟁이한테서는 굉장히 안 좋은 예감이 들었다.

"네놈들, **지금부터 서로 죽여라**. 살아남은 쪽을 노예에서 해방시켜 주고 이 탑에서 살려서 보내주마."

아주 밝은 목소리다. 목소리가 잠겨 있어도 알 수 있었다. 갑옷쟁이가 즐기고 있다는 것을.

"이 몸, '수집룡(蒐集竜)'의 이름을 걸고, 말이야."

뾰롱.

==

【퀘스트 목표 갱신】

【'수집룡'의 말대로 도마뱀 노예를 죽이고 헤렐의 탑에서 탈출한다】

==

"이거 봐, 역시."
"……뭐?"
"음? 왜 그러나, 도마뱀. 방금 전까지 보여 줬던 눈치 빠른 모습을 보여 봐라. 아니면 이 몸의 말이 마음에 들지 않았나?"
갑옷쟁이가 큭큭큭 하는 소리를 내며 도마뱀 노예를 놀렸다. 토오야마의 시야에 어느샌가 다시 ⬇가 떠올랐다. 그것은 도마뱀 남자를 가리키고 있었다. 이 녀석이 목표다, 라고 말하는 듯이.
"서, 서로 죽이라고 하는 것은……."
당황한 도마뱀 남자. 눈이 두려움에 흔들렸고, 목소리를 떨었다.
"두 번은 말하지 않는다. 설마 이 몸의 말이 들리지 않았다고는 하지 않겠지. 아아, 그런가. 과연, 실제로 상을 보기 전까지는…… 뭐 그런 건가! 카카! 도마뱀, 네놈은 상당히 당차구나!"
갑옷쟁이가 웃으면서 품에서 뭔가를 꺼내 이쪽에 뽐내듯이 보여줬다. 그것은 회중시계와 같은 펜던트였다. 8장으로 포개어지는 듯한 날개와 검 의장이 왜인지 명확하게 보였다.
"그것은, 설마……."
토오야마는 전혀 몰랐지만, 도마뱀 남자는 아는 모양이었다.
"'교회의 귀환 증표'다. 내 비늘로 장식하고 여주교의 피를 섞은 공식 도장이 찍힌 일품이지. 카카! 이걸 가지고 있는 것만으로 노예에서 즉시 해방, 이 탑에서도 살아남을 수 있고 거기에 더해 모험도시, 내 마을에서 직업을 가지는 것도 가능하다. 그야말로 지금의 네놈들 입장에서는 죽을 만큼 갖고 싶은, 그런 물건이지?"
갑옷쟁이가 그걸 흔들흔들 흔들면서 말을 이었다.

"네놈들 둘 중에 살육전에서 살아남은 쪽에 주지."

갑옷쟁이의 말, 그 직후 꿀꺽 하고 침을 삼키는 큰 소리가 들렸다. 도마뱀 남자가 낸 소리다.

"교, 교회의…… 저, 저것만 있으면, 나도…… 인생을 나시 시작할 수 있어……."

그 눈이 반짝반짝 열기를 띠었고.

"도마뱀 씨? 저건 뭐야?"

"……………………."

도마뱀 남자는 대답하지 않았다. 지금까지 이것저것 대답해 줬는데, 이번에는 핏발 선 눈으로 갑옷쟁이가 든 펜던트를 바라보고 있었다.

"크크, 그리고, 자, 도마뱀. 거기 있는 노예는 실력이 상당하지. 핸디캡이다. 써라."

"! 이건."

"영광스럽게 여겨라. 나의 나이프다. 금강석에 나의 조부 '염룡(炎竜)'의 용골을 섞은 칼날, 왕국의 '수해'에 있는 창생수로 깎은 손잡이, 그거 하나로 7대는 놀고먹을 수 있는 일품이다."

휙 던져진 그 칼이 빙빙 돌아 땅에 박혔다.

놀라울 정도로 투명하고 아름다운 그것은—.

"……용의 나이프……."

"크크, 흐카카, 자, 춤춰 보이거라, 놀아 보거라, 노예들아. 죽여라, 싸워라, 그러지 않으면 살아남을 수 없다고."

"……돌아갈 수, 있는 건가."

도마뱀 남자가 비틀비틀 걷기 시작했다. 칼집에서 뽑힌 채로 발치에 내던져진 나이프를 주웠다. 그 칼날에 가득한 위험한 빛, 그와 똑같은 살의가 도마뱀 남자의 눈에 깃들었고.

토오야마는 가만히 그 모습을 바라보고 있었다.

도마뱀 남자의 눈, 파충류 특유의 세로로 째진 눈이 크게 흔들렸고 그 속에 토오야마 나루히토의 밤색 눈이 비쳤다.

"………."

"……………."

토오야마는 이 단계에 약간 생각하기 시작했다. 어쩌면 이건 꿈이 아닐지도 모른다.

도마뱀 남자의 격정이 전해지는 침묵, 그게 아무래도 꿈이라고는 느껴지지 않았다.

두근. 갑자기 토오야마의 심장이 뛰었다.

"읏……!"

그 충격에 자기도 모르게 눈을 부릅뜨고 무릎을 꿇었다. 발작이라도 일어났다고 착각할 것만 같았다. 아픔은 없다. 그저 심장이 시끄러웠다.

"흡!!"

도마뱀 남자는 토오야마의 움직임에 반응해서 가벼운 동작으로 그 자리에서 홱 물러났다. 나이프를 거꾸로 쥔 그 행동에서 빈틈은 조금도 보이지 않았다. 실력에 자신이 없다고 한 건 아무래도 속임수였던 모양이다. 그 움직임은 싸울 수 있는 자의 움직임이었다.

뾰롱. 또 소리가 울렸다. 동시에 심장도. 뇌도. 그것은 메인 퀘스트 알림. 토오야마 나루히토가 이행해야 하는 규정 사항의 소리다.

====================================

【도마뱀 노예를 죽여라, 도마뱀 노예를 죽여라, 도마뱀 노예를 죽여라】

====================================

반복해서 시야에 흐르는 메시지. 나이프를 쥐고 방심하지 않고 이쪽을 바라보는 도마뱀 남자를 화살표는 계속해서 가리켰다. 그것은 즉, 토오야마의 운명은, 토오야마가 해야 할 일은 이 도마뱀 남자를 죽이고 이곳을 탈출하는 것이다.

====================================

【죽여라, 처치해라, 살아남기 위해, 욕망대로 살기 위해, 죽지 않기 위해, 죽여라, 살아남아라】

====================================

운명은 큰소리친다. 심장을 조급하게 뛰게 만들고, 뇌를 녹초로 만들면서 토오야마에게 강제한다. 도마뱀을 죽여라. 운명은 이행을 강요한다. 누구도 이를 거스르는 것은—.

—내가 만든 빵이다.

—누군가가, 배가 고프면 안 될 것 같아서.

도마뱀 남자의 말이 되살아난다. 그것은 어이가 없을 정도로 마음씨 따뜻한 말들. 토오야마는 숨을 내쉬었다.

욕망이 이끄는 대로. 그것이 토오야마 나루히토의 본질. 그렇다면 모든 선택은 자신이 하고 싶은 것에 따라서만 결정되어야 한다. 알 수 없는 운명 따위에 결정되어서는 안 된다.

……죽이고 싶지 않은데.

나이프를 쥐고 이쪽을 바라보는 세로로 찢어진 동공을 바라봤다. 좋은 녀석이다. 틀림없이. 누군가의 주린 배를 채워 주려고 하는 녀석 중에 나쁜 녀석은 없다.

그래서 구해 줬다. 도마뱀 남자를 그 모험가인가 뭔가 하는 놈들에게 짓밟히게 두고 싶지 않았다. 그것은 틀림없이 토오야마 나루히토가 모든 것에 있어서 우선시하는 자신의 욕망이었다.

"왜 그러나? 빨리 시작해라. 아아, 만약 둘 다 아무것도 하지 않는 경우에는 네놈들 모두 내가 죽일 테니, 가능하면 살 가능성이 있는 쪽을 선택하는 게 현명하다고 생각하는데."

갑옷쟁이의 말은 독이다. 공포와 상, 그 두 개로 사람을 칭칭 얽어맨다.

사실 토오야마 나루히토는 이미 준비를 완료했다. 시간은 걸렸지만 갑옷쟁이의 긴 이야기 덕분에 이제 충분하다.

마음만 먹으면 지금 이 순간에라도 적을 모두 처리할 준비는 끝나있었다. 하지만, 꽤나 진심으로.

"……정했어, 수집룡 나리."

나이프를 거꾸로 쥔 도마뱀 남자. 그 눈동자에는 각오를 다진 자 특유의 어두운 빛이 밝혀졌고.

아아, 싫네.

토오야마는 한숨이 나올 것만 같았다.

그 나이프의 행방을 눈으로 쫓았다. 호밀과 닮은 흑빵의 부드러운 맛이 혀에 아직 남아 있었다.

딸그락.

딱딱한 물건이 포석을 두드렸다.

"어?"

"…………호오?"

토오야마가 목소리를 흘렸다.

갑옷쟁이가 중얼거렸다.

도마뱀 남자가 쥐고 있던 나이프를 한순간 힐끗 보고 쓰레기라도 버리듯이 휙 내버렸다.

"호오, 호오, 호오 호오. 그렇군, 어리석은 선택을 했구나. 도마뱀, 네놈—."

갑옷쟁이의 목소리가 약간 낮아졌고—.

"—호숫가에 가게를 세우고 싶었다."

도마뱀 남자가 나지막이.

그 말. 그 말은 토오야마 나루히토의 욕망과, 최후의 순간에 새어 나온 소원과 비슷했다.

섬짓. 토오야마가 눈을 크게 떴다. 자신의 몸에 흐르는 전율 때문에, 더는 아무것도 들리지 않았다. 빠르게 뛰는 심장도, 머리에 울리는 시끄러운 소리도, 죽이라고 속삭이는 소리도.

도마뱀 남자의 목소리 외에는 아무것도—.

도마뱀 남자가 토오야마를 바라봤다.

"나만의 가게다. 그곳은 아침에 호수의 수면에 희미하게 안개가 끼지. 가게 굴뚝에서 나는 연기만이 그 호수에 비치는 거야."

"잠깐, 리자드니안, 네놈은 무슨 소리를 하는 거냐?"

도마뱀 남자는 금빛으로 번쩍이는 갑옷의 말에는 대답하지 않았다. 포기한 듯한 온화한 웃음을 짓고.

"큰 가게가 아니라도 좋아. 믿을 수 있는 친구가 가끔 도와주러 오거나, 수는 적지만 가게를 아껴 주는 손님이 아침에 문을 연 직후에 찾아오고, 해가 뜨면 호수의 풍경이 펼쳐지는 그곳에서 내가 만든 빵을 손님이 먹는 거지."

기도하는 듯한 부드러운 음색으로.

"……그게, 내 꿈이었다. 꿈…… 이었는데 말이야."

도마뱀 남자의 눈에는 눈물이 맺혀있었다. 그것은 과연 공포인가, 아니면 다른 감정으로 인해 넘쳐흐른 눈물인가.

"하지만 아니었어. 후후, 별것 아니었어. 내 꿈은 오늘, 이루어지고 말았어, 용 나리."

떨리는 손, 도마뱀 남자는 물갈퀴가 달리고 비늘이 난 손을 쥐었다.

"……처음이었어. 리자드니안인 내가 만든 빵을, 그 녀석은 기분 나빠하기는커녕 아무렇지도 않게 받아서 먹었어. 그리고, 후후, 그리고 말이야, 그 녀석은 말했어. 말해 줬다고."

몸은 떨리고 있었다. 그래도 도마뱀 남자는 앞을 봤다. 갑옷쟁이, 용을 똑똑히 바라봤다.

"맛있다고, 말해 줬다고. 용 나리."

털썩, 도마뱀 남자가 그 자리에 주저앉았다. 떨리는 손을 바라보고 눈물을 흘리며 웅크렸다.

"난…… 난 죽고 싶지 않아. 하지만, 후후, 이루어졌어. 난 만족하고 말았어……."

얼굴을 양손으로 가리고 말을 자아냈다. 참회, 참회를 하는 것처럼 보였다.

"한순간이라도 그를 죽이고 살아남자는 생각을 한 자신이 부끄러워서 한심해……. 난 어떻게 되든 좋아. 내 빵을 맛있다고 해준 사람이 있어. 아아, 우리 위대하고 거룩하신 '이빨'이시여. 이 인도와 만남에 감사를……."

무언가를 향한 기도. 도마뱀이 숨을 크게 들이쉬었다.

"그는 좋은 녀석이다. 추레한 리자드니안 도둑이 만든 빵을, 소홀한 취급을 받은 빵을 위해 화를 내주는 좋은 녀석. 그래…… 난 만족했어. 그를 죽이면서까지 살아남는다? 난 싫어, 거절하지."

그 말을 한 뒤로 도마뱀 남자가 주저앉은 채로 고개를 숙였다. 그 뒤로 더는 움직이지 않았다.

"………참으로, 참으로 시시하구나, 도마뱀. 네놈들 수명이 정해진 정명자(定命者)가 가진 생에 대한 갈망, 우리 '상위종'이 때때로 부러워하는 그것을 스스로 내버리다니…… 정말 시시해. 어이, 흑발 노예."

뼛속까지 냉기가 스며드는 낮은 목소리. 투구 너머로 흐릿해져 여자인지 남자인지 알 수 없는 목소리라도 기분이 상당히 나쁘다는 것만은 전해졌다.

"게임은 끝이다. 참으로 시시한 마무리구나. 기뻐해라, 흑발 노예. 아무래도 리자드니안은 그 생을 포기한 모양이다. 네놈이 승자다. 흥, 시시해."

갑옷쟁이의 손이 토오야마에게 향했다. 휘잉 하고 공기를 가볍게 할퀴는 소리가 나고.

"………."

던져진 그것을 토오야마가 잡았다.

"귀환 증표다. 그걸 손에 들고 자신의 이름을 외쳐라. '탑급 모험가'만이 소지가 허락되는 일품이지만, 네놈이 이 세상의 생물이라면 문제없이 다룰 수 있겠지. ……흥, 용은 약속을 어기지 않는다. 하지만 상상 이상으로 재미없는 놀이가 되고 말았군."

절그럭. 갑옷쟁이가 큰 창을 어깨에 메고 한숨을 쉬었다.

"흐음, 이름, 말이지……. 있잖아, 금딱지 갑옷. 너, 이제 이 도마뱀 씨를 어떻게 할 거지?"

"정해져 있지. 그 도마뱀은 스스로 기회를 내팽개쳤다. 용은 약속을 지킨다. 둘 중에 살아서 돌아갈 수 있는 자는 한 명뿐. 그런 게임이었다. 따라서 이 리자드니안은 여기서 끝이다."

금빛으로 번쩍이는 갑옷이 큰 삼지창을 어깨에 메고 자세를 취했다.

"하하하, 그렇군. 약속을 지킨다 이거지. 확실히 그건 중요한 일이지."

탁, 탁.

토오야마가 손바닥에 쏙 들어가는 날개와 검 의장이 장식된 펜던트를 가지고 놀았다. 엄지로 튕겨서 손바닥으로 캐치. 장난감을 가지고 놀 듯이 몇 번이고, 몇 번이고.

"……노예, 그것의 가치를 모르는 것 같구나. ……빨리 가라. 시시한 마무리지만, 저 도마뱀의 죽음이 네놈을 살리는 것이다. 수명이 정해져 있는 자답게 그걸 쥐고 오늘 이후로 새로운 내일을—."

"히히히히히히히히히히히히히히."

웃음소리가 울렸다. 꺼림칙하면서도 한없이 유쾌한 이야기를 들은 듯한 목소리.

토오야마의 웃음소리다.

얼굴을 손으로 덮고 어깨를 떨면서 토오야마가 웃었다.

"……내 착각인가? 네놈, 지금 이 몸, '수집룡'의 말을 듣고 웃은 거냐?"

분노에 머리카락이 곤두선다.
주위의 공기가 일그러지는 것이 느껴졌다. 접촉허가제 괴물종 87호 '초원대로거미'. 토오야마의 경험상 최강의 괴물. 집 크기 정도의 괴물 거미가 눈앞에 있을 때 이상의 압박감.
그래도 토오야마는 볼 안쪽의 살을 깨물어 그 압박감을 무시했다.
"도마뱀 씨, 얼굴을 들어."
"……뭐냐. 이래 봬도 한계야. 부탁이네, 낯선 사람이여. 내 보잘것없는 자존심이 죽음의 공포를 억누르고 있는 사이에 가줘. 또 이상한 마음을 안 먹으리라는 보장이 없어."
"뭐, 그런 말 하지 말라고. 그러고 보니 네 **이름**, 못 들었구나 싶어서. 도마뱀 씨, 라고 부르면 멋없잖아?"
⬇가 아직 도마뱀 남자를 가리키고 있다.
그것은 무언가가 토오야마 나루히토에게 보여주는 지령, 토오야마 나루히토에게 주는 이정표. 정해진 운명을 알려주는 무언가로부터의 지시.
토오야마는 그걸 보고 코웃음 쳤다.
"……라자르."
고개를 숙인 채로 도마뱀 남자가, 라자르가 자신의 이름을 중얼거렸다.
"성은 없다. 그냥 라자르다. 추레한 리자드니안, 그리고 저주받은 도둑인 라자르야. 여행자 씨."
"나루히토다, 라자르."

"어?"

"내 이름은 나루히토. 성은 토오야마. 던전의 취기 때문에 머리가 살짝 모자란 탐색자야. 자, 손 내밀어."

누가 따르겠냐. 썩을 갑옷에 멍청한 메시지 놈늘이.

에, 하는 소리를 내며 고개를 든 라자르. 토오야마는 그를 향해 그것을 휙 던졌다. 친구에게 껌이라도 주는 듯한 가벼운 마음으로 던져진 '귀환 증표'. 라자르가 반사적으로 그걸 받았고.

—그걸 만지고, **이름을 외치면**—.

"라자르."

토오야마가 그의 이름을 외쳤다. 그것은 귀환의 신호가 되었다.

"………뭐??! 너, 너?!"

그 펜던트가 설정된 기능을 발휘했다. 라자르의 몸에 닿은 상태로 그 이름이 전해진 것이다.

순식간에 빛나는 귀환의 빛. 그것이 도마뱀 남자, 라자르를 감싸고.

"싫진 않다고, 그런 거."

토오야마가 그 유쾌한 머릿속에서 욕망을 그렸다.

호숫가에 세운 집. 거기에 필요한 한 명을 찾은 것이다.

"너랑 이야기를 하고 싶어졌어. 너하고는 분명 마음이 잘 맞을 거야. 너의 그 꿈, 내 욕망과 궁합이 굉장히 좋아."

뾰롱.

뾰롱.

==================================

【경고 메인 퀘스트 목표에서 벗어나고 있습니다】

【경고, 이대로라면 메인 퀘스트를 실패합니다】

【퀘스트 목표 라자르를 죽여라, 헤렐의 탑에서 탈출하라】

【퀘스트 목표 라자르를 죽여라, 헤렐의 탑에서 탈출하라】

【퀘스트 목표 라자르를 죽여라, 헤렐의 탑에서 탈출하라】

【퀘스트 목표 라자르를 죽여라, 헤렐의 탑에서 탈출하라】

【퀘스트 목표 라자르를 죽여라, 헤렐의 탑에서 탈출하라】

【퀘스트 목표 라자르를 죽여라, 헤렐의 탑에서 탈출하라】

==================================

"시끄러."

그걸 전부 무시했다. 라자르의 머리 위에 둥둥 떠있는 ⬇, 그것에 손을 뻗었다.

==================================

【……뭣?!】

=====================================

"어?"

라자르가 눈을 크게 떴다. 토오야마가 움켜쥔 그것을 크게 들어올렸다.

"너는, 저쪽, 이다."

꽉 잡은 ⬇를 내던졌다.

방향은 하나. 이 자리에서 유일하게 진정 죽어야 할 존재는 누구인가. 갑옷쟁이를 향해 ⬇를.

"너…… 나루히토?!!"

"곧 또 만나자, 라자르. 좋은 이야기가 있어. 비즈니스, 너의 꿈과 내 욕망에 대한 이야기다."

빛에 휩싸여 사라져가는 라자르를 검지로 가리켰다.

"기다—."

슝.

귀환의 법칙이 행해졌다. 이 세계의 생명인 리자드니안이 탑에서 안전하게 배출되었다.

"그래, 바보 화살표. 처음부터 그랬잖아. 네가 가리켜야 하는 것은. 이 자리에서 죽어야 하는 쓰레기는."

토오야마가 뒤돌아서서 앞을 봤다. 화살표, ⬇가 가리키는 새로운 목표를 똑똑히 바라봤다.

"이 자리에서 내가 죽여야 하는 짜증 나는 놈은 한 명뿐이다."

메시지. 토오야마 나루히토에게만 알려지는 메시지가 나타났다.

=======================================

【메인 퀘스트를 포기하셨습니다. 스토리가 붕괴됩니다】

=======================================

"………불쾌하다, 노예."

화살표가, 목표를 가리키는 화살표가 갑옷쟁이를 가리키고 있었다.

"안달하지 마. 지금부터 더 불쾌하게 해줄 테니까. 내 욕망대로, 말이지."

토오야마 나루히토는 이제 화살표에 대한 불만은 조금도 없었다. 욕망대로, 탐욕스러운 남자가 웃었다. 운명은 지금 뒤틀린 웃음과 함께 버려졌다.

뾰롱.

=======================================

【메인 퀘스트를 포기하여 숨겨진 퀘스트가 발생합니다】

【숨겨진 퀘스트 'DRAGON HUNT'】

【퀘스트 목표 갱신 '수집룡' 토벌】

=======================================

"…………오랜만이야, 칭찬해 주지. 이렇게까지 불쾌한 기분은 정말 오랜만이야.”

“화내지 말라고. 어떻게 된 거야, 아까 전까지의 즐거워 보이던 태도는?”

토오야마가 가볍게 대답했나. 공기가 떨렸다. 갑옷쟁이의 존재에 세상이 겁먹은 것 같았다.

하지만 토오야마는 물러나지 않는다.

이미 던전의 취기가 공포를 느껴야 하는 뇌를 익혀서 고장 냈다.

“닮았구나, 너. 나하고는 다른 진짜야. 진짜 얼마 없는 진짜로 위험한 녀석이야.”

토오야마 나루히토는 딱 한 번 ‘진짜’를 본 적이 있다. 국가로부터 그 힘을 인정받아 하나의 국가전력으로 인정받은 탐색자—.

“‘지정 탐색자’, 놈들과 같은 괴물이구나, 너.”

탐색자 중에서 최고봉에 있는 존재. 지정 탐색자. 그 중에서도 가장 빛나는 존재. 인간이면서 미합중국의 국기를 장식하는 별 중 하나로 꼽힌 현대의 영웅.

현대 던전에서 ‘폭풍’을 가지고 돌아간 ‘52번째 별’.

먼 곳에서 한 번 본 적이 있는 그녀의 반짝임, 갑옷쟁이는 그것과 똑같은 느낌을 발하고 있었다.

“지정, 탐색자? 흥, 뭐, 됐다. 각오는 돼 있는 것 같군. ……용은 약속을 어기지 않는다. 그리고 두말하지 않지. 이 자리에 남았다, 그 말은 네놈이 죽는 것이로구나. 그래, 규칙은 하나, 살아남는 자는 한 명뿐이다.”

금빛 갑옷이 조용히 중얼거렸다. 하지만 거만한 말투에서는 온도가 느껴지지 않았다. 그 목소리에는 보통 사람이라면 듣기만 해도 핏기가 싹 가시게 하는 뭔가가 있었다.

"히, 히히히히히히, 바아보. 이 자리에 남아 있는 건 네놈도 똑같잖아?"

하지만 여기엔 더 이상 보통 사람 따위는 없다.

"……뭐라고?"

"머리 회전이 느리네. 아침밥은 먹고 있냐? ……이 자리에서 죽어야 하는 놈은 내가 아니라는 말이라고."

"……재밌군, 주절거려 봐라, 노예."

금빛 갑옷의 목소리가 조용해지고.

"네가 죽어라, 살아남는 한 명은 나다. 멍청이 갑옷."

"………크, 크크크크크, 하하하하하하하하하하하하하하하하하하하하하하하하하하하하하."

주위가 흔들렸다. 작은 지진이라도 일어났나 싶었는데 아니었다. 갑옷쟁이의 웃음에 세계가 흔들리고 있는 것이다.

저릿, 저릿, 몸이 저렸다. 그래도 토오야마는 가만히 때를 기다렸다.

"이제 됐다."

압력이 세졌다. 갑옷쟁이의 커다란 창, 화려하게 세 갈래로 갈라진 큰 창이 빨갛게 달궈졌다.

옆에 쓰러져 있는 외눈박이 괴물, 거인 사이클롭스. 그런데 목이 날아간 그 녀석한테서는 피가 흐르지 않았다. 하지만 희미하게 나는 이 탄내.

즉—.

토오야마의 두뇌가 사지에서 회전했다. 뇌세포가 활기를 띠며 움직였다.

뾰롱.

【기능 '전투사고' 발동, 지성 롤에 성공하여 적대자의 무장 특성이 판명됩니다】

"불, 아니, 열인가. 초고열로 달궈서 끊는 거냐…… 붙어서 접전을 벌이는 것조차 불가능한 썩을 무기, 성가시네."

"하하하하하하하!! 유난히 냉정하지 않느냐! 좋다, 사냥감으로 삼기에 심심하지 않겠군!"

부푼다, 부푼다, 부푼다. 살기, 대형 괴물종이 내뿜는 것보다 몇 배나 더 크고 몸의 움직임을 둔하게 만드는 살의.

토오야마는 움직이지 않았다.

갑옷쟁이가 땅을 힘껏 밟았다. 뒤꿈치가 땅을 가르고 파고드는 수준의 힘. 인간 형태에 욱여 넣어진 용이 노예를 죽이려고—.

"하지만 문제없어. 사냥감은 너다, 멍청이."

상관없었다. 아무리 놈의 무장이 무시무시해도, 아무리 놈이 진짜 위험한 놈이라 해도. 이 순간, 이 승부에 한해서는 이미 결판이 나 있었다.

정보가 없으면 죽는다. 그 방향성으로 특화된 비장의 수단은 이번에 확실하게 들어갔다.

"읏-?!"

갑옷쟁이는 발을 들이고 말았다. 아니, 애초에 이미 너무 늦었다.

토오야마 나루히토의 준비는 이미 끝났으니까.

토오야마가 바람이 불어오는 곳에 서 있는 시점에 모든 준비는 끝나 있었다. 이건 더 이상 싸움이 아니다.

"네가, 죽어라."

상급 탐색자, 토오야마 나루히토의 사냥이다.

그것은 현대 던전 안에서만 발견되는 탐색자에 대한 '보상'. 현대 던전 안에서밖에 출토되지 않는 특이 현상을 일으키는 물품.

때때로 장엄한 보물처럼 사람의 발길이 닿지 않는 영역에 살짝 숨겨져 있다.

때때로 거대한 시련, 강대한 괴물종의 유해에서 발견되는 경우도 있다.

그리고 때때로 어이없을 정도로 간단히 만나는 경우도 있다.

"윽— 네, 놈, 그건."

갑옷쟁이가 걸음을 멈췄다. 사냥감에게 덤벼드는 육식동물과 같은 기세가 가라앉았다. 하지만 이미 늦었다. 모든 것이 늦었다.

그것은 2008년, 현대 던전이 나타난 지구에서 물리 법칙을 뒤집고 '과학'을 비웃는 존재.

던전이 품은, 이 세상의 이치를 다시 쓰는 물건. 인간은 그것에 이런 이름을 붙였다.

"일할 시간이다."

아티팩트, 렐릭, 혹은—.

"유물, 무산(霧散)."

유물, 이라고.

"채워라, '안개칼날'."

토오야마 나루히토가 자신의 목, 울대뼈를 손으로 만졌다. 그 목에서 하얀 연무, 안개가 뿜어져 나왔다.

안개와 동시에 뭔가가 끌려 나왔다.

그것은 심하게 파손된 도검. 그런데 굽은 칼날은 중간부터 깨지고 부서져 있었다.

주인의 살에서 녹아내리듯이 나온 칼날. 하지만 그 칼날은 결코 주인의 살을 다치게 하지 않았다.

토오야마가 실실 웃으며 부러진 칼날 끝을 갑옷쟁이에게 겨누었다.

"그 냄새, 설마, '부장품'?! 말도, 안 돼! 꺅?!"

갑자기 갑옷쟁이가 비명을 질렀다. 몸을 긁어 대며 무릎을 꿇었다.

"무슨, 짓을. 노예, 이 몸에게, 무슨 짓을 했냐……?! 대답해라!! 노예!!"

"어? 말했잖아, 죽이려고 했어. 멍청아."

토오야마가 내려다보고, 갑옷쟁이가 올려다봤다. 금색 갑옷 틈으로 새어 나오는 액체, 새빨간 액체. 혈액이다.

"'안개칼날'은 이미 반경 50미터 범위에 퍼져 있어. 네가 바보같이 바람이 향하는 쪽에 서 줘서 수월했어."

솔기, 관절, 갑옷 곳곳에서 피가 뚝뚝 흐르기 시작했다.

"'안개칼날'은 공기 중에 보이지 않는 칼날을 흩뿌리지. 구조 같은 건 몰라. 그렇게 되니까 그렇게 되는 거지. 네가 아무리 두꺼운 갑옷을 껴입고 있어도 말이야, 공기에 안 닿을 수는 없잖아?"

"아, 아파? 이 몸의 비늘이, 몸이, 말도, 안 돼?! 말도 안 돼 말도 안 돼 말도 안 돼…… 노, 노예!! 이걸 멈춰—."

"히히히히히히히히히히, 아아, 괴물 사냥은 즐겁구나."

"아—."

철벅.

갑옷에서는 순식간에 치사량을 넘는 피가 흘렀다.

"굉장한 갑옷이네. 안개칼날은 초원대로거미의 갑각도 자를 수 있는데…… 뭐, 갑옷 속은 그렇지 못한 것 같네."

그 두꺼운 갑옷의 안쪽을 토오야마 나루히토의 탐색자 도구가 갈기갈기 찢어놓았다.

이것이 유물, 세계의 이치를 다시 쓰는 치트. 토오야마 나루히토는 그것의 주인이기도 했다.

"……으엑, 속 안 좋아……."

너무 많이 쓰면 이상하게 허기가 지고 단번에 속이 안 좋아지는 것이 결점이다.

"우엑, 우웨에에에에에."

토오야마가 그 자리에서 반짝이는 것을 토하기 시작했다. 머리가 아프고 세상이 빙빙 돌기 시작했다. 갑옷의 시체 바로 옆에서 노예가 계속해서 토했다.

역겨운 광경이 펼쳐져 있었다.

"우웩…… 아~, 속 안 좋아. 쓰면 항상 이러니까 쓰기 싫어했단 말이지~. 뭐, 반성한 점을 살려서 시작하자마자 필살기를 써 봤는데, 효과는 대단했다, 이건가."

최후의 순간, 외눈박이 큰 원숭이 놈들과의 대난투. 안개칼날 공격은 토오야마에게도 영향을 끼치고 반동이 있어서 사용을 주저했다.

그래서 죽었다. 그래서 졌다.

토오야마는 지금 상황을 더는 꿈이라 생각하지 않았다. 너무 리얼했다. 익숙한 자신의 병기를 다루는 감각도, 그 대가인 이 역겨움도.

그 도마뱀 남자, 라자르의 빵맛. 꿈이든 꿈이 아니든 상관없이 마음에 든 그 말.

"히, 히히히히히히. 아아, 그래도 즐겁, 구나."

그리고 이 탐색자로서 사냥에 성공해서 느껴지는 어둑한 고양감도. 꿈이든 아니든 더는 상관없었다. 욕망을 채우는 그 감각이 토오야마 나루히토에게 확실하게 생을 알려주고 있었다.

"얕보지, 마라, 하등생물이."

"오?"

—하지만 화살표는 아직 사라지지 않았다.

피바다에 잠긴 그 갑옷을 가리키고 있었다. 갑옷쟁이가 창을 지팡이처럼 땅에 박아 일어나려고 했다.

우지직. 갑옷이 팽창하여 터졌다. 등 부분의 플레이트를 뚫고 나타난 것은 금색의—.

"……날개?!"

위엄차게 펼친 하늘을 지배하는 상위생물의 증표. 반짝이는 날개막은 마치 햇빛에 비친 듯했고, 펼쳐진 날개뼈는 황금과 같았다.

우직.

등. 허리 부근의 플레이트를 뚫고 기어나온 것은 황금색의—.

"뭐? 꼬리?!"

나무들을 간단히 부러뜨리는 그 상위생물의 꼬리는 시조의 흔적. 휘둘러진 꼬리는 가까이에 있던 암석을 깨부쉈다.

"아, 아아아아아아아아아아아아."

용. 세상의 선택을 받은 상위생물.

이 제국에서는 '교회'가 인정하는 '천사'와 그 권속 외에 유일하게 신앙의 대상으로 존재하는 상위생물.

"용, 화—."

세계마저 떨게 하는 그 압도적인 힘이 상처를 치유하고 살의를 내뿜었다. 자기에게 반항한 보잘것없는 노예를 사냥하기 위해 그 힘이 눈을 뜨려고—.

"아, 그런 건 됐어."

철벅.

"—어?"

크고, 격렬하게. 날개가, 꼬리가, 용으로 변해 가는 부위가 찢어졌다.

거의 다 일어선 갑옷. 그 몸이 튕겨 나가 위를 향해 쓰러져 다시 피 연못에 잠겼다.

날개와 꼬리가 마치 안쪽에서 터진 것처럼 흐물흐물하고 너덜너덜하게 변해—.

"말했잖아. 죽어야 하는 건 너. 사냥감은 너라고~."

재생, 부활. 용이 용인 이유, 그 강한 생명.

하지만 상대가 너무 안 좋았다. 토오야마 나루히토는 탐색자다. 재생하는 적, 자기보다 아득하게 강대한 생명.

그런 것들을 상대하는 것이 익숙했다.

그런 것들을 죽이는 방법을 숙지하고 있었다.

"'안개칼날'은 이미 준비됐다고 말했지. 아아, 이제 안 들려도 상관없어. 설명하는 편이 어째서인지 안개칼날의 효과가 더 강해지거든. 그럼, 계속한다? 공기에 섞이는 거야. 눈에 보이지 않는 미세한 칼날이 말이야."

토오야마는 알고 있다. 상식에서 벗어난 자신의 병기의 특성을. 말로 하고, 확실하게 인지시키는 것으로 그 칼날은 예리함을 더해 간다.

"너, 뭘 위해 호흡하고 있지? 그 시끄럽고 흐릿한 목소리로 소리를 지르기만 하냐? 아니잖아. 네놈도 피를 흘린다면, 그 피가 빨갛다면 답은 간단하지. 호흡, 공기를 빨아들여서 산소를 이용한 에너지 교환으로 살고 있잖아."

토오야마가 피 연못에 잠긴 사냥감을 차갑게 내려다봤다. 자신의 유물인 부러진 칼날을 손바닥으로 빙빙 돌리며 가지고 놀면서.

"그렇다면 이미 준비는 끝났다고. 네놈의 피, 네놈의 몸 모든 곳에 '안개칼날'이 파고들었어. 편리하지? 위에서 한 것처럼 '안개'를 새하얗게 퍼트리는 것도 가능하지. 네놈에게 한 것처럼 투명하고 보이지 않는 '칼날'을 속에 넣는 것도 가능하고……. 뭐, 다음 기회가 있으면 잘 살려 보라고."

현대 던전에서 얻은 보상은 이세계의 최강도 처치하는, 최강을 넘는 최광(最狂)의 힘.

"흐, 카카, 훌륭하다— 수명이 정해진 자, 인간, 이여."

갑옷쟁이가 말을 끝내기 전에, 움찔.

갑옷의 몸이 경련했다. 토오야마는 안색 하나 바꾸지 않고.

"죽여라, 안개칼날."

그 이름을 불렀다. 갑옷쟁이의 몸이 한순간 튀어 올랐다. 더욱 갈가리, 갑옷 속에 들어간 칼날이 생명을 잘게 잘랐다.

"끈질기네. 난 이래 봬도 신중한 성격이라서 말이야. 확실하게 죽여 두지 않으면 밤에 잘 수가 없단 말이야. 그, 싫잖아? 밤에는 11시가 넘기 전에는 자고, 6시 정도까지는 푹 자고 싶다고. 수면욕도 내 욕망이니 말이야."

토오야마가 주웠다. 라자르가 용기를 가지고 내팽개친 물건을.

굉장히 아름다운 나이프. 그 칼날은 투명하고 두꺼웠다. 쥔 순간, 마치 불꽃같은 무늬가 도신에 떠올랐다. 얼마나 예리한지 살짝 확인하기 위해 엄지에 칼날을 세웠다.

"아야!! 진짜냐, 엄청나네. 칼날을 대기만 했다고."

가볍게 칼날을 대기만 한 엄지에 빨간 선이 슥 그어지고 피가 쭉 스며 나왔다.

"좋은 나이프야. 이거면 충분하겠지."

토오야마가 피 연못에 발을 들였다. 안개 칼날에 몸 안쪽을 계속해서 난도질당하는 갑옷. 그 생명력에 감탄하면서 갑옷의 얼굴 근처를 들여다보듯이 쭈그리고 앉았다.

화악. 나이프의 도신이 한여름의 아스팔트에 떠오르는 아지랑이처럼 일렁였다. 도신이 불꽃으로 변했다.

"우오, 진짜냐. 인챈트 파이어잖아."

피 연못을 밟은 토오야마가 그 나이프의 변화를 느긋하게 바라봤다. 그 불꽃을 보고 입술을 일그러뜨렸다. 나이프를 거꾸로 바꿔 잡고.

"그럼, 뭐, 자, 돌려줄게. 비싸잖아?"

꾹.

토오야마가 나이프를 바로 아래로 내려찍었다. 갑옷의 중심, 가슴, 심장 부근을 노리고 내려찍은 나이프. 불꽃 칼날이 갑옷을 녹였다. 튀는 불꽃, 토오야마는 녹아내리는 금빛 반짝임을 가만히 바라보며 꾹꾹 칼을 안쪽으로 밀어 넣었다.

"읏쌰."

딱딱한 것, 부드러운 것, 딱딱하고 까칠까칠한 것. 나이프를 통해 그 감각이 돌아왔다.

"으헥, 기분 나빠."

꿈틀, 꿈틀.

가슴에 나이프가 박힌 갑옷의 몸이 한층 더 크게 경련을 일으켰고, 움직이지 않게 되었다.

⬇가, 그 시체를 가리켰다.

==================================

【HUNTED DRAGON】

==================================

메시지가 흘렀다.

손에 튄 피를 닦았다.

후욱, 하고 용을 죽인 안개가 이 빠진 칼날에 휘감겼다. 토오야마가 그 유물을 자신의 몸에 수납하면서 사냥감을 내려다봤다.

"탐색 완료."

용의 말대로 살아남는 자는 한 명뿐.

죽어야 하는 자가 죽고.

"잘 있어라, 갑옷쟁이."

탐색자가 살아남았다.

==================================

【숨겨진 퀘스트 'DRAGON HUNT' 달성】

【숨겨진 기능 '용살자'가 해방되었습니다. 안개칼날에 의한 영혼◆◇◆■ 수집룡의 ■를 보존했습니다】

==================================

그날, 【제국남부령, 모험도시 '아가토라'】에 심한 지진이 일어났다.

우선 최초로 그것을 알아차린 자는 이 남자. 남부령의 영주이자 모험도시 아가토라의 최고책임자인 통통한 남자다.

모험가 길드와 같은 부지에 있는 영주 저택에 있는 자신의 방에서 더할 나위 없이 행복한 아침의 티타임을 즐기려고 했을 때의 일이었다.

"………에, 에엑~, 잠깐 거짓말 거짓말 거짓말, 에, 엑~."

아가토라, 이 도시는 제국 중앙의 수도, 황제가 사는 도시와 같은 수준으로 중요시되고 있는 도시다.

'헤렐의 탑'을 비롯하여 용 대사관, 천사교회 대성당, 귀족 거류지에 용사 파티 생존자. 그 외에도 제국에게 있어서 너무나도 중요한 다수의 시설과 존재가 한자리에 모인 화약고.

어떤 곳을 쳐도 바로 대폭발하고, 그 폭발은 국가 운영에도 영향을 끼치는 규모가 될 것이라는 걸 쉽게 알 수 있는 성가신 땅. 게다가 주위의 평원이나 숲은 탑의 영향을 받아 몬스터가 생태계를 이루고 번영하기까지 하는 무서운 곳이다.

"으아아아아아!! 내! 임기 중에 대체 왜애애애! 이런 일이 일어나는 겁니까아아아!! 천사니이이임!! 당신은 하아아앙상 저에게 시련만 주시는군요오오오!!"

3년 전의 귀족 양원 회의에서 이곳 아가토라 모험도시의 관리자를 반쯤 강제로 떠맡은 것이 이 남자.

몸을 뒤로 크게 젖히고 융단 위를 뒹구는 그 남자의 이름은.

사판 폰 티치 변경백이었다.

"진짜아아아아아아, 싫어어어어어어, 집에 갈래애애애애애애, 아, 집 여기였죠. 음호호호호오오오오오오!!"

급기야 남자가 몸을 뒤로 크게 젖히고 비싼 집기에 둘러싸인 세련된 방에서 반복옆뛰기를 시작한 때였다.

"실례합니다, 영주님. 아까 전부터 너무 소란……."

흑단나무를 아낌없이 쓴 호화로운 문이 소리도 없이 열렸다.

비단 타이츠에 타이트 스커트. 와이번의 날개막으로 만들어진 재킷, 안경 쓴 모습이 잘 어울리는 키 큰 미녀가 방에 들어왔다.

"아아아아!! 마리야아아아아아아앙!! 엄청 좋은 타이밍! 마이 페이버릿 파트너푸흡?!"

통통한 영주가 몸을 뒤로 젖힌 채로 키 큰 미녀에게 달려들었다. 하지만 냉정하게 내리꽂힌 미녀의 오른 주먹이 사판을 땅에 처박았다.

"아, 실례했습니다, 저도 모르게 그만. 하지만 몸을 젖히고 육체관계를 요구하시면 이런 태도로 대해도 어쩔 수 없죠. 즉, 전 아무런 잘못이 없습니다."

훌륭한 카운터. 통통한 영주는 융단에 처박혀 움직이지 않았다.

"쿨럭, 콜록, 역시 길드 마스터…… 좋은 오른손 쵸핑 라이트야. 아, 팬티 보일 것 같다."

"검은색 레이스 팬티입니다. 지금 발언은 의사록에 남겨 몇 개월 뒤의 귀족원의 사정에 제출하겠습니다."

안경을 휙 올려 고쳐 쓰면서 입가의 점이 눈부신 그녀가 냉정하게 손에 들고 있는 바인더에 뭔가를 써 나갔다.

"에에에에에에에에에!! 아냐, 아니야 아니야, 그건 좀 봐줘~. ……하아, 너무 난리를 부려서 오히려 진정되기 시작했어."

"왜 그러십니까, 당신의 기행은 눈에 띄어서 새삼스럽게 그다지 놀랍지는…… 어?"

그녀 또한 방의 어떤 곳을 보았고, 그리고 굳었다.

"아, 역시? 그렇지, 그런 반응이 나오지? 그렇지?"

"………말도 안 돼, '선별자의 등불', 이건 수집룡 님, '용의 무녀님'의 생명의 불이."

"그렇지~. 있잖아, 마리 양, 일단 세보지 않을래? 그 왜, 내 눈이 망가졌을지도 모르니까."

방의 난로 바로 옆에 있는 묵직한 상자.

그 위에 펼쳐져 있는 것은 아름다운 불이 피워져 있는 수십 개의 양초였다.

원형으로 나열된 그 양초의 중심, 한층 더 빛나는 잔 위에 금색 양초가 샹들리에처럼 가지런히 서있었다.

마리라 불린 철면피에 갈색 피부의 미녀가 흘러내린 안경을 고쳐 쓰면서 가느다란 손가락으로 천천히 양초를 세기 시작했다.

"하나, 둘, 셋, ……넷, 다섯, 여섯…… 여섯…… 여섯, 개밖에 없네요."

"그, 렇지…… 여섯 개, 밖에 없지. 일곱 개. 없으면 곤란하단 말이지~……."

"네, 용에게는 일곱 개의 목숨이 있으니까…… 어, 말도 안 돼, 이건, 영주님, 그런 건가요?"

"아~, 토할 것 같아. 응. 뭐, '부장품'인 '선별자의 등불'이 거짓말을 하는 일은 없을 테니까."

'부장품', 이 세상의 법칙을 뛰어넘는 힘이 있는 아이템. 마술식이나 '스킬'을 뛰어넘어 '시스템'과 쌍벽을 이루는, 인간이 다룰 수 있는 힘 중에서도 최상급의 물건. 이곳 영주 저택에 있는 양초 또한 부장품 중 하나다.

'선별자의 등불'이라 불리는 그 부장품의 효과는 간단하다. 모험가 길드 안의 최고위 존재, '탑급 모험가'의 생명의 상태를 그 등불로 알리는 것이다. 그 중에서도 금색으로 빛나는 양초. 일곱 개의 금색 양초 중에서 한 양초의 등불이 사라져 있었는데.

"응, 향이 좋군. 역시 홍차는 왕국의 이름난 정원, 테라지아 농원의 것이 제일이지. 해가 뜨는 순간에 가장 향기로워지는 오쌈잎이 최고야……."

영주가 테이블에서 갓 우려낸 홍차를 소리도 없이 홀짝였다. 왕국에서 주문한 찻잔에서 피어오르는 그 고귀한 향기를 즐기며 조용히 접시에 잔을 돌려놓고—.

"아니 죽었어어어어어어어어어!!?!! 제국의 수호룡! 상위생물인 용이 죽었어어어어어어어어?! 수집룡이라고?! 용의 무녀라고?! 제국 유수의 VIP중의 VIP!! 7개의 목숨 중에서 하나가 사라졌다고오오오오오오오오?! 으갸아아아아아!!"

변경백, 망가졌다. 아기로 돌아갔다.

"이건…… 갑작스러워 믿을 수는 없지만, 확실히 용의 무녀님의 등불이 하나 사라졌군요……. 오늘은 분명 '헤렐의 탑'에 사냥하러 가셨을 겁니다."

길드 마스터가 옆구리에 낀 양피지 보드를 확인하고 중얼거렸다.

"아니아니아니!! 그렇다고 해도 말이야, 그 인외마경의 땅, 헤렐의 탑이라고 해도 용이라고?! 용, 용용용용!! 제2문명!! 하늘에 반짝이는 별들마저도 지배한 시대부터 살아남은 상위종이라고?! 그렇게 쉽게 죽겠습니까!! 그 버릇없는 금딱지 용이! 아, 이런, 버릇없다고 해버렸다."

"영주님, 진정하십시오. 지금 용 대사관에서 보낸 무녀님의 오늘의 예정을 확인하고 있습니다. ……흠, 2급 모험가 집단 '라이칸즈'와 사이클롭스를 표적으로 한 사냥…… 아무리 봐도 무녀님이 목숨을 잃을 요소는 없습니다만."

"탑급 모험가의 생사를 알려주는 이 양초가 하나만 꺼져도 수도에 보고해야만 하는데!! 왜 죽은 거야! 왜 죽은 거야! 왜 죽은 거야!"

눈을 뒤집은 영주가 양손을 기관차처럼 쉭쉭 움직이면서 방을 뛰어다니기 시작했고―.

"에잇."

"큽."

도중에 길드 마스터에게 목을 꽉 졸렸다.

그녀의 키가 훨씬 커서 돼지가 사람에게 목을 졸리고 있는 것처럼 보이기도 했다.

"진정이 되셨나요? 영주님."

"커헉, 아, 콜록, 으, 응. 어? 지금, 목을? 뭐, 뭐 됐어, 아아, 고마워, 왠지 좀 진정됐어."

융단에 주저앉은 영주가 눈을 깜빡이면서 자신의 목을 만졌다.

에, 난, 귀족이라고? 노블레스라고? 변경백이라고? 어? 목을, 졸렸어……?

진지하게 항의하려고 했지만, 안경 안쪽에서 날카롭게 바라보는 길드 마스터의 눈이 무서워서 아무 말도 하지 않았다.

"그럼, 우선 상황 정리와 대책을. ……오늘의 일정은 크게 변경해야겠군요. 1급, 아니, '탑급 모험가'에게 수집룡 님 탐색 의뢰를 길드가 정식으로 발행하죠."

"오늘은 대기 중인 탑급이 있는가? 아아, 촛불이 꺼졌다는 건 수도의 황제 각하도 이미 알고 계실 테고, 교회의 돈에 미친 여주교도 알아차렸을 거야. 와아, 용 대사관에 설명할 필요도 있을 거고…… 어째서, 용이 죽은 거냐."

"기록에 남아있는 용의 사망을 생각하면 약 200년만일까요? 대전기에 '마술학원'이 '염룡'을 한 번 죽였습니다. 뭐, 그 뒤에 부활한 염룡에게 학원은 그 조상인 '전지룡'과 함께 불살라졌지만요."

"하아, 차라리 놈들의 목숨이 하나뿐이라면 그나마 낫겠지만, 불사 직전의 생물이니 말이지. ……마리 양, 각 지방, 그리고 수도에는 '용 축제' 신청을 해둘까. 용 대사관이 말하기 전에 이 도시가 용을 성대하게 맞이한다는 것을 발표하는 게 체면이 살겠지. 어차피 그 분은 금방 **귀환하실 테니까**."

"어머, 영주님, 표정이 좋아지기 시작했네요. 당신은 역시 막다른 곳에 몰리지 않으면 제 실력을 발휘하지 못하는 것 같군요."

"뭐, 하는 수밖에 없으니까…… 우오오오오오오?! 큰일이다! 용의 무녀님이 돌아가셨다는 건, 그 썩을 꼬맹…… 이 아니라 굉장히 총명하신 '조카 따님'에게도 알려야 하는데……."

"아아, 황제 각하의. 확실하진 않지만, 또 가정교사를 잘랐다고 하더군요. 7살이라는 나이에 '고대 일본 국어' 학위를 취득하신 재능이 있는 분이시니까요. 제국의 미래는 아주 밝지 않을까요."

"그 지식으로 깔아뭉개는 것만큼은 좀 안 했으면 좋겠는데……. 이제 소리 지르느라 지쳤어…… 허허허허허. 왜 내 임기 중에 이런 귀찮은 일이 생기는 거냐……. 뭐, 그래도 이런 일은 한 번밖에 안 일어나겠지! 응, 이제 괜찮아, 이 이상의 일은 이제 절대로 안 일어나! 용이 죽는 것보다 성가신 일은 없어!"

영주가 스스로를 고무하듯이 활짝 웃으며 고개를 끄덕였다.

뾰롱. 누구에게도 들리지 않는 복선이 깔리는 소리가 세상 어딘가에서 울렸다.

"지금 어디선가 뭔가가 깔리는 소리가…… 어머나, 영주님, 조금 좋은 알림입니다."

길드 마스터가 손에 들고 있는 천년수 바인더를 들여다보면서 중얼거렸다.

"그런 건 더 알려줘. 그래서, 뭐야."

"오늘의 지하 대기 모험가 중에 '탑급 모험가'가 한 명 있습니다. 후후, 무슨 인과일까요. 죽은 용의 수색에 그녀를 보내게 되다니.”

“에? 누구야?”

안경에 빛이 반짝 반사되었고.

“전 용사 파티, 사수.”

그 말에 영주가 굳었다.

수백 년 전에 끝난 대전, 언제부터 시작되어서 누가 무엇을 위해 시작했는지도 모를 정도로 길고 긴 싸움을 끝낸 영웅들.

제국과 왕국을 제외하고 다른 인류 국가와 마왕이라 불리는 미지대륙의 지배자를 멸한 세계의 면역 시스템. ‘용사 파티’의 생존자 중 한 명. 말 그대로 살아있는 전설, 혹은 전설의 생존자.

“탑급 모험가, ‘웬필버너’ 님이 현재 길드 지하에서 대기 중입니다. 어떻게 하시겠습니까?”

“으, 음~, 성가시군.”

꾸르륵, 영주의 부푼 배가 소리를 냈다.

제국력 제3기 28년 개화의 달 12일.

이날, 제국 전토에 충격이 일었다.

전서응(傳書鷹) 중에서 가장 빠르고 가장 우수한 콘도미니엄이 그날 오전 중에 수도에 그 소식을 보고.

제국과 용계의 융화의 상징.

용의 무녀, ‘수집룡’이 7개의 생명 중 하나를 잃음.

그 죽음의 추도와 약속된 부활의 축하로 200년 만에 모험도시 뿐만 아니라 제국 전토에서의 '용 축제' 개최를 보고.

황제의 판단에 따라 귀족 양원 회의를 거치지 않고 개최를 결정.

이로 인해 제국의 경제는 한 번에 가열. 수도를 중심으로 식료품과 고급품 상인 길드에 의한 매수가 가열.

물류가 활발해짐에 따라 마차 상인을 호위하기 위해서 각지의 모험가 길드에 의뢰가 쇄도. 많은 모험가의 주머니가 두둑해졌다.

그 돈은 음식점, 그리고 홍등가로 흘러들어 널리 퍼졌다. 어두운 곳에서 생업을 영위하는 존재들에게도 용의 죽음과 부활의 은혜는 두루 미쳤다.

제국.

미지대륙을 제외하고 다른 대륙의 왕국을 제외하면 단 하나의 아인을 포함한 휴(인류종)의 국가.

역사적으로 제국의 격동의 시대의 시작은 항상 그 도시, 모험도시에서 시작되었다.

이번에도 그것은 예외가 아니다.

이날, 길드에서 지하 대기하고 있던 '탑급 모험가'.

전 용사 파티의 사수. 웬필버너에게 지정 의뢰가 발행.

웬필버너는 이를 흔쾌히 수락. 그날 안에 헤렐의 탑으로 출발하여 곧바로 괴멸 상태인 2급 모험가 집단 '라이칸즈'의 생존자와 접촉.

어느 카나리아.

두 사람, 리자드니안과 '흑발의 노예'를 놓친 것이 계기가 되어 일어난 소동. 그 소동에 이끌린 헤렐의 탑의 원생 몬스터의 습격을 받아 집단은 괴멸.

웬필버너는 생존자를 길드로 송환한 후에 다시 탑 탐색을 개시.

제1층 아래에 새로 발견된 빛나는 용소 부근에서 부활 식후의 '수집룡'을 발견.

소생을 마친 용은 굉장히 흉포해져 있기 때문에 전투의 위험도 있었지만 수집룡은 걱정스러울 정도로 얌전했다고 한다.

웬필버너가 '수집룡'과 함께 길드로 귀환.

그리고 그 후, 당연히 하나의 목숨을 소비하여 되살아난 그 용. 제국이 '용의 무녀'라 떠받드는 수집룡의 말은 대륙을 크게 뒤흔들었다.

"날 죽인 노예를 찾아내라."

"인간 흑발 노예다. 할 수 없다면 용계는 앞으로 제국과의 연을 끊겠다. 하지만 그 노예를 찾아서 나에게 데리고 온다면 용계와 제국의 맹약은 영원할 것이고, 거기에 더해 찾아낸 자에게는 나 수집룡의 모든 것을 줘도 좋다."

수집룡이 스스로 한 말로 밝혀진 충격적인 진실.

다시 말해서 노예가 용을 죽인 것이다.

이 말로 인해 모험도시에서는 변경백의 탈모가 평소의 1000배로 늘고, 수도에서는 황제가 홍차를 천장까지 뿜었다고 한다.

'수집룡'의 지시로 인해 모험가 업계의 경제는 활발해졌다.

헤렐의 탑에 대한 도전을 항상 인정받고 있는 탑급 모험가는 물론이고 1급 모험가와 2급 모험가도 앞다투어 그 노예, 용을 죽인 '흑발의 노예' 수색을 위해 길드에서 탑에 대한 도전 신청을 제출.

길드는 그 신청 처리에 쫓기면서도 용 협정에 의거하여 특례적으로 거의 모든 2급 이상의 모험가에게 헤렐의 탑 등정을 허가.

많은 모험가가 탑에 도전하기 위해 무구를 장만하여 대장간도 대성황.

대장간이 바쁘면 광산 소유자도 싱글벙글.

그리고 많은 모험가가 실력이 부족한 채로 마경인 탑에 도전해서 많이 죽는다.

기도나 장례식 등으로 교회도 싱글벙글. 돈에 미친 여주교의 제단에서는 한동안 웃음소리가 끊이지 않았다던가.

하지만 제일 중요한 '흑발의 노예'는 아직 발견되지 않았다.

용에게 도전하는 것을 명예로 여기고, 용에게 이겨서 용의 짝이 되려고 하는 명예로운 '교회기사'들은 총력을 기울여 온 제국을 찾아다녔지만 발견되지 않았다.

젊은 교회기사 몇 명은 무모하게도 노예에게 살해당할 정도의 용이라면 자기도 이길 수 있다는 만용에 사로잡히는 자도 있었다.

물론 모두 더 이상 이 세상에는 없다. 뜬숯이 되거나 목이 날아가거나, 수집룡의 그날의 기분에 따라 미디엄인지 레어인지 정해졌다.

그리고 비슷한 노예를 준비해서 용을 속이려고 한 모험가는 모두 하나같이 숯이 되었고, 이를 두려워한 어중간한 모험가는 차차 탑에 대한 도전을 그만두고 있었다.

용 축제 준비가 진행되면 진행될수록 경제만이 가열, 팽창을 계속해 나가는 가운데.

순식간에 수집룡이 죽고 부활한 날로부터 격동의 한 달이 지나려 하고 있었다.

~그리고 시간은 거슬러 올라 흑발 노예가 수집룡을 죽인 직후~

"좋았어~, 쳐죽였다. 아~, 좋은 만족감이야. 그럼, 도마뱀 씨, 라자르도 아마 도망쳤을 테고. 이제부터 어떻게 할까."

기지개를 켜면서 하품을 하는 토오야마. 그리고 아직 화살표가 둥둥 떠있는 것을 깨달았다.

"응?"

그것은 안개칼날이 완전히 죽인 생명의 빈 껍데기를 가리키고 있었다.

====================================

【시체를 뒤진다】

====================================

"오, 그런 것도 있는 건가. 좋네."

알맹이는 제쳐 두더라도, 안개칼날의 칼날로도 흠집이 나지 않는 그 갑옷. 그리고 귀환 수단은 아마 여분을 가지고 있을 것이다.

그렇다, 그렇고말고. 탐색자가 승리한 뒤에는 보상이 필요하다. 토오야마 나루히토가 피 연못에 잠긴 '전리품'을 향해 천천히 걸음을 옮겼다.

"어디 보자~, 갑옷…… 은 안 되겠네. 벗기는 방법을 모르고, 애초에 죽인 녀석의 갑옷 같은 건 안 입고 싶어."

피웅덩이에 잠긴 갑옷쟁이, 토오야마는 쭈그리고 앉아 그 시체를 뒤지기 시작했다.

"큰 창…… 큰 무기는 별로 안 좋아한단 말이지. 멋있긴 하지만 실용성이 좀. 그러고 보니 조합인가 미국이 파워 아머를 개발하고 있다는 괴담이 있었는데 그런 걸 갖고 싶네."

장비를 뒤지면서 중얼거렸다.

"뿔 달린 투구…… 거기에 금색 갑옷, 우와, 가슴 부분은 완전히 녹았네."

치명상이 되었을 나이프에 의해 생긴 상처를 봤다. 불꽃은 이미 사라졌지만 찔린 상처는 갑옷을 완전히 녹이고 심장을 불태웠을 것이다.

"망토, 엄청 좋은 소재야. 그보다 이건 무슨 소재로 만들어진 거냐? 뭐, 별 필요 없어. 이 녀석의 모습, 왠지 바티칸 시국의 지정 탐색자 놈들이랑 비슷하네."

도움이 될 만한 물건이 그다지 없다.

하지만 토오야마는 갑옷쟁이가 어떤 물건의 여분을 가지고 있지 않을까 하고 짐작하고 있었다.

"오, 펜던트? 정답이네? 발톱 형태에 날개와 검 인장…… 역시 여분이 있잖아. 응? 또 하나 있네. 이게 뭐냐, 인식표? 뭐, 금박지에 비쌀 것 같으면서 가지고 다니기 쉬우니까 이것도 가져가야지."

목에서 빛나는 그것을 뚝 떼어냈다. 라자르에게 넘긴 귀환증표인가 뭔가 하는 것. 그리고 군대에서 쓰는 인식표 같은 금색 판을 같이 떼어냈다.

"그보다 이 자식은 진짜 뭐하는 놈이었지? 날개에 꼬리. 라자르는 용이라 했는데 인간이 아닌가? ……뭐, 죽였으니까 이제 상관없나."

여유롭게 이긴 것처럼 보여도 사실 상당히 아슬아슬했다.

"나무아미타불, 나무아미타불. 뭐, 다음에 볼 일이 있으면 그때는 네놈이 이기겠지. 두 번 다시 네놈이 태어나지 않기를 기도할게."

토오야마 나루히토의 비장의 수단 '미등록 유물 안개칼날'은 걸려들면 더 강한 상대에게도 통하는 병기지만, 사실 성능은 상황을 상당히 많이 탄다.

"안개칼날은 나도 휘말려서 말이지. 바람이 부는 쪽에 있어서 다행이야. 사전준비도 충분히 죽일 수 있는 수준으로 퍼뜨리는 건 시간이 걸리고…… 반동도 세니까. 뭐, 살아 있으니까 됐나."

상대가 나를 완전히 얕보고 있었던 것. 토오야마의 비장의 수단의 존재를 몰랐던 것.

그리고 무엇보다 1대1 맞짱 승부, 토오야마가 주위 사람이 말려드는 것을 신경 쓰지 않고 싸울 수 있었던 것.

모든 요인이 맞물려 토오야마는 목숨을 쟁취했다. 가볍게 전투를 돌이켜보고 갑옷쟁이한테서 빼앗은 귀환 증표를 바라봤다.

"좋아, 그럼 바로 써버릴까."

사실만을 생각했다. 여기가 꿈인가, 아니면 현실인가.

"꿈이면 딱히 상관없어. 무엇을 하든 난 그때 죽었고 전부 끝났어. 그건 받아들이자."

하지만 만약, 만약에—.

"이게 현실이고 내가 아직 살아 있다. 그다음이 여기라고 한다면 난 엄청 운이 좋은 거야. 현대 던전이라는 게 있는데 이런 일이, 그래, 이게 현실이라도 이상할 것 없지."

꿈이라면 꿈인 대로 전부 포기한다. 하지만 만일의 가능성, 다시 말해서 자신이 진짜로 아직 살아 있고 최후의 순간의 그다음에 있다고 한다면—.

"……이번엔 안 죽어. 살아남아 주겠어."

이 상황에 대한 토오야마의 대답은 간단했다. 일단의 납득을 끝내고, 토오야마는 다시 손바닥에 있는 펜던트를 바라봤다.

사용 방법은 이미 알고 있다. 구조는 모르지만, 방법은 이것밖에 없다. 어디인지도 모르겠지만, 주위에 찬 분위기는 잘 알고 있다.

현대 던전, 바벨 대혈과 똑같은 분위기. 즉 인간이 있을 곳이 아닌 별세계의 분위기.

"그러고 보니, 아인 같은 놈에 알 수 없는 갑옷쟁이라고는 해도 사람을 해친 건 처음이네."

네 명의 적을 처치했다. 문득 그게 괴물이 아닌 사람이었다는 것을 떠올렸다. 토오야마는 잠시 생각하고.

"왠지 나도 모르게 해쳐 버렸네~. 결국 죽이고 말았다는 느낌이야. 뭐, 그래도 괴물을 죽였을 때랑 크게 다르지 않았어."

생각보다 아무렇지도 않다. 탐색자가 되었을 때 처음 왕도마뱀 괴물을 사냥했을 때의 느낌과 비슷했다. 생각보다 전혀 아무렇지도 않았다.

예상을 뛰어넘는 사고방식으로 토오야마는 한 가지 현실을 받아들였다. 현대 던전, 바벨 대혈은 사람을 취하게 한다. 편도체와 뇌의 시냅스에 영향을 주는 그 현상은 윤리관을 틀어지게 하여 사람을 탐색자로 바꾸어 간다.

그 취기는 3년이라는 탐색자 기간으로 토오야마 나루히토의 뇌를 변이시켰다.

"그리고 또 하나. 라자르는 확실히 여기서 이탈했어. 이 귀환 증표, 인가 뭔가를 써서."

두 번째 사실. 라자르가 이곳에서 이탈했다는 것.

같은 귀환 증표, 그리고 같은 방법이라면 라자르가 간 곳에 갈 수 있지 않을까. 토오야마는 그렇게 가설을 세웠다.

그 외에 이것저것 생각하고 싶은 것이 있었지만, 장소가 장소다. 토오야마는 생각을 포기하고 그 펜던트를 손에 쥐었다.

"토오야마 나루히토!"

쥐고 이름을 외치면. 꼭 매직 아이템 같네. 토오야마는 살짝 가슴을 두근거리면서 기다렸다.

……아무 일도 일어나지 않았다.

"응? 어라. 토오야마, 나루히토."

그저 용소에서 떨어지는 물소리와 개울이 흐르는 소리만이 들렸다.

"……토오야마나루히토." "토-야마 나루히토."

발음을 조금 바꿔도 안 된다. 라자르 때처럼 빛에 감싸이지도 않고, 이 자리에서 이탈할 수도 없다.

"아~무 반응이 없네…… 불량품인가?"

찰박. 토오야마가 증표를 바라보며 투덜거리고 있으니 문득 물소리가 났다.

아니, 아니다. 수면이 찰랑여 젖은 무언가가 지면을 치는 소리가 났다.

"악어."

"응?"

눈치 채고 보니 그 녀석은 발치에 있었다.

물방울이 떨어지도록 흠뻑 젖은 긴 몸, 악어 같은 큰 턱, 땅을 기는 몸은 올챙이처럼 손발이 없고 세로로 달린 지느러미만이 있었다.

"어이쿠, 진짜냐."

눈은 하얗고 탁했으며, 그 송곳니는 명백히 날카로웠다. 육식, 토오야마는 순식간에 이해했고—.

"악어."

"악어악어."

"악어악어악어."

"패닉*."

"악어악어."

"악어악어."

"악어악어악어악어악어악어."

철벅, 철벅철벅, 철버덕.

차례차례 개울에서 검은 몸을 떨며 그 녀석들이 나타났다. 미끈미끈한 몸을 비틀고 흔들고 쏘아보면서 토오야마에게 다가왔다.

"……어머나~, 도련님도 참, 왜 다 나온 거야?"

"악어."

챙.

갑자기 한 마리가 큰 턱을 열고 토오야마의 발을 노렸다. 간발의 차로 발을 빼서 피하는 토오야마.

"히엑?! 싸울 생각이 가득한 거냐고?!"

"악어악어."

"패닉."

"뭐냐, 그 웃긴 울음소리는?! 올챙이랑 악어?! 웃긴 괴물이네!!"

순식간에 모여드는 괴물들. 한 마리 한 마리의 사이즈는 별 것 아니지만 수가 너무 많다. 다수의 횡포의 무서움은 탐색자라면 누구든 알고 있다.

"큰일이네, 피 냄새에 모여든 건가? 젠장, 너무 신났어. 야 인

*순서대로 이빨을 누르다 보면 장남감 악어가 입을 닫는 장난감인, 악어 이빨 게임의 일본 명칭이 악어악어 패닉(와니와니 파니크)인 것을 이용한 말장난

마! 악어올챙이 놈들아!! 이렇게 궁상맞은 꼴에 기운이 팔팔한 나보다 거기 피투성이에 방금 막 생고기가 된 갑옷이 있잖아! 저걸 노리라고, 저걸!”

“악어?”

“악어악어?”

“악어어~어?”

토오야마의 목소리에 악어와 올챙이의 특징을 가진 임시 명칭 ‘악어올챙이’들이 서로 악어악어거리며 말하기 시작했다.

모두가 피 웅덩이에 잠긴 갑옷을 힐끗 보고.

“패닉.”

고개를 저으면서 다시 토오야마 쪽을 봤다. 번쩍이는 송곳니를 보이고 침을 흘리면서.

“그렇습니까~. 살아 있는 쪽이 신선합니까. 예이 예이. 흡!! 으랴아!!”

토오야마가 단숨에 달리기 시작했다.

탐색자의 판단은 빠르다. 순식간에 그곳에서의 도주를 선택했다.

야생동물에게 등을 보이며 도망치면 자극해 버리기 때문에 악수지만, 괴물은 별개다. 자극을 하든 안 하든 날 물어 죽이려 하기 때문이다.

“““““악어!!!”””””

“젠장, 젠장젠장젠장!! 기습엔 약하다고, 안개칼날은!!”

예상대로 쫓아온다. 다리가 없음에도 불구하고 지상에서의 속도도 상당히 빠르다.

점액, 땅을 미끄러지고 있다.

"악어!!"

"하아아아아?! 엄청 늘어나 있어어어어어?! 뭐냐고 이놈들은, 왜 날 노리는 거지?! 에에잇, 모 아니면 도다!! 유물, 무산!! 안개 칼날!! 진하게!! 엄청 진하게!!"

달리면서 뒤를 돌아봤다. 세는 게 싫어질 정도로 늘어나 있었다. 토오야마가 비명을 지르면서 유물을 발동. 목에서 나오는 것은 '용'마저 죽인 세계의 버그.

한번에 토오야마를 중심으로 깊고 무겁고 새하얀 안개가 세상에 나왔다.

"악어?!"

"이런?! 나도 안 보이는데?! 화살표 씨!! 화살표 씨이이이!! 목적지, 목적지를 가르쳐 줘어어어?!"

뾰롱.

"오, 바로 나왔다!"

=======================================

【사이드 퀘스트 발생】

【퀘스트명 '어쩌면 그리운 재회'】

【퀘스트 목표 웨$$@&&aa필&b&a버#너?? · 지###&_솔 · ?2스크와 마&스의 야영지에 도착한다】

=======================================

"글자가 깨졌지만, 상관없어! 화살표, 화살표! 찾았다!"

하얀 공간, 하지만 화살표만은 확실하게 나아가야 할 길을 알려줬다. 그 화살표를 따를지 따르지 말지에 대한 주도권은 이미 토오야마에게 있었다.

놈들이 안개 속에서 헤매고 있는 지금—.

"악어!!"

챙!!

그 턱으로 날린 일격을 피한 것은 우연이다. 토오야마의 목을 노린 그 공격. 우연히 토오야마가 몸을 숙여 악어올챙이가 빗맞히고 토오야마를 뛰어넘었다.

"우왓?! 뭐야?! 내가 있는 곳이 들켰어?! 시각으로 감지하는 게 아닌가?!"

"악어악어악어."

패닉에 빠지면서도 토오야마의 탐색에 최적화된 뇌가 회전했다.

시각 이외에 감각기관이 될 수 있는 것. 귀, 코, 하지만 이 녀석들은 저 개울에서 나왔다. 수생 생물. 그렇다면 청각도 후각도 메인 감각기관으로는 약하다.

이제 남은 것은—.

"열!! 피트 기관!! 설마, 이 녀석들."

탐색자로서 쌓은 생물 지식. 토오야마가 현대 던전에서 사냥했던 괴물종 중에도 지상의 통상적인 생물, 뱀과 똑같이 열로 주위의 환경을 탐지하는 괴물도 있었다. 이 녀석들도 그와 같을 것이다.

"악어어."

"외형은 올챙이랑 악어의 낯짝을 달고 있는데, 설마 뱀이랑 동류냐?!"

"악어."

"이 자식, 그 울음소리는 사기지?! 젠장, 죽여라, 안개칼날!! 아니, 아야야야야야야야!!"

모 아니면 도. 위험이 따른다는 걸 알고 계획 없이 유물 사용. 하지만 예상대로 그것은 좋지 않은 수였다.

푹, 찌익.

토오야마의 옷이 찢어졌다. 그 힘은 주인에게도 이를 드러냈다. 세상을 난도질함에 있어서 안개 속에 있으면 주인도 상관없다.

안개칼날의 오발, 상황을 타는 그 성능은 이런 난전 속에서는 자살행위나 마찬가지였다.

"역시 무리인가!! 중지, 안개칼날, 멈춰!! 스테이! 홈!! 고 홈!!"

토오야마의 지시대로 안개칼날이 바로 움직임을 멈췄다. 몇 마리는 죽인 것 같지만 소용없다. 충분히 퍼지지 않은 안개칼날의 살상력은 낮다.

"젠장!! 달리기 힘들어!! 이 넝마 신발!!"

미끄덩. 조잡하고 너덜너덜한 가죽신이, 냇가, 젖은 자갈돌 위를 미끄러졌고.

"악어악어."

"아, 이, 런."

토오야마가 넘어졌다. 그때와 똑같다. 괴물에게, 다수의 괴물에게 온갖 고통을 받다가 죽는다.

"진짜, 냐고."

또 죽는—.

『**네거티브**, 다수의 수생형 괴물종 무리를 확인, 또한 그에 쫓기고 있는 현지인으로 보이는 사람의 모습을 시각으로 확인. 경고, 머리를 숙이고 그 자리에 엎드리는 것을 권장합니다.』

귀에 선명하게 들어오는 목소리였다.

끝없이 이어지는 보리밭, 그 위를 자유롭게 달리는 바람과 같은 목소리. 말투는 어딘지 로봇 같았지만.

"?! 읏차!!"

그야말로 조건반사. 말하는 대로 자세를 무너뜨리고 그대로 머리부터 슬라이딩.

『포지티브, 좋은 반응입니다, 현지인. 일어나 주십시오, 웬필버너, 교전을 허가해 주십시오. 오늘의 의식 당직인 제가 구출하겠습니다.』

무기질적인 목소리가 어둠 속에서.

"악어!!!"

"위, 위험해라!!"

『PERK ON 호크아이.』

"악어악어악어악어악어악어! 패닉!!"

『거기에 더해 웬필버너의 바람의 권능을 사용.』

주위를 비추는 빛나는 바위가 그 모습을 비췄다.

『전투 효율 평가, 피해 없이 섬멸이 가능하다 판단, M-66, 기생 생물 병기 '마르스', 임시 공생체 '웬필버너'.』

여자다.
긴, 머리카락―.
『콜 사인, 「시에라 스페셜」 ENGAGEMENT.』
'금빛' 머리카락― 어눅어둑한 공간에서도 그 머리카락 지체가 반짝이는 듯이.
금빛 머리카락, 풍성하게 허리까지 자란 그 머리카락이 물결쳤다.
파란 눈동자가 괴물 무리를 전부 포착했다.
날씬한 몸, 물 흐르는 듯한 동작으로 여자가 활을 당겼다.
"패닉―?!"
쏘아진 화살, 토오야마에게 덤벼드는 괴물의 머리에 날아갔다.
스팡, 좋은 소리가 났고.
"말도, 안 돼."
그것만으로 모든 것이 끝났다.
단 한 발의 화살이었을 것이다.
그것이 살아 있는 생물처럼 공간을 날아서 괴물의 머리를 꿰뚫었다.
한 마리를 꿰뚫은 뒤에 그대로 다음 사냥감을 찾는 듯이. 물리 법칙을 완전히 무시하고 생물처럼 움직이는 화살이 모든 괴물을 꿰뚫어 죽였다.
순식간에 괴물 무리는 침묵했다.
『적성 반응 섬멸을 확인. 전투 효율 평가, 더욱 상승. ……너무 우쭐대지 마십시오, 웬필버너. 그래도 그와 저의 콤비가 더 강력

합니다.』

그녀의 금빛 머리칼이 나부끼고 있다. 그곳만이 부자연스럽게 바람이 불고 있었다. 마치 그녀가 바람을 끌어당기고 있는 것처럼.

"대, 단해. 뭐야, 활이랑 화살? 바, 람?"

『다친 곳은 없습니까? 현지인. 당신은 운이 굉장히 좋—』

기묘한 복장.

복슬복슬한 민족의상 같은 디자인. 다양한 인종이 모이는 '바벨섬'에서도 본 적 없는 옷차림.

활과 화살을 등에 맨 벨트에 넣으면서 금발 여자가 손을 내밀었고—.

'—에?'

굳었다.

파란색 눈동자가 크게 뜨였고, 반듯한 입이 떡하니 벌어져 있었다. 엄청난 미인이다. 토오야마는 약간 위축되면서도—.

"아, 아아, 안녕하세요. 이야, 진짜 살았습니다. ……저기, 왜 그러시나요?"

『네거티브…… 설마, 흑발, 밤색 눈, 그 DNA구조…… ***일본인***?*』

"아, 네, 일본인인데……."

뭔가 사정이 좋지 않은 걸까.

그리고 갑자기 금발 여자가 얼굴을 찌푸렸다.

『네거티브, 뭡니까, 웬필버너. 지금 이 현지인의 해석을, 에? 아는 사이? 잠깐, 기다려요, 오늘의 육체 조작권은 저에게—.』

---

*기울임이 적용된 '일본'은 원서에서의 표기 차이를 반영한다. 본서에 등장하는 일본은 각각 '일본(ニホン)'과 '일본(日本)'으로, 가타카나와 한자어표기로 나뉜다.

마치 누군가와 이야기하는 것 같다.

토오야마와 이 여자밖에 없는데도 불구하고 금발 여자가 누군가와 혼자서 이야기하기 시작했다. 그리고 갑자기 조용해졌나 싶더니 고개를 푹 숙이고 움직이지 않게 되었다.

"엑?! 아니, 여보세요!! 괜찮아요? 잠— 어?"

말을 잃었다. 눈앞에서 일어난 명백한 이상 사태에.

금빛 머리칼, 풍성한 황금빛 보리밭, 태양을 떠올리게 하는 이 금빛 머리칼이 **변하기 시작했다**.

달, 밤하늘에 빛나는 달, 차가운 은수저, 깊은 산골짜기에 휘몰아치는 바람.

그 머리카락이 순식간에 '은색'으로 변해 갔다. 토오야마는 그 은색에 시선을 빼앗겼다. 그것은 너무나도 예쁘고, 아름답고.

"—크, 크크, 아아, 이게 무슨 일이야. 그런가, 그런 거였구나."

바람이 그녀의 머리카락을 들어 올렸다.

긴 머리카락의 한가운데만 요령 있게, 어머니가 딸의 머리를 땋듯이, 바람이 그녀의 머리카락을 땋았다.

"뭐? 머리카락의 색깔, 어떻, 게?"

토오야마가 눈을 크게 떴다.

"크크크, 아아, 그렇게 놀란 표정 짓지 말게. 여어, 오랜만이네, 일본인."

눈의 색깔도 변해 있었다. 파란 하늘, 여름 바다와 하늘을 가둔 듯한 눈동자가 지금은 이해 불가능한 일곱 색깔, 무지개색으로 변했다.

보고 있기만 해도 이상해질 것 같은 무지개색 눈동자. 그것이 재미있는 것을 봤다는 듯이 일그러져 있었다.

"뭐? 누, 누구야?"

"아아, 그런가. 그랬지. '바람'에게 있어서 이건 재회지만, 너에게 있어서는 첫만남인가. 크크크, 재밌는 곳이네, 이 탑은 정말. 그야말로 모든 시간과 장소가 뒤죽박죽 섞인 수속점인 셈이야."

"……미안, 도움을 받아 놓고 미안한데, 너, 괜찮아? 뭔가 아까 전이랑 말투라던가, 분위기가 전혀."

"크크, 아아, 이런저런 일이 좀 있지. 미안하다, 혼란하게 만들었구나. 다시 한번, 처음 뵙겠습니다. 일본, 아니 **일본인**."

"……너, 누구야."

"'웬필버너 질바솔 투스크', 여행자야. 지금은 그냥 여행자지."

"우, 우엔필버너?"

"크크크, 신선하네, 너의 그런 얼굴을 보는 건. 바람은 너의 인간다운 얼굴을 그다지 본 기억이 없었으니까. 뭐, 그때의 바람과 네 관계면 어쩔 수 없나."

"……."

이해할 수 없는 기묘한 말, 마치 토오야마를 알고 있다는 듯한 말투.

토오야마는 반사적으로 조용히 그것을 발동했다. 자기 주변에 투명하게 만든 '안개'를 뿌리기 시작했고—.

"그렇게 경계하지 마. 그립고 놀라운 재회에 조금 흥분했을 뿐이야. 그러니 '안개칼날'을 퍼뜨리는 건 그만둬 줘. —토오야마 나루히토 군.”

“……맙소사. 진짜로 뭐냐, 넌.”

경계 수준이 한 번에 올라갔다. 이름뿐만 아니라 무장까지 파악하고 있다.

“음~, 너의…… 미래의 숙적?”

턱에 검지를 대고 고개를 갸웃거리는 그 몸짓. 이 세상의 존재라고는 생각할 수 없을 정도로 귀여워서 살짝 넋을 잃을 뻔하면서 얼굴에는 드러내지 않았다. 토오야마는 은발에 귀여운 여자아이가 취향이었다.

“무슨, 이야기지?”

“마르스, 잠깐 그와 이야기하고 싶어. 그렇게 화내지 말라고, 너도 들어도 괜찮으니까.”

토오야마의 물음에는 대답하지 않고, 은발 여자가 다시 혼잣말을 했다. 그 모습은 마치 누군가와 이야기하기 시작한 듯했다.

“뭐, 여기선 좀 그렇네. 바로 근처에 바람들의 야영지가 있어. 거기까지 안내할게. 초대해도 될까?”

“……사양하고 싶다고 한다면?”

“음~, 곤란한데. 아아, 그런가. 넌 그런 녀석이었지. 메리트를 먼저 제시할게. 네가 순순히 바람의 초대를 받아 준다면, 지금 네 상황을 가르쳐 주도록 하지. 그리고, 그렇지, 맛있는 홍차가 있어. 어때?”

홍차.

심하게 지친 토오야마의 뇌가 그 향기와 따스함을 요구하며 항의하기 시작했다. 토오야마는 한번 불붙은 욕망에 굉장히 약하다.

"……잘 부탁드립니다."

"응, 솔직해 좋네. 자, 이쪽이다. 토오야마 나루히토, 따라오게."

"아, 예, 웨…… 그, 뭐라 불러야 할까요?"

"응? 아~, 그런가. 편하게 웬이라고— 아니아니, 역시 그만두자. 너한테 이름을 불리는 건, 크크, 조금 무서워서 싫어."

"……저, 미움받고 있나요?"

"크크, 네가 바람을 싫어하는 거야. 아아, 그렇지. 정말 좋은 호칭이 있어."

그 은발 여자가 무지개색 눈동자를 고양이처럼 일그러뜨렸다.

푹신푹신한 모자를 살짝 비끼고 얼굴을 기울여 어느 부위를 토오야마에게 과시하듯이 보이며 웃었다.

"그 귀가, 뾰족해? 설마, 너, 그 판타지물에서 유명한……."

귀가 뾰족했다. 사람의 귀가 아니다. 그것은 판타지에서 친숙한 그 종족의 특징-.

"크크, 바람은 편하게 이렇게 불러 줘. 음~. 분명 그때 넌…… 아아, 그래 그래."

마치 옛날을, 먼 기억을 떠올리듯이 귀가 긴 여자가 머리를 만지고 어딘가 먼 곳을 바라보며.

"'썩을 엘프'였던가?"

씨익 웃으며 한쪽 눈을 감아 윙크했다.

"……진성M인 분이신가?"

"안심하게, '바람'은 너에게만은 그런 걸 요구하지 않으니까."

흔들리는 은색 머리카락을 쫓아갔다. 금방 텐트와 의자, 그리고 불똥을 타닥 타닥 튀기는 모닥불이 보였다.

"뭐, 한마디로 말하자면 말이지. 응, 역시 넌 제대로 살아 있다고 생각해. 이 상황은 안타깝게도 꿈도 뭣도 하닌, 네 현실의 그 다음이야."

개울이 흐르는 지하 공간, 그곳에는 이 장소와 어울리지 않게 펼쳐진 야영지가 들어서 있었다. 흔들의자에 자립식 해먹. 압권인 것은 완전히 어딘가에서 본 적 있는 브랜드 마크가 붙은 텐트에 타프.

"아, 이 홍차 맛있다. 무슨 찻잎일까."

왜 토오야마가 알고 있을 만한, 본 적 있는 현대의 아웃도어 굿즈가 충실하게 갖춰져 있는가 하는 등의 의문이 들었다. 하지만 전투하느라 지친 탓에 딴지를 거는 게 귀찮았다.

그다지 생각하지 않고 은발에 귀가 긴 여자와 불을 둘러싸고 의자를 흔들거리며 홍차를 홀짝였다.

"이봐 이봐, 현실 도피는 그만둬. 아, 역시 맛있지? 헤렐의 탑의 숨겨진 층에서만 딸 수 있는 찻잎이야."

"헤에~, 헤렐의 탑, 말임까."

무슨 찻잎일까. 카모밀과 다즐링의 중간 정도의 향기. 향을 맡고 있으니 기분이 안정된다.

"흠흠, 역시 넌 저편에서 온 건가. 마르스가 반응했다는 것은 바람이 판단한 대로 일본인일 테고."

"네에, 뭐, 순수 일본인입니다만."

"이야~, 설마 너와 이렇게 차를 마시는 날이 올 줄이야…… 좀 믿기지가 않아. 정말."

서로 머그컵에 든 차를 홀짝이며 불이 튀는 소리를 들었다. 흔들흔들 흔들리는 불이 장작을 태워가는 것을 멍하니 바라봤다. 계속 보고 있을 수 있는 편안함. 완전히 캠프다.

"……그, 미안. 아까 한 이야기로 되돌아가는데요. 심플하게 이야기를 정리하면. 그러니까, 엘프 씨. 난 그러니까, 그거지. 아직 살아 있다고 보면 되는 건가?"

토오야마가 편안함에 삼켜질 뻔한 타이밍에 어떻게든 마음을 다잡아 이야기를 원점으로 되돌렸다.

"아아, 그렇고말고. 토오야마 나루히토. 넌 분명 살아 있어. 여긴 네 뇌가 죽을 고비에 이르러 만들어 낸 환영도, 거짓도 아니야. 확실한 현실, '일본'과는 또 다른 세계지."

"이세계……."

"뭐, 쇼크인 건 이해해. 하지만 진정—."

은발 엘프가 무지개색 눈을 우아하게 가늘게 뜨며 토오야마에게 충고를 하고자 새 차를 따르려 했으나.

"에, 이건 그러니까 이세계 전이라는 거야?"

토오야마의 그 목소리는 밝았다. 적어도 낙담하거나 혼란에 빠진 인간의 목소리가 아니었다. 오히려—.

"응?"

엘프가 고개를 갸웃거리며 굳었다. 예상했던 반응과 달랐을 것이다.

"에, 말도 안 돼, 진짜? 어? 정말 진짜로 온 거야? 에에에에, 거짓말. 진짜? 2020년대 초반에 유행한 이세계 전이 같은 건가?"

토오야마가 엄청 빠르게 말하기 시작했다.

"왜, 왜 그래, 너. 뭔가 바람이 생각했던 반응과는 상당히 다르네. 왠지 기쁜 것처럼."

"아니, 이건 신나는 일이지!!!"

벌떡 일어나 홍차를 다 마시고 외쳤다. 모닥불이 기분 나빠하는 것처럼 흔들렸다. 토오야마 나루히토는 상상 이상으로 충격을 받지 않았다.

오히려 다른 사람이 해준 자신이 살아 있다는 말, 그리고 전투 직후의 흥분, 이세계라는 단어.

낙담하기는커녕, 어느 쪽이냐 하면—.

"……와~우. 엄청 좋은 미소네. 너 상당히 유쾌한 인간이었구나. 그 사람과 마음이 잘 맞을 것 같아. 이상한 사람끼리."

"그 사람? 아니 그보다!! 엘프 씨, 엘프 씨 엘프 씨!! 그러니까! 난 아직 안 죽었고! 여긴 이세계!! 그 모험가라고 하는 놈들이랑 도마뱀 남자 라자르, 그리고 내가 죽인 수인과 날개랑 꼬리가 달린 갑옷쟁이도 그건가! 이세계의 진짜로 살아 있는 놈들이란 거구나!"

토오야마는 오타쿠다. 그래서 살짝 직선적이다. 알기 쉽게 흥분해 있었다. 원래부터 탐색자가 될 만한 사람이 던전의 취기에 머리가 절여진 지 어언 3년.

뇌가 파충류뇌로 변이된 그 남자는 자신의 욕망, 자신의 즐거움에 터무니없이 약하다. 단숨에 빠르게 말하기 시작했다. 가는 눈을 실처럼 가늘게 뜨고 만면에 웃음을 띠고 엘프에게 다가갔다.

"응, 가까워 가까워. 좀 떨어져 줘. 너한테는 바람이 트라우마가 약간 있으니까. 아니, 지금 너한테 말해도 이해 못 하겠지만."

엘프의 얼굴이 알기 쉽게 흐려졌다. 아까 전까지의 여유 넘치는 표정은 없었고, 그저 곤란해하고 있었다.

"어? 트라우마? 너하고는 아까부터 미묘하게 이야기가 맞물리지 않네. 하지만 지금은 그런 사소한 건 아무래도 상관없어!! 히, 히히히히히히, 그런가, 결국 해버렸나, 이세계 전생. 아니, 전이인가? 그 점은 확실하게 해둬야지. 장르 사기는 트러블의 근원이야."

"우와, 말이 엄청 빨라. ……응, 마르스, 뭐라고? 아아, 그렇구나. 저게 데이터베이스에 있는 '오타쿠'라는 녀석인가. 흐음, 뭐, 뻔뻔한 건 좋은 거잖아."

"누가 오타쿠냐! 난 그저 어릴 때 그런 걸 접하지 못해서 나이를 먹은 뒤에 공상이나 판타지를 접하고 좀 심하게 빠졌을 뿐이야!"

말끝에 약간의 어둠이 느껴졌다. 하지만 토오야마는 신나게 떠들고 있었다.

"아아, 응. 넌, 뭔가 이래저래 재밌구나… 응, 잠깐만? 방금 전에 넌 뭐라고 했지?"

"그건 그렇고 이 홍차 맛있네. 엄청 깊어. 어? 뭐라고? 내가 오타쿠가 아니라는 말이요?"

엘프가 더 따라준 황금색 홍차를 다시 홀짝였다. 마시면 마실

수록 기운이 솟았다. 깊고 따뜻한 맛이다.

"아니, 그보다 더 앞, 앞이야. 빵집을 하는 라자르 군인가 뭔가에, 날개가 달린 갑옷쟁이? 잠깐만, 가만가만, 수집룡 이야기는 괜찮아. 그건 알고 있으니까. 하지만 왜 지금 이 단계에 라자르 군의 이름이 튀어나오는 거지?"

엘프의 목소리가 약간 낮아져 있었다. 고개를 갸웃거리는 몸짓은 귀엽지만, 무지개색 눈동자에 무기질적인 빛이 깃들었다.

찌릿, 토오야마는 분위기가 바뀌기 시작한 것을 피부로 느꼈다.

"어? 너, 라자르랑 아는 사이야? 같은 노예 마차를, 타고……."

말을 도중에 멈췄다.

토오야마는 엘프의 표정을 보고 내심 혀를 찼다.

이런, 너무 떠들었다.

이 녀석이 모험가 놈들이나 갑옷쟁이의 관계자라면 굉장히 난처하다.

"………너, 갑옷쟁이나 모험가라는 놈들이랑은 무슨 관계지?"

토오야마가 사고를 전환했다. 희색만면한 오타쿠의 얼굴이 거짓말처럼 사라졌다. 한밤중에 눈이 쌓여 주위를 하얗게 물들이는 것처럼 토오야마의 얼굴에서 표정이 싹 사라졌다.

무풍상태. 무의식적으로, 그리고 조용히 안개칼날을 퍼뜨리기 시작했고—.

"……너 말이야, 진짜 그때도 그랬지만 태세 전환이 격하네. 마치 한 몸에 두 개의 인격이 있는 것 같아. 뭐, 지금의 바람도 남 말할 처지가 아니지만."

호로록. 보기와는 달리 꽤나 호쾌하게 홍차를 홀짝이면서 엘프가 말을 했다.

딱. 길고 가는 손가락을 튕겼다. 손끝에 바람이 소용돌이쳐서 하얀 연무가 그 바람에 말려들어 갔다.

"……이럴, 수가."

공기 중에 퍼지던 안개칼날이 사라졌다.

토오야마는 유물을 해제하지 않았다. 엘프의 손끝에 모인 안개는 바람에 말려들어 흩어져 갔다.

"안개칼날로는 바람을 죽일 수 없어, 토오야마 나루히토. 적어도 지금의 가벼운 안개칼날로는."

씨익 웃는 엘프의 얼굴. 섬뜩한 아름다움. 토오야마의 이마에서 차가운 땀이 솟았다.

"그렇게 살기를 띠지 마, 토오야마 나루히토. 안심해. 네가 죽인 갑옷쟁이나 모험가 놈들과 바람은 딱히 아주 친한 사이가 아니야. 그저, 그거야. 생각났을 뿐이야."

"……무엇이?"

"바람이 이길 수 있었던 이유. 그리고 진 이유. 음~, 그렇다면 역시 앞뒤가 안 맞네. 라자르 군이 노예? 게다가 네가 지금 여기에 있다는 건…… 바람은 그때 여기가 아니라 위층에서 너랑 만났던 것 같은데…… 흐음, 흐음."

"……네 이야기는 아무래도 이해가 잘 안 돼. 너만 아는 게 너무 많아. 그리고 그걸 설명할 생각도 없어. 하지만 한 가지 확실한 게 있어. 넌 나를 알고 있어. 어째서지?"

"말하지 않으면 혼내 주겠다, 그렇게 말하고 싶은 듯한 얼굴이네. 그래, 토오야마 나루히토. 너답구나. 그 차가운 표정…… 바람에게는 그 표정이 더 친숙해."

좋지 않은 분위기가 차올랐다.

탐색자 거리의 뒷골목에서 나쁜 탐색자 놈들에게 시비를 걸렸을 때, 바벨 대혈에서 괴물종이 나를 품평하듯이 바라보고 있을 때.

차가운 싸움의 분위기.

"……한 가지 묻지."

토오야마가 입을 열었다. 방금 전의 대화로 안개칼날로는 처치할 수 없다는 것을 확인했다.

그렇다면 현재, 이 엘프와 적대하는 것은 위험하다. 어떻게 죽이는지 상상이 안 되는 상대와는 싸워서는 안 된다. 토오야마의 전투사고가 그렇게 결론을 내렸다.

이 분위기를 어떻게든 하려고 자신이 가지고 있는 유머 감각을 최대한 활용해서—.

"뭘까."

"너, 그 일인칭…… 바람이라니, 너무 독특하지 않아?"

"……시끄러."

분위기가 더욱 무거워졌다. 토오야마에겐 안타깝게도 사람의 마음을 온화하게 만드는 유머 감각은 없었다.

"어이쿠, 그래, 마르스. 오랜만에 숙적을 만나서 들떴을 뿐이야. 너나 그 사람도 항상 엉망진창으로 하잖아. 너무 그렇게 화내지 마."

엘프가 다시 혼잣말. 분명 누군가와 이야기하고 있다. 하지만 그 대화 상대는 어디에도 없었다. 적어도 토오야마에겐 그렇게 보였다.

"…………."

이제 어떻게 하면 좋을지 알 수 없게 된 토오야마는 일단 분위기를 유지하기 위해 무서운 표정을 유지했다.

"어라, 후후, '빵집 포함', 혹은, 그래, '까마귀 사냥' 쪽 분위기잖아. 아아, 그래도 너한테는 역시 그 이름이 제일 잘 어울려. 얼굴이 좋아졌네, 토오야마 나루히토."

내 질문에 대답할 생각은 없는 듯한 태도. 하지만 대화는 어떻게든 이어질 것 같다.

"……하지만 점점 더 이해가 안 돼. 흠, 너와 '바람'이 여기서 만난다면…… 뭔가 이상해. 이봐, 너, '바람'과는 처음 보는 거지?"

"아니, 네가 아까 전에 처음 만나는 게 어쩌고 재회가 어쩌고 라고 하지 않았어?"

약간 의미를 알 수 없는 엘프의 말. 이상한 건 너다, 라는 말이 목구멍에서 튀어나올 뻔한 걸 기합으로 막았다.

"뭐, 그렇긴 하지만 말이야. 응? 으응? 다시 보고 생각했는데, 너, 그 옷……? 왜 그렇게 너덜너덜한 옷을 입고 있는 거야? 탐색복, 그 이상한 후드랑 권총이랑 망치는?"

"우와. 왜 내 탐색자 도구에 대한 것까지 알고 있는 거야. 기분 나쁘네……. 사라져 있었어. 정신을 차리고 보니 마차 위였고 이 노예복을 입고 있었어."

"……흠, 흠. 좋지 않네. 바람 때랑 상황이 명백히 달라. 너무 느긋하게 있을 수는 없을 것 같네. 응, 정했어. 토오야마 나루히토, 넌 지금 당장 여기서 탈출하도록 해."

"아니, 그 기세로 탈출이 가능하면 고생할 일이 없지."

토오야마의 말을 듣고 엘프가 한쪽 눈을 감고 대답했다.

흔들의자에서 일어나 기지개를 쭉쭉.

몸짓이 귀엽다. 토오야마가 다시 시선을 빼앗기고 있으니—.

"크, 아아, 역시 '바람'은 네가 싫어."

"어?"

무지개색 눈동자가 토오야마를 보고 있었다. 엘프가 그 분홍색 입술에 가는 손가락을 대고—.

"내 운명 앞에 나타난 욕심 많고 짙은 안개여, 세계를 보존하는 힘을 가지고 있으면서, 세계를 진보시킨 '탐욕스러운 모험가'여."

토오야마에게 고해지는 말.

"—욕망대로 살면 돼. 너에게 저지당한 내 소원을 잊은 날은 없어. 하지만 분명 그걸로 된 거겠지."

그것은 원망하는 것 같기도 하고, 축복하는 것 같기도 했는데.

"……너, 무슨 소리를."

"여기서 귀환하려고 했지? 이 뒤의 흐름이 점점 기억나기 시작했어. 넌 분명, 길드에 갑자기 나타났다면서? 하지만 넌 '수집룡'이 가지고 있던 귀환 증서는 쓸 수 없어. 넌 이 세계의 생명이 아니니까."

"이, 세계…… 그런가, 이세계니까. 그 세계의 녀석만이 쓸 수 있는 뭐 그런 건가.”

갖가지 이세계 전이 전생 엔터테인먼트에 빠져서 기른 예비지식이 토오야마에게 영감을 줬다.

그 갑옷쟁이도 비슷한 말을 했을 것이다.

“크크, 너 정말 이런 건 이해가 빠르네. 아아, ‘오타쿠 기능’인가. 길드의 수정으로는 못 보겠지.”

“그러니까 난 오타쿠가 아니라니깐, ……뭐야, 이거, 너 뭘 한 거야?”

휘잉, 소용돌이치는 그것이 볼에 닿아 부서졌다. 바람이다.

정신 차리고 보니 어느샌가 토오야마의 몸 주위에 바람이 깔려 있었다. 사방팔방에서 불어 오는 선풍기의 강풍에 감싸여 있는 듯한—.

“그러니까 무섭다고, 그 태세 전환. 크크, 아아, 널 여기서 도망치게 해주지. 지금의 넌 이 ‘탑’은 아직 오를 수 없어. 도시에서 살면 될 거야. 동료를 모으고, 기반을 닦고, 싸움에 대비하면 좋을 거야. 네가 지키는 그 도시, 모험도시에서 말이야.”

“도시……? 길드…… 그렇군, 탐색자와 마찬가지로 그 놈들을 관할하는 조직이 있는 건가. 모험가 길드…… 2급…… 직업적으로 이 탑을 탐색하는 게 모험가인 건가.”

오타쿠의 통찰력이 토오야마에게 이해를 가져다줬다.

“아아, 응. 너 이제 설명은 필요 없겠구나. 뭐, 그거야. 미안하지만 여기서 ‘바람’과 만났다는 건 비밀로 하도록 할게. 뭐, 되도록 흐름에 따르자고. 뭔가가 잘못됐다고 하더라도, 상황이 너무

심하게 변하는 것도 걱정이야."

"비밀? 그보다 나랑 네가 알고 있는 것과 모르는 것의 차이가 너무 큰 것 같은데."

"……응, 역시 같은 방향으로 갈까. 기억을 봉인하도록 하지. 뭐, 해롭지는 않을 거야."

토오야마가 뒤숭숭한 소리를 하는 엘프에게 눈을 부라렸다.

"아니 그건, 잠깐잠깐잠깐, 기억 세척이지? 해로운 게 한가득이잖아. 나 탐색자 조합한테 그걸 몇 번이나 당했는데, 머리가 상당히 모자라게 됐다고."

"에엑…… 그게 뭐야, 무서워. 그쪽은 무섭네. 역시 마르스를 만들어 내는 문명이야. ……크크, 뭐. 힘껏 노력해 봐, 탐욕스러운 모험가."

"아니 잠깐만, 아직 너한테는 물어보고 싶은 게 산더미만큼."

"조급해하지 마. 언젠가 너와 '바람'은 다시 만날 거야. 아니, 그때의 '바람'은 아직 '나'일 때일까. 뭐, 상관없어, 그런 건. ……기대하고 있어, 탐욕스러운 모험가."

"이건, 바람, 젠장, 앞이……."

휘잉.

이윽고 바람이 강해졌다. 더는 선풍기가 어쩌고저쩌고 할 수준이 아니다.

텐트와 해먹은 전혀 흔들리지 않는데 토오야마의 몸 주변에만 돌풍이 휘몰아쳤다.

"길드 녀석들이랑 얼빠진 영주님, 빈틈없는 여주교, 그리고 그

지긋지긋한 용들한테 안부 전해 줘. 아아, 그리고 너, 빈혈 조심해. 크크, 용의 기둥서방에 흡혈귀의 먹이, 앞으로 힘들겠어."

"크, 오."

바람에 발이 휘청거려 넘어질 뻔했다.

"아아, 그리고 라자르 군. 그에게도 안부 전해 줘. 지금 생각해 보면 그의 빵을 더는 못 먹는 건 상당히 아쉬워."

"너, 아까도 말했지만, 왜 그런 것까지 알고 있는 거냐?"

"글쎄, 왜일까. 크크, 핫도그, 그건 좋았어. 아아, 그렇지. 너, 까마귀 녀석들은 조심하라구?"

"뭐? 까마귀?"

"그럼 또 보자. 토오야마 나루히토."

"너, 진짜, 이해 안 돼~!!"

바람에 휩쓸려 전해지는 엘프의 목소리. 거기에 대고 소리쳐 봤지만.

"고생하겠지만 부탁할게. 제대로 죽여 줘. 바보 같은 '바람'을, 네 욕망대로."

"잠깐, 이봐, 엘프 씨!!"

"크크, 또 봐. 아니, 아닌가. 이 '바람'과는 이로써 작별이다. 내 운명을 저지한 남자. 용에게 사랑받은 남자, 지식의 권속인 흡혈귀를 꾀어낸 죄인, 탐욕스럽고 성가시고, 그리고, 훌륭한―."

엘프가 말을 골라서 했다. 적합한 말을 골똘히 생각하여 짜내듯이.

고개를 확 들고 씨익. 영악하고 불손하며 뻔뻔. 온 세상을 적으로 돌려도 이상하지 않은, 그런 뻔뻔스러운 웃음을 지었다.

"안녕, 좋은 모험을 해. 썩을 모험가."

바람이 토오야마의 시야를 막았다.

"—기다려, 이…… 썩을 엘프!!"
한층 더 큰 바람 소리가 춤췄고, 그리고, 다리가 떠오른다—.

==

【사이드 퀘스트 달성】

【퀘스트명 '어쩌면 그리운 재회'】

【웬필버너 질바솔 투스크와 마르스의 야영지에 도착하여 상황을 이해한다】

【기능 보너스, '오타쿠'에 의해 '이세계 전이'에 의한 정신 수준 소모 없음】

【헤렐의 탑에서 탈출한다】

옵션 목표 CLEAR!

【기억 세척을 10회 이상 받아 기능 '머리 나쁨'을 소유하고 망각 내성을 획득한 상태로 웬필버너의 '망각의 바람'을 맞는다】

숨겨진 퀘스트 발생

【퀘스트명 'Know your name'이 해방되었습니다】

【'웬필버너 질바솔 투스크'와의 대화를 기억하고 있는 상태로 탑급 모험가 '웬필버너'와 만나는 것으로 퀘스트가 진행됩니다】

==

토오야마의 시야에서 춤추는 글자, 귀가 긴 여자가 손을 흔드는 광경, 그리고 시야가 바람에 온통 가려졌고, 전부 사라졌다.

제3화 인생의 앞날

~수집룡이 첫 번째 목숨을 잃은 날로부터 한 달 후 제국 남부령 '모험도시 아가토라' 모험가 길드에서~

떠들썩함으로 가득한 공간, 아침부터 기름진 고기를 굽는 소리, 강한 주정 냄새가 퍼졌고.

"그건 내 의뢰다! 이 굼벵이!!"

"뭐라고?! 내가 먼저 착수했다! 넌 저기 아무도 안 받는 의뢰나 하라고!!"

"네~, 밀지 마세요! 조조 의뢰는 5번부터 12번 창구에서 받고 있습니다~. 밀지 마세요~! 밀지 마세요, 밀지 말라고 했잖아?! 이 버러지들아아아아아아?!"

"캬아아아아, 우 씨가 화났다!!"

"바보 모험가 놈들!! 너희들 책임지라고!"

"길드의 접수원을 얕보지 말라고~!! 식충이들아! '의뢰' 수배도 못 하고 '수렵' 말고는 못 받게 해줄까?!"

모험도시 아가토라의 아침은 빠르다.

제국 남부령의 물류의 중심, 그리고 제국에서 으뜸가는 몬스터 소재의 생산지이기도 한 제국 경제의 요지. 아침 해가 뜬 순간에 길드 술집에 게시되는 의뢰서 쟁탈전은 작은 명물이다.

"에~, 벌써 벌이가 좋은 의뢰는 안 남아 있잖아."
"스가르 마을에서 또 산적이 나왔대. 이 의뢰 받을래?"
"으~음, 방식이 너무 교활한데. 왕국의 간첩일지도 몰라. 수상해. 패스다, 패스."
"그럼~, 오늘도 힘차게 하수도 청소로 할까……."
모험가들의 움직임은 다양했다. 앞다투어 조금이라도 간단하고 안전한 '의뢰'를 받으려고 창구에 줄을 서는 자, 그걸 바라보면서 느긋하게 대화하는 자.
"아아~, 1급 녀석들처럼 길드에서 대기하면 수당이 나오는 생활이 좋은데."
"바보야, 넌 상위 몬스터 토벌 같은 건 못하잖아. 비룡종에 거인종이나 전승종 같은 괴물을 맞짱으로 죽이고서야 겨우 될 수 있는 인간의 형태를 한 괴물이라고, 1급은. 나한테는 평원에서 솎아내기를 하는 게 딱이야."
"그럼 똑같이 지하 대기조인 '탑급 모험가' 녀석들은 뭐야."
"당연히 괴물 이상의 괴물이지."
"예이~ 예이~, 보통 사람은 보통 사람답게 갈까요. 가끔은 벌이가 좋은 의뢰를 받아 보고 싶네~. 그럼 오늘도 평원에서 힘차게 몬스터 사냥을 해볼까요."
비교적 실력이 있어 안전 수당을 받으면서 몬스터를 사냥할 수 있는 2급 모험가들이 느긋하게 소시지나 구운 감자 등을 먹으면서 일 이야기에 꽃을 피웠다. 생활에 여유가 있는 자일수록 느긋한 건 어느 세계든 똑같은 모양이다.

그날은 모험가 길드의 별다를 것 없는 하루였을 것이다.

"젠장, 2급 놈들, 느긋하게 아침밥 같은 걸 먹고 자빠졌어……."

"바보야, 들린다고. 평원에서 약초를 채집하는 의뢰를 땄으니까 오늘은 운이 좋잖아."

여유로운 2급을 비뚤어진 시선으로 보면서 쟁탈전에서 승리한 3급, 4급과 같은 저급 모험가들이 투덜거리는 모습도 평소의 광경이다. 그런 광경은 갑자기 끝났다.

바람이 울리는 소리.

실내에 갑자기 바람이 불었다. 창문으로 불어오는 그런 바람이 아니었다. 아무런 맥락도 없이 생겨난 소용돌이치는 바람은 마치 회오리처럼 실내에 휘몰아쳤다.

"뭐냐, 바람?"

"아아아, 내 의뢰서가?!"

"뭐야 이게?! 잠깐, 누구 '스킬'이 폭주하고 있는 거 아냐?!"

"지, 진정하세요! 길드 안에서의 스킬 사용은 허가되어 있지 않습니다!'

소용돌이치는 바람이 의뢰서를 휩쓸었고, 모험가가 그걸 서로 뺏고 빼앗았다.

길드 접수원 아가씨들의 치마가 젖혀졌고, 그걸 보고 좋아하던 남자 모험가가 동행인 여자 모험가에게 두들겨 맞았다.

여느 때와 같은 광경. 하지만 다음 순간에 바람 속에서 고함과 함께 나타난 그것은 명백하게 이물질이었다.

"썩을 엘프!! 아니, 뭐야? 어디, 야. 여긴."

""""""어?""""""

지나가는 바람에 실려 온 남자를 보고 모험가 길드에 있는 모두가 굳었다.

◇◇◇◇

토오야마는 바람이 사라지고 시야가 돌아온 순간, 그곳의 광경에 시선을 빼앗겼다.

"—여긴, 어디야?"

건물 안이다. 나무 벽에 나무 바닥. 동물의 모피로 만든 융단이 여기저기에 깔려 있었고, 둥근 테이블과 긴 테이블이 가득했다.

방의 중앙에는 따닥따닥 불이 튀는 소리를 내는 캠프파이어 같은 것이 새빨갛게 피워져 있었고, 그 주위에 고기와 야채와 생선이 꼬치에 꽂혀 구워지고 있었다. 천장이 뚫려있는 부분은 그대로 굴뚝이 되어 횃불의 연기를 내보내고 있었다.

"……술집?"

바벨섬의 환락가에 있는 술집과 구조가 똑 닮았다. 그리고 무엇보다 주위에 있는 녀석들. 다들 하나같이 어떤 무기를 장비하고 있었다. 검, 도끼, 망치, 활.

"……어?"

"뭐, 뭐냐, 이 녀석, 어디서 튀어나왔지?"

"스킬? 하지만 노예복을 입고 있어."

"어? 검은 머리?"

"흠에, 검은 머리에, 밤색 눈……."

땡그랑. 털썩.

소리. 토오야마를 둘러싸고 보고 있던 무장한 녀석 중 한 명이 자신의 무기를 떨어뜨린 소리였다.

모두 무기를 떨어뜨리고 힘이 빠져 바닥에 주저앉은 그 여자를 봤다.

토오야마는 그 여자를 본 적이 있었다.

그 마차, 토오야마가 처치한 개 남자들. 그들과 함께 있던 짐승귀가 달린 작은 미소녀, 그 중 한 명—.

"……말도, 안 돼."

"어? 엘, 너 왜 그래."

"저 녀석."

와들와들 떨리는 손가락. 바닥에 털썩 주저앉은 채로 고양이귀 소녀는 토오야마를 가리켰다. 그 눈은 분명 탁했다. 증오의 빛.

"저 녀석이야!! 저 녀석!! 검은 머리! 밤색 눈!! 우리 라이칸즈를 엉망진창으로 만든 카나리아!! 온 제국이 찾고 있는 '검은 머리 노예'는 저 녀석이야아아아아아아아아아!!"

"너, 넌, 그때 마차에 타고 있던 고양이귀—."

그때는 단아한 분위기였을 텐데 지금은 아니었다. 눈에 핏발을 세우고 고양이귀를 뒤로 딱 붙인 그 모습은 명백하게 적의가 넘쳐흘렀다.

"야! 야, 야, 엘! 지금 한 말 거짓말은 아니겠지!! 이 녀석이 용의 무녀가 찾고 있는 노예구나!"

"그, 그래! 잊을까 보냐! 이 녀석과, 이 녀석과 그 리자드니안 때문에 언니는…… 모두는……."
"이봐, 지금 저기서 노예가 어쩌니 저쩌니 하는데."
"뭐야 뭐야, 싸움인가? 싸움이다 싸움!"
"이봐, 저거, 엘 아냐? 그 왜, 얼마 전에 탑에서 괴멸한 '라이칸즈'의 생존자……."
"오~, 그 용의 무녀에게 받은 큰 기회를 허사로 만든 얼간이들인가. 몇 명을 제외하고 모두 탑의 몬스터에게 먹혔다면서? 캬하하, 뭐냐 뭐냐, 또 웃기게 해주는 거냐?"
수염이 덥수룩한 근육질 덩치와 수인, 소인.
소란스러운 소리를 들은 다른 사람들이 줄줄이 모여들었다. 완전히 판타지스럽고 여러 종족이 넘치는 광경 속에 토오야마는 둘러싸여 있었다.
"젠장, 줄줄이…… 그~, 거기 고양이귀 씨. 그때는 실례했습니다. 근데 너 그 피해자 행세는 뭐냐."
"시끄러!! 노예!! 다들, 들어줘!! 이 자식, 이 자식 이 자식!! 온 제국이 찾고 있는 노예! 용의 무녀가 찾고 있는 노예야! 제국 금화 10000개가 걸린 노예!"
"어이쿠, 꼭 400억의 남자 같은 말이네. 나쁜 기분은 안 들어."
고양이귀 여자의 히스테릭한 목소리에 토오야마가 농담으로 대답했다.
"닥쳐, 노예, 너 이 자식 어떻게 이 길드에 나타났지? 스킬을 가지고 있나?"

근육질의 스킨헤드가 집단에서 쑥 빠져나와 토오야마에게 말을 걸었다.

"잠깐잠깐잠깐, 아까 전의 썩을 엘프도 그렇고 너도 그렇고 내가 모르는 단어로 이야기하지 마. 커뮤니케이션 장애들아. 그리고 빡빡이, 나한테 그렇게 기쁜 듯이 무기 들이대지 마. 쫄아서 죽이고 싶어지잖아."

"앙?! 카나리아 따위가 무슨 소릴 하는 거냐?"

"이, 이봐, 대머리 기다려. 저 노예, 용을 죽인 녀석이라고? 너무 자극하면 위험하지 않냐."

"멍청아!! 잘 보라고!! 저 초라한 옷에 더럽고 부스스한 머리! 팔에는 팔찌처럼 수갑을 그대로 차고 있잖아! 해치울 수 있다고! 여기서! 그리고 난 대머리가 아니다! 스킨헤드다!"

"화, 확실히 대머리의 말대로 왠지 아주 약해 보이네. 우, 우리한테 이건 기회가 아닐까……. 평생 하수도 청소나 하는 밑바닥 모험가를 졸업할 수 있는 거 아냐?"

"잠깐, 잠깐잠깐, 너희끼리 하지 말라고. 나도, 나도 끼워줘. 자, 무기, 무기 꺼냈어. 나도 이제 이 노예를 잡으면 협력한 게 되는 거다?!"

모험가들의 눈빛이 변해 갔다. 경악하는 분위기에서 긴장되는 불쾌한 분위기로 변해 갔다.

"리버, 우린 어떡할래?"

"스모르, 당장 길드에서 벗어나자. 내 스킬이 반응했어. 여긴 위험해. 아는 사람들만 불러서 빠져나가자."

"오케이, 따라갈게. 그런데 말이야. 저 무기를 뽑은 3급이랑 4급, 일부는 2급도 있나. 저만큼 있어도 안 돼?"

"안 돼. 상대도 안 돼. 말려들기 전에 나가자."

토오야마가 귀를 기울였다. 이 술집 같은 곳에 보여 있던 징싱적일 것 같은, 어느 정도 싸울 수 있을 것 같은 녀석이 빠르게 이곳을 벗어났다. 근처 자리에서 이쪽을 주의 깊게 보고 있던 덩치 큰 남자와 날씬한 남자, 실력이 있을 것으로 보이는 두 사람이 소리도 없이 자리에서 일어나 떠나갔다.

다행이다. 성가실 것 같은 녀석들은 어딘가로 사라져 줬다.

그에 비해서—.

"……너희는 간단할 것 같네. 밥은 제대로 먹고 다니냐."

"뭐?"

"뭐냐, 이 자식!"

"이, 이봐, 빨리 누가 잡으라고! 도, 도망치면 아까워."

말라깽이. 대머리, 뚱보, 배불뚝이.

몸매를 보면 알 수 있다. 아마 제대로 된 걸 먹지 않을 것이다. 지방만 먹거나 탄수화물만 먹거나, 그리고 술만 마시거나.

전혀 싸우는 사람의 몸매가 아니었다. 무기도 그다지 손질이 안 되어 있다. 칼끝의 이가 빠졌거나, 손잡이의 매듭이 풀려 있었다. 이런 건 대체로 겉모습으로 알 수 있다.

죽일 수 있다. 간단하게.

다섯 명. 나름대로 실력이 있을 것 같은 다른 녀석이 참전하기 전이라면 처치할 수 있다.

그리고 이 녀석들한테서는 살의가 느껴지지 않았다. 위세 좋게 위협하고 있을 뿐이다. 죽이는 것에 익숙하지 않다.

"자 그럼, 어떻게 할까—."

토오야마가 머릿속으로 전투사고를 정리한 그때였다.

"죽여!!"

외침, 귀에 거슬리는 새된 목소리.

"죽이라고! 이 노예를 죽여!"

고양이귀가 히스테릭하게 소리치기 시작했다. 처음 봤을 때의 두려워하는 모습은 이제 어디에도 없었다.

"어, 어이, 엘, 진정해. 이 녀석은 산채로 잡아가지 않으면 의미가 없잖아?"

"몰라! 그런 거 몰라! 이 자식 때문에 언니는 괴물한테 먹혀서 죽었어! 이 자식이 도망가지 않았으면! 이 자식이 다른 노예를 부추기지 않았으면! 전부 잘 풀렸을 텐데! 왜 너 같은 노예가 살고 언니가 죽은 거야!"

"아니, 그건 너희가 나를 노예 같은 걸로 삼으니까 그렇지. 흐음, 그런가, 잔뜩 죽은 건가. 뭐, 그런 괴물이 많은 곳에서 너희 정도 수준으로 소란을 피우면 수습이 안 되겠지."

왜 이 녀석이 피해자 행세를 하는 거지?

짜증 나기 시작한 토오야마가 히스테릭한 고양이귀에게 대답했다. 악의는 그다지 없었다. 그 순간, 고양이귀 여자가 입을 딱 벌렸고.

"뭐, 뭐어어어?! 죽인다, 죽인다죽인다죽인다죽인다죽인다!!

다들! 뭘 멍하니 있는 거야!? 빨리 죽여!"

"아, 아니, 죽이는 건 좀 그렇지?"

"그, 그래. 길드에서 나온 지시도 붙잡아라, 니까."

"마, 맞아. 엘, 붙잡지 않으면 돈을 받을 수 없다고."

히스테릭한 여자의 심한 변화에 다른 모험가들이 기겁하기 시작했다. 역시 이놈이고 저놈이고 다 초짜다. 뭔가를 죽인다는 각오가 없다.

어라, 이거 어쩌면 싸우지 않고 끝날지도. 토오야마가 약간 무른 생각을 했고—.

"됐으니까! 죽여! 저놈을 죽인 녀석한테는 뭐든지 해줄 테니까! 몸이든 뭐든 원하는 걸 줄 테니까! 하게 해줄 테니까, 죽이라고오오오오오!!"

고양이귀의 가늘고 높고 날카로운 목소리. 그 뒤는 정적.

"……엘, 그 말 진짜냐."

"어, 어이, 들었냐? 그 자매의 생존자가 뭐든지 해준대."

"하, 하, 할 수 있는 건가? 진짜로?"

"에, 엘이랑, 내가, 부, 부히히히히히."

뭉게.

기분 나쁜 살의가 단숨에 부풀어 올랐다.

욕망. 토오야마가 중시하는 그것을 자극받은 모험가들이 금세 그 눈에 정욕의 불을 피웠다.

"어, 어이, 진짜 괜찮은 거냐, 엘."

"괜찮아! 뭐든지 할 테니까! 항상 나한테 작업 걸었잖아! 이젠 아무래도 상관없어! 저 자식만 죽으면!"

신경질적이더라도 그 고양이귀는 확실히 이성을 자극하는 외모를 지니고 있었다.

매끈매끈한 피부, 날씬한 다리는 타이츠 같은 장비에 감싸여 있는데, 허벅지가 살짝 엿보이는 그 디자인은 확실히 남자에게 인기가 있을 것이다. 얇은 장비를 착용하고 있어 몸매도 확실하게 드러나 있었다.

"어째서. 어째서 언니랑 모두가 죽고 너 같은 게! 너 같은 게!"

모험가들이 천박한 눈으로 계속해서 큰 소리로 외치는 고양이귀 여자의 몸을 핥듯이 본 뒤에 토오야마를 봤다.

저걸 죽이면— 이라고 말하는 듯한 알기 쉬운 눈빛으로.

"……알기 쉬운 놈들이네, 너희들."

하지만 토오야마는 노골적으로 낙담했다.

그런 욕망은 안 된다. 다른 사람이 그때뿐인 기세로 부추겨서 생기는 것은 단순한 욕구에 불과하다.

"너희는 대부분 글렀어. 여자에게 욕정을 품는 건 어쩔 수 없지만, 너희의 그 욕구는 아름답지 않아. 그저 본능을 충동질 당했을 뿐, 동물이나 다름없어."

열광적으로 변해 가는 모험가와는 반대로 토오야마의 뇌는 천천히 차가워져 갔다.

"……수가 많네."

고양이귀 여자가 상을 준다는 말을 듣고 토오야마를 에워싸는 놈들은 두 배 정도로 늘어나 있었다. 여자 모험가 몇 명은 같이 못 있겠다는 듯이 자리를 떴고, 다른 멀쩡해 보이는 녀석들은 이미 모습을 감췄다.

창구 같은 곳에 잔뜩 있던 제복을 입은 사람들의 모습도 보이지 않았다.

"써 버릴까."

아무래도 이 인원을 무장 없이 모두 죽이는 것은 힘들다. 토오야마는 이제 두 번 다시 비장의 수단을 쓰는 걸 아까워하지 않는다.

유물, 무산이 조용히 움직인다. 안개를 퍼뜨리기 시작했다. 확실하게 죽이기 위해.

"어이, 한 번에 달려든다. 용이 어쩌고저쩌고 하는 건 상관없어. 사람이 이만큼 있어. 죽일 수 있어."

"이, 이봐, 엘, 죽이는 거면 맨 처음 죽인 녀석 말고는 상이 없는 거냐? 그런 거냐?"

"좋아, 모두 상대해 줄게. 저 자식의 시체를 엉망으로 만들어 주면 모두에게 뭐든지 해줄게! 그러니까! 빨리!"

"좋았어어어어어! 들었냐! 너희들! 해치워 버리자아아아!!"

우오오오오오오오오오!!

얄팍한 욕구에 부채질을 당한 바보들이 떠들기 시작했다.

여기다.

토오야마가 한 번에 안개칼날을 전방에 전개했다. 자신에겐 영향 없이 적만을 죽일 수 있도록.

"죽어 버려라, 노예—."

고양이귀 여자가 승리를 확신한 얼굴로 남자들에게 둘러싸여 웃었다.
멍청하긴, 죽는 건 너다. 토오야마가 제일 먼저 고양이귀 여자가 죽도록 안개의 농도를 조정하고, 칼날을 뽑으려고 목에 손을 갖다—.

"어라, 이거이거이거이거이거이거이거이거이거이거."

목소리, 목소리가 울렸다. 그렇게 큰 목소리는 아니었다. 그런데도 토오야마는 큰 종소리에 몸이 흔들리는 것 같다는 착각을 했다.

"내 말이, 온 제국에 울려서 걸인조차 내 명령대로 하고 있다고 들었는데. 아무래도 여기 있는 건 사람이 아닌 것 같구나."

공기가 두려움에 떨었다.
"아."
"어?"
"그륵, 아, 에?"
거품을 물었다. 눈이 뒤집어진다.
털썩, 털썩.
인체가 나무 바닥을 쳤다.
사람이 자연스럽게 한 사람, 또 한 사람, 무릎을 꿇고 고개를 숙여 나갔다.

고양이귀 여자에게 욕구를, 토오야마에게 살의를 품었던 모험가. 3급, 4급 중심의 하위 모험가들이 한 명 한 명 땅에 납작 엎드리기 시작했다.

의식이 남아있는 자는 누구든지 떨었고, 모두가 땅에 머리를 피가 날 정도로 비볐다.

"그래서, 암고양이의 소리가 들렸던 것 같은데? 뭔가 유쾌하게 울었던 것 같기도 하고."

여자였다.

허리까지 뻗은 호화로운 금발. 한쪽 앞머리를 내리고 세심하게 손질되어 바깥으로 말린 긴 머리. 걸을 때마다 아지랑이가 피어오르는 것처럼, 풍성하게 익은 벼처럼 물결쳤다. 그 금발은 마치 태양빛을 엮은 듯했다.

그리고 그 금색 머리카락 틈새로 엿보이는 비스듬히 아래를 향해 좌우로 달린 뿔—.

"난 분명 노예를 찾아라, 라고 말했다. 찾아라, 다. 죽여라, 가 아니다. 찾, 아, 라, 라고 했지."

"아. 아, 아……."

키는 크고 다리는 길다. 몸매를 숨길 생각 없이 배꼽을 드러내고 갑갑해 보이는 가슴 보호대만 달린 가죽 갑옷. 다리와 허리에는 금색 의장이 장식된 스커트 같은 갑옷을 장비하고 있었다.

바보같이 가늘고 잘록한 허리에 손을 대고 여자가 멈춰 섰다.

떨면서 움직이지 못하는 고양이귀 여자 가까이에서 멈춰 섰다.

"그래, 냄새가 나는구나. 발정난 암고양이의 냄새야. 자, 재잘거려 보거라. 방금 전의 죽여라, 라는 울음소리의 주인을 찾고 있다. 자, 재잘거려라, 암고양이."

파란 눈이 고양이귀 여자를 내려다봤다.

고양이귀 여자는 얼굴을 새파랗게 물들였지만, 그래도 그 눈과 자신의 눈을 맞췄고.

"냐……."

부글부글부글부글, 게처럼 거품을 물고 쓰러졌다. 기절한 모양이다.

"흥, 시시해. 하지만 목숨은 보전했나. 한마디라도 했으면 그 목을 태워서 떨어뜨려 줬을 텐데."

이곳에 두 다리로 서있는 자는 이제 토오야마와 그 금발 여자뿐이다.

"……윽?!"

무거운 공기. 금발 여자가 토오야마를 바라봤다. 짙고, 파랗다. 심해, 혹은 하늘과 우주의 틈새의 가장 진한 파랑을 비추는 눈동자. 그 눈동자가 바라보기만 해도 몸속이 저리고 무거워졌다.

그 감각은 던전에서, 그리고 그 탑이라고 하는 곳에서 느낀 감각. 자신보다 위의 단계에 있는 생물과 상대했을 때, 가장 최근으로 치면 그 금딱지 갑옷의—.

"이거야 원, 찾았다고. 그래, 찾았어. 찾았단 말이다. 이 몸이 마치 어린아이처럼 네놈을 찾았단 말이다."

"……어?"

그 여자가 훗 하고 미소 지었다. 등줄기에 전율이 일 정도로 아름다운 얼굴.

태양이 사람에게 호의를 가지면 그런 식으로 웃지 않을까. 그런 미소였다.

"쑤셨다고. 잠에 들 때마다 쑤시는 것이다. 네놈이 새긴 상처가, 네놈이 심은 공포가, 네놈이 꿰뚫은 심장이. 카카카카, 그래. 정말로, 정말로 기분 좋고 쓸쓸한 밤이 이어졌어."

"……경고한다. 그 이상 나에게 접근하지 마라. 모르겠지만, 넌 이미 내 사정범위에—."

"**사정거리에 들어왔다**, 이 말인가? 그래, 흐카카, 그건가. 그건 이미 기억했지. 흠. 그래, 네놈의 말대로 **이전의 경험을 잘 살렸다고**."

"뭐?"

토오야마가 되물은 순간, 여자의 파란 눈이 빛났다.

화악. 공기가 뜨거워졌다.

주위에 금색 불꽃이 확 일었고, 그리고 정신을 차리고 보니—.

"말도, 안 돼. 오늘 두 번째인데요."

안개칼날이, 공기 중에 펼쳐 뒀던 안개칼날이 순식간에 모조리 불타 버렸다.

더는 느낌이 없었다. 안개칼날은 발동하지 않는다. 그 엘프 때와 마찬가지로 안개칼날이 무효화 되었다.

"흐카카, 네놈과는 이야기를 잔뜩 하고 싶은 것이다. 할 이야기가 잔뜩 있는 것이다. 자, 돌아갈까."

금발의 엄청난 미인이 웃었다.

"잠깐, 잠깐잠깐잠깐, 이해가 안 되네. 이, 이 상황은 뭐야?! 너, 어떻게 안개칼날을, 아니, 어째서 안개칼날의 구조를 알고 있는 거지?!"

"호오, 안개칼날, 이라 하는가. 당연하지 않은가? 내가 그것에 죽었으니까. 그래, 드문 경험이었다고. 칭찬해 주도록 하지. 그대는 참으로 훌륭한 사냥꾼이었다."

여자가 활짝 웃으며 다시 다가왔다.

토오야마가 초조해하기 시작했다. 한눈에 보고 알았다. 몸매, 걷는 방식.

이 녀석, 심하게 위험하다.

백병전으로는 승산이 전혀 없다. 비장의 수단인 안개칼날은 어째서인지 비밀이 밝혀져 알 수 없는 방법으로 무효화 되었다.

"너, 진짜 누구…… 응?"

초조해하면서도 계속해서 회전하는 전투사고가 어느 가능성에 다다랐다. 그것은 있을 수 없는 예상, 하지만 그것 말고는 설명이 안 된다.

"왜 그러나? 너무 그렇게 겁내지 마라. 괜찮느니라, 가까이 오거라. 카카, 뭐, 네놈이 오지 않더라도 내가 가겠지만."

"그 말투, 걷는 방식, 키…… 위압감, 안개칼날, '이전의 경험을 살렸다'? 아니, 말도 안 돼. 그야 그만큼 공들여서, 넌, 이, 있을 수 없는 일이야, 그만큼 끝장을 냈는데."

안개칼날로 몸속에서부터 갈기갈기 찢었다. 마지막 일격으로 불타는 나이프로 심장까지—.

"아아, 그 결정타는 효과적이었다. 흐, 카카카카, 어머님께 이야기했더니 네놈을 대단히 마음에 들어 하셨어. 아버님은 왜인지 네놈을 동정했지만 말이야. 카카, 떠올리기만 해도 유쾌해, 정말로."

탈싹.

여자가 가슴 보호대를 풀고 셔츠의 가슴께에 긴 손가락을 걸어 쭉 내렸다. 마치 장난이 성공한 것처럼 윙크.

풍만한 가슴에 눈이 가는 것보다 먼저 토오야마의 시야에 비친 것은.

—상처. 화상 같은 패인 상처가 가슴팍에 새겨져 있었다.

"아…… 거짓말, 진짜, 실화, 냐……."

전부 이해했다.

나이프의 감각이 손바닥에 떠올랐다.

어째서인지 여자는 부끄러워하지도 않고, 흐흥 하고 웃으며 자랑스러운 듯이 셔츠의 가슴 부분을 계속 내렸고.

"……너, 설마."

토오야마의 말을 듣고 여자가 또 기쁜 듯이 입가에 손을 대고 웃었다.

"아아, 정말 만나고 싶었어. 나를 죽인 사냥꾼, 나를 뛰어넘은 인간. 나의 사랑스러운 짝이여, 나의 '용살자'여."

"짝……? 용?"

"음, 흠— 인간에겐 들어맞지 않는 말인가? 흠, 그렇다면, 음."

여자가 멈춰 서서 볼에 손을 대고 고개를 갸웃했다.

그리고 뭔가 번뜩인 것처럼 고개를 끄덕이고.

볼을 살짝 붉히고.

"서방님, 데리러 왔어."

잠깐 머뭇거리다가 태양이 웃었다.

"서, 방?"

토오야마가 단어를 복창했다. 뇌가 이해하는 것을 거부하고 있는 것처럼 확 와닿지 않았다.

"그래, 서방님, 이다. 언제까지고 노예면 멋이 안 나겠지. 카카, 이야, 오늘은 좋은 날이구나. 그 돈에 미친 자의 예언도 무시할 수 없군. 할아범, 할아범은 있는가."

여자가 유쾌한 듯이 말했다. 짝짝 손뼉을 쳤고.

"여기 있습니다, 아가씨."

토오야마가 다시 눈을 크게 떴다.

사람이다. 검은 연미복을 입은 백발의 할아버지. 허리가 굉장히 꼿꼿하고 머리도 단단히 고정한, 어깨가 넓은 멋진 노인. 반짝이는 단안경 아래에 매처럼 날카로운 눈매가 있었다.

아니, 아니다. 그런 건 아무래도 상관없다.

어디서 어떻게 나타났지? 완전히 인식이 안 되는 상태에서 소리도 없이 나타난 그 노인의 존재에 토오야마의 등줄기가 오싹해졌다.

"용 대사관에서 교회에 주는 당기 기부금, 그걸 2배, 아니 3배로라도 올려 둬라. 시시한 예언이면 입에 풀칠도 못 하게 하려고 했지만. 카카, 그 돈에 미친 녀석, 실력만은 진짜가 아니더냐."

"알겠습니다. 바로 준비하겠습니다. ……그래서, 이 분이……."

스읍 가늘어진 눈매. 몸속에 전격의 짜릿함이 일어 온몸이 굳었다.

이 할아버지도 위험하다. 토오야마의 본능이 전력으로 경보를 마구 울렸다.

"오오, 그렇다. 날 죽인 노예. 그 뭐냐, 훌륭했어. 할아범한테도 보여 주고 싶었어. 흐카카카! 자신의 피바다에 빠져 몸을 안쪽으로부터 찢기는 체험 같은 건 그리 쉽게 할 수 있는 게 아니지!"

금발의 엄청난 미인이 어째서인지 들뜬 모습으로 떠들기 시작했다. 금색 머리카락 전체가 옆으로 뻗쳐서 뿅뿅 움직였다.

어떤 구조인 거지? 토오야마는 딴지를 걸지는 않았다.

"호오, 그렇습니까. 아가씨의 몸을…… 이거 참."

"힉."

연미복을 입은 할아버지가 보기만 해도 목이 막혀 비명이 새어 나왔다. 도망치라고 몸이 마구 외쳤다.

"호오, 지금 그걸 알아차린 건가. 봤는가, 할아범. 내 '용살자'는 예리하지? 네 알아차리기 어려운 살기도 알아차렸다고."

금발 여자가 눈을 반짝이며 자기보다 키가 머리 두 개 정도 작은 할아버지의 옷을 잡아당겼다. 할아버지에게 달라붙어 장난치는 손녀처럼 보이지 않는 것도 아니었다. 외모는 손녀 느낌 제로지만.

"호호, 확실히 보통 노예는 아닌 것 같군요…… 그래서 아가씨, 그의 이름은?"

"……으, 할아범도 심술궂군. ……그, 그거다. 암컷이 수컷에게 이름을 묻는 건…… 조, 조금, 상스럽지 않느냐?"

꾸물거리면서 몸을 구부리는 금발 여자. 눈과 반딧불처럼 어렴풋이 빛마저 느껴지는 하얀 피부가 살짝 빨개져 있었다.

부끄러워하는 포인트를 모르겠다. 물론 토오야마는 이 말도 입 밖에 내지 않았다.

"호호호, 아가씨의 그러한 표정은 처음 보는군요. 이 늙은이, 굉장히 기쁩니다……."

"뭐, 뭐냐, 너희들……."

두 사람. 괴물이다. 이미지가 떠오르지 않는다. 아무리 생각해도 이 상황에서 벗어날 방법이 생각나지 않는다. 안개칼날은 이미 완전히 봉인되어 있다. 백병전? 바보냐, 순식간에 무너지고 살해당할 것이다.

특히 위험한 건 저 할아버지. 힘을 헤아릴 수 없다.

토오야마의 시선을 느꼈는지 붙임성 좋고 마음씨 착한 할아버지인 척하던 노신사의 눈이 스윽 가늘어졌다. 맹금류의 눈동자다.

"호. 젊은이, 당신은 업보가 많은 것 같군요. 피에 익숙하고, 싸우는 것이 굉장히 익숙해요. 몇 번이고 죽음을 본 사람으로 보입니다. 과연, 아가씨를 한 번 죽인 것도 납득이 가는군요."

"하, 할아버지, 당신 뭐 하는 사람이야. 괴, 괴물보다 괴물이야. 이해가 안 돼."

목소리가 떨리지 않도록 똑똑히 말을 했다.

"카카카, 역시 서방님! 할아범의 대단함도 이해할 수 있는 건가! 그치그치그치, 할아범, 말했지? 굉장히 재밌는 흄이라고!"

"네, 그런 것 같군요. 그럼 여기서 만난 것 또한 어떠한 인연. 젊은이, 한 가지 수고를 해주실 수 있겠습니까?"

"치사하구만, 나한테 선택지가 있는 거 같지가 않은데."

토오야마가 무의식적으로 시야를 살폈다. 건물의 구조, 출입구 같은 문.

탈출 루트는 하나, 전방. 하지만 할아버지와 갑옷쟁이도 전방.

즉, 이 둘을 돌파하지 않으면 이곳에서 도망칠 수 없다.

"호호호, 시험해 보시면 좋을 겁니다. 당신은 그렇게 말씀하시면서도, 보십시오, 시선으로는 이 길드 술집의 출입구를 찾고 있습니다. 초조한 것과는 별개로 머리의 회전은 떨어지지 않는군요. 호호호호, 좋습니다. 훈련되었는지 수라장에 익숙하시군요."

"으, 출입구. 서방님, 어째서냐? 밖에는 서방님을 맞이할 마차를 준비해 뒀다. 데려다 줄 테니 사양할 필요는 없어."

금발 여자가 멀뚱히 고개를 갸웃거렸다. 풍성한 금발도 같이 한쪽으로 쑥 쏠렸다. 그 사이로 보이는 아래로 비스듬히 뻗은 뿔도 쑥.

"아니, 그 뭐냐, 그거야. 분명히 죽인 상대가 팔팔하게 살아 있고, 지긋지긋한 금딱지 갑옷 속에 초미인 여자가 있고, 그 녀석이 서방이 어쩌고저쩌고 해서 말이야. 정신이 없어서 잠깐 혼자 있고 싶어."

토오야마가 땀을 흘리면서 천천히 다리에 힘을 줬다. 이 낡고 헐렁헐렁한 신발로 얼마나 달릴 수 있을까.

진짜 하체는 중요해. 이 상황을 타개하면 우선은 신발이다, 신발, 이라며 느긋한 생각을 하며 잠깐 현실 도피했다.

"음, 그렇군. 그렇다면 잠깐 바깥 공기라도 쐬고 오면 좋을 것이다."

"……아가씨, 지금 한 말이 흄 나름대로 빈정거린 것이라면, 저분은 저희에게서 도망치려고 하는 것입니다."

"뭣! 어째서냐?! 나, 오늘은 상당히 공들여서 목욕도 했고, 향유도 어머님께 선물 받은 모베므벰베 백엽의 꿀을 쓴 1급품으로 머리카락을 정돈했다고! 다, 단장하고 왔단 말이다! 어, 어째서 서방님은 도망치는 거지?!"

어라, 이 녀석 바보인가? 토오야마는 울상이 되어 외치고 있는 금발 여자를 봤다.

"……뭐지 이 녀석, 귀여운데……가 아니라, 너희랑 나 사이에 온도 차이가 너무 심해서 말이야. 구미가 당기는 제안은 받아들이지 않도록 하고 있어. 애초에 내가 죽였을 텐데 왜 네가 팔팔하게 살아 있는 거야. 그게 이해가 안 돼."

속마음이 살짝 입 밖으로 흘리면서 시간을 번다.

무슨 이치인지는 모르겠지만, 분명 이 금발 여자와 그 갑옷쟁이는 동일인물이고, 토오야마는 그 자를 한 번 죽였다.

죽인 자와 죽임을 당한 자. 거기에는 원망과 증오 등의 감정밖에 없을 것이다.

그런데 금발 여자한테서는 그것이 느껴지지 않는다. 오히려—.

"호? 당신, 혹시 제국 출신이 아닙니까? 용이란 그런 생물입니다. 일곱 개의 목숨을 가지고 이 세상에 생겨난 상위종. 그런 생물을 꺾은 상대와 짝이 되어 또 다시 강한 종을 낳는 역할을 가지고 있는 선택받은 생명.……제국과 왕국, 인간의 서식권이라면 어디서든 일반교양으로 통하고 있을 텐데요.”

할아버지의 분위기가 약간 느슨해졌다.

“어이쿠, 이세계 설정이 한 번에 튀어나왔네. 이거 빨리 이 세계의 도서관에 가야겠어…….”

갑자기 튀어나온 세계관 설명에 오타쿠의 마음을 자극받으면서도 토오야마는 다시 마음을 다잡았다.

“호호, 좋은 마음가짐이군요. ……응? 아니, 당신…… 호오, 신기하군요. 마음속에 풍경을 가지고 계신 사람이었습니까. 무슨 풍경인지까지는 알기 어렵지만…… 시스템도, 스킬도 아니야. 과연, 좋지 않은 것이 살고 있는 것 같군요.”

“음? 할아범, 왜 그러나?”

“아닙니다 아가씨, 저 분은 아무래도 혼란스러운 듯합니다. 다소 거칠어지긴 하겠지만, 실력행사를 하여 저택으로 데려가시는 편이 나을지도 모르겠습니다.”

왠지 분위기가 갑자기 변했다.

발바닥이 저렸다. 도망쳐라, 도망쳐라, 도망쳐라.

3년간 탐색자 생활이라는 죽음과 함께하는 생활로 기른 위험을 느끼는 감각이 토오야마에게 경종을 울렸다.

====================================

【메인 퀘스트 발생】

==============================

여기서 다시 그 메시지가 세상에 떠올랐다.

⬇는 3개. 길드의 출입구와 할아버지와 금발 여자를 각각 가리키고 있었다.

==============================

【퀘스트명 인생의 앞날】

【퀘스트 목표, 길드에서 탈출한다】

【옵션 목표 수집룡 토벌, 집사 살해(비추천, 초고난이도)】

==============================

간단하게 목표라는 말을 지껄이고 말이야. 토오야마는 그 메시지를 보고 혀를 차며 내뱉었다. 말 안 해도 이 둘을 어떻게 해보자는 생각은 안 한다. 무리다. 현재의 전력으로는 아무리 생각해도 이길 수 없다.

"으음, 너무 상처 입히지는 말라고. 서방님은 이제 내 수집품이니까."

"어이구, 자연스럽게 깔보는 태도 플러스 쓰레기 같은 발언. 너 역시 외모가 바뀌었을 뿐이지 속은 그 엄청 짜증 나는 갑옷쟁이 그대로구나."

경솔한 말을 하며 빈틈을 찾는다. 갑옷쟁이는 자존심이 꽤 셌을 것이다. 화나게 하면 조금은 파고들 틈이—.

"흐카카, 아아, 좋구나, 그 눈. 오싹오싹해. 보통 흄이 그런 말을 지껄였다면 없애 버리고고 싶어지지만, 네놈에게 그런 말을 들으면 어째서인지 심장이 마구 뛴다. 그리고 네놈은 **마음과 말이 똑같구나**. 아아, 아파, 기분 좋아."

"이런, 이 자식 무적인가."

틀렸다. 어째서인지 금발 여자는 화내기는커녕 기쁜 듯이 미소 지었다.

볼에 손을 대고 얼굴을 돌리고 있다. 얼굴을 돌리고 있는데 빈틈이 전혀 보이지 않는 건 무슨 버그일까.

"호호, 용에게 사랑받는다는 것은 그런 것입니다. 아가씨와 같은 용은 수명이 정해진 자의 마음을 들여다볼 수 있기 때문이죠. 자 그럼, 젊으신 분. 말로 하는 부탁은 이로써 마지막입니다. 동행을 부탁할 수 있을까요?"

할아버지, 연미복을 입은 노인의 목소리에서 분위기의 변화를 분명하게 느꼈다.

알고 있다, 이 느낌. 괴물종이 이쪽으로 공격해 오는 순간의 공백과 같은—.

"미안하게 됐어. 모르는 사람은 따라가지 말라는 말을 학급회의에서 들은 적이 있어서."

토오야마는 이제 웃는 수밖에 없었다.

분위기가 긴장되고 이내—.

노인의 모습이 사라졌다. 진짜로 사라진 것이다.

"훗. 호호, 과연."

"우왓?! 썩을 늙은, 이?!"

우연이다.

노인이 사라진 순간에 우연히 명치 근처에 팔이 있었을 뿐.

정신을 차리고 보니 토오야마의 팔이 교차해서, 명치를 노리고 날아드는 바보같이 단단한 노인의 주먹을 막았다.

삐걱. 나서는 안 되는 소리가 났다.

"이거 놀랍군요. 첫 공격이 막힐 줄이야. 호호, 동체시력, 아니, 요행이군요. 죽을 뻔한 적 있는 생물 특유의 반응입니다. 싫진 않아요."

"이 자식, 뭘 먹으면 그런 스피드…… 어라?"

덜컥. 턱 주변에 위화감. 아무것도 안 보였다.

하지만 알았다. 턱을 스치듯이 맞았다. 무릎이 사라진 듯한 감각. 아아, 이 느낌, 그때랑 똑같다. 알아차렸을 때는 토오야마는 바닥에 쓰러져 있었고.

"다행이군요. 두 번째 공격은 제대로 맞은 것 같아서. 호호, 이래봬도 탑급 모험가의 말석에 자리하고 있는 몸이라서."

그래도 튼튼한 몸이군요. 좋은 것을 먹고 올바르게 단련하신 것 같아요. 머리 위에서 쏟아지는 태평한 할아버지의 목소리가 멀어졌다.

"썩을, 노, 인네…… 턱, 잘, 치네."

자신의 경솔한 말마저 멀어졌고, 그대로 토오야마의 의식은 가라앉았다.

==================================

【메인 퀘스트 '인생의 앞날' 실패】

【'왕국' 루트 소멸】

==================================

"아, 와와와와, 수, 수집룡 님에 집사 공. 이게 대체……."

토오야마가 바닥에 쓰러진 직후였다.

길드 창구 안쪽에서 살짝 나타난 것은 재봉이 잘 된 웨이스트코트를 입은 통통한 남자와 그 뒤를 걷는 몸매 좋은 쿨 뷰티. 이 도시의 영주인 변경백과 모험가 길드의 책임자인 길드 마스터다.

"오오, 영주인가. 여전히 배가 포동포동하구나. 뭐, 찾던 것을 찾아서 말이네. 지금부터 용 대사관에 데리고 돌아갈 거야. 오오, 그렇지. 5시간 후에 용 대사관에서 발표가 있으니 말이야. 용 회의장에서 이번 일을 설명하고 결말을 설명해 주지. 그 돈에 미친 여주교와 이 도시의 책임자를 데리고 용 대사관에 오는 것을 허락하마."

영주는 마음속으로 깜짝 놀랐다.

뭐, 뭐지? 기분이 엄청 좋네!! 이 금딱지 드래곤이 활짝 웃고 있는데요.

그 감상을 입 밖으로 내면 귀족이라 하더라도 안타깝게 숯이 되어도 이상하지 않다. 애처로운 역학관계 때문에 변경백 사판은 거짓으로 활짝 웃으면서 놀란 것을 숨겼다.

"아, 네, 잘 알겠습니다."

"알겠습니다, 수집룡 님, ……이 기절한 모험가들은…… 존귀하신 분께 보기 흉한 모습을. 이 자들은 길드에서 엄정하게 처분하겠습니다."

길드 마스터는 변함없이 철면피. 용을 상대로 겁도 안 먹고 담담하게 질문을 던졌다.

멋있어!! 사판이 길드 마스터의 태도에 부끄러운 기색도 없이 넋을 잃고 보고 있으니.

"음? 아아, 됐다 됐어. 오늘은 기분이 좋으니 말이야. 이성 없는 짐승을 쓸데없이 죽일 정도로 짜증 나지 않았어. 하지만 길드 마스터 마리여. 역시 모험가 녀석들의 질적 차이는 심하구나. 내 수준에 육박한 수준의 탑급 모험가부터 이런 하등생물들까지 폭이 넓어. 최저 수준을 끌어올릴 시책 등을 생각하는 편이 좋지 않은가?"

"……네, 감사한 말씀입니다. 우리의 수호룡, 우리의 용의 무녀. 오늘 안에 어떠한 방책을 준비하여 용 대사관에 보고하겠습니다."

역시 용은 기분이 엄청 좋았다.

이번 한 달 동안 도전해 온 교회기사 50명 이상을 숯으로 만들고, 목을 베어온 괴물과 동일한 존재라고는 생각할 수 없었다.

보통 때 같으면 지금 이 순간에도 땅바닥에 납작 엎드려 움직이지 않는 모험가들은 그 목숨을 용에게 빼앗겼어도 전혀 이상할 것이 없었다.

그런 존재다. 이 생물은. 그런데—.

“카카, 몰랐다. 아니, 지금까지 네놈들 흄을 오해하고 있었다. 의외로 재밌지 않느냐. 여기서 내 위엄에 거품을 물고 쓰러지는 놈부터 그대처럼 똑바로 마주 보는 자, 영주처럼 속셈을 품고 나와 접하는 자, 그리고 내 서방님처럼 나에게 진짜 살의를 드러내는 자. 좋아, 실로 좋아.”

금발 여자, 수집룡이 웃었다.

“유쾌해. 흐카카카, 시점을 조금 바꾸기만 했는데 놀랐다고. 의외로 지루하지 않을지도 모르겠어. 수명이 정해진 자, 변화의 선택을 받은 아이들이여. 좋다, 그럼 5시간 후에 또 보자.”

그 웃음은 부드럽고 자애에 차있었다. 태양이 화초에게 햇볕을 비추는 것과 똑같이 용이 미소 지었고, 변경백, 길드 마스터, 화초들이 태양을 넋을 잃고 보았다.

“아가씨, 가시죠. 그는 이 늙은이가 옮기겠습니다.”

기절한 남자 노예. 용을 한 번 죽인 남자를 집사가 가볍게 들어 올렸다.

“음, 가능하면 내가…….”

“아가씨, 존안이 빨갛습니다만, 그를 만지실 수 있습니까?”

“……으음, 암컷으로서 의식이 없는 수컷에게 손을 대는 건 상스러운가. 어머님과 같은 정숙한 숙녀가 되려면 퍼스트 터치는 역시 서방님이…… 흠, 또 어머님과 아버님의 첫 만남 이야기를 들어보는 수밖에 없겠군."

집사는 이미 수집룡이 으으으음, 하는 소리를 내는 것을 곁눈질로 보면서 남자를 안고 길드의 출입구로 성큼성큼 가고 있었다.

"아가씨, 갑니다~."

"아, 잠깐, 할아범! 좀 더 주의 깊고 부드럽게 옮기지 못하겠느냐! 아, 공주님 안기는 안 된다! 그건 언젠가 내가 할 거니까!"

수집룡이 금발을 흔들면서 미끄러지듯이 길드를 슝 달려서 집사를 따라잡았다.

마치.

마치 손녀와 할아버지가 가게에 물건을 사러 왔다가 돌아가는 것처럼 가볍게.

모험가 길드를 방문한 폭풍들은 떠나갔다.

남겨진 사람은 실금하고 있는 저급 모험가들과 반쯤 망연자실한 이 도시의 모험가 기능을 총괄하는 산전수전 다 겪은 사람 둘.

"마리 양, 마리 양. 저게 뭐지?"

"용…… 이네요. 짝을 찾은 상위생물입니다."

"그렇슴까. ……나중에 용 대사관에 가기 싫은데, 고대 일본어 학원에 가야 한다고 말하면 용서받을 수 있을까."

"오늘은 쉬십시오, 영주님."

두 사람은 동시에 앞으로 위장통이 생길 것이라는 예감에 큰 한숨을 쉬었다.

막간 / 토오야마 도그 굿바이

~2014년, 일본, 히로시마현 히로시마시 어느 곳, 어느 하천 부지에서~

—뭐야, 이거.

오늘부터 시작되었어야 했다.

겨우 찾은 친구. 자신과 똑같이 버림받고 혼자인 작은 털복숭이 친구와 함께 하는 모험이 시작되었어야 했다.

—타로!! 타로?! 어딨어?!

어느 마을을 흐르는 큰 강, 그 고가교 아래.

작은 친구가 살고 있던 조잡한 박스 집은 엉망진창 파괴되었고, 벽에는 저속한 낙서가 휘갈겨져 있었다.

—어? 이 꼬맹이는 뭐야. 앗 군 아는 애야?

자신의 머리보다 훨씬 위에서 들려오는 듣기 싫은 소리.

—아니, 모르는데. 야 너, 초등학생이냐? 여긴 우리 구역인데, 그걸 알고 여기에 있는 거냐? 어?

뒤돌아보니 히죽히죽 웃음을 띤 더러운 갈색 머리와 금색 머리의 교복을 입은 남자들. 중학생 정도 되는 놈이 넷. 미리 짠 것처럼 모두 바보 같은 얼굴.

어울리지 않는 갈색 머리가 굉장히 거슬렸다.

—어딨지? 타로는? 여기에 있었던 타로는?

그는 중얼거렸다. 어제까지 있었다. 하나밖에 없는 친구가. 말랑말랑하고 따뜻하고 복슬복슬한 친구가 있었는데.

—타로? 그게 누구냐? 아, 혹시 여기 있던 더러운 들개 말이냐?

—아아, 그건가! 그거 재밌었지! 깽깽대면서 짖는데, 떨면서 계속 짖었다고!

—배를 찼더니 도망치는 줄 알았는데 도망 안 쳤지! 낑낑대면서도 물려고 달려들었으니 말이야~.

—헤헤헤, 그만해 앗 군. 동물보호법으로 잡혀간다고.

—바보야, 개는 법률상 기물 취급이라고. 죽여도 어지간히 심하지 않으면 안 잡혀가~. 아빠가 그렇게 말했거든.

캬하하하하.

귀에 거슬리는 웃음소리가 시끄럽다.

그는 작은 몸, 작은 주먹을 꽉 쥐고 계속해서 웃는 그 녀석들에게 한 번 더 물었다.

—타로는, 어딨어?

그 물음에.

바보들의 웃음이 멈추고 빙긋이 떠오른 더러운 미소.

그 녀석들이 손가락으로 가리킨 곳은 강변 건너편.

히로시마를 가로질러 흐르는 큰 강. 고가교 아래로 흐르는 물이 출렁이는 곳.

그의 눈이 크게 뜨였다. 온몸의 모공이 열렸다, 그리고.

—시끄러우니까 잡아서 강에 떠내려 보냈어. 낑낑대면서 떠내

려가면서 가라앉는 건 완전 재밌었어.

"——어?"

그날, 그는 처음으로 진심으로 사람을 죽이고 싶다고 갈망했다.

그리고 그 갈망은 어떤 존재에게 전해지고 말았다—

◇강아지◇멍◇멍◇

처음 생긴 친구였다. 위에서 차가운 것이 쏟아지는 어두운 때에 그와 나는 만났다.

나의 첫 친구였다.

그에겐 나와 달리 송곳니도 발톱도 없었다. 하지만 그 대신 정말 따뜻했다. 그의 가슴에서 울리는 고동은 듣기 좋았다.

그에겐 나와 같은 털가죽이 없다. 그래서일까, 자주 날 품고 끌어안아 줬다.

배가 고파도 그가 안아 주면 신기하게도 괴롭지 않았다. 하지만 누가 안아 주는 것은 그다지 좋아하지 않아서 발버둥 쳐서 도망치기도 했던가.

그는 만날 때마다 항상 슬픈 향을 뿜고 있었다. 그건 분명 나와 같은 향이었을 것이다. 그래서 그와 있는 건 정말 편안했다.

그는 나를 이상한 울음소리로 불렀다.

타로, 타로. 무슨 의미가 있는지는 모르겠지만, 내가 그 울음소리에 대답하면 아주 기뻐하니까 나도 기뻤다.

그와 나는 친구였다.

사는 세상이 달라도 그와 나는 분명 대등한 친구였다.

함께 모험을 떠나자.

그는 어느 날 그렇게 말했다. 그에게서 한층 더 깊은 슬픔의 향기가 감돌던 날의 일이었다.

이해가 잘 안 됐지만, 그가 정말 즐거워 보여서 나도 즐거웠던 것을 기억한다.

—내일 또 여기에 올 테니까 타로도 있어야 해! 시설에서 먹을 것과 마실 것을 잔뜩 가져올 거니까! 그걸 식량으로 삼아서 모험을 떠나는 거야!

—괜찮아, 나 알고 있어. 그 녀석들은 해서는 안 되는 짓을 하고 있어. 우리를 위해 써야 하는 돈을 빼돌리고, 시설의 여자아이들을 괴롭히고 있어. 이젠 싫어. 그런 곳에는 있기 싫어.

그의 슬픔의 향기가 깊어졌다. 나는 그럴 때 그의 코를 핥아 줬다. 그렇게 하면 그는 금방 웃음을 지으니까.

—넌 착하구나, 타로. 그럼 내일 보자. 약속이야. 여기서 또 보자. 그리고 여기가 아닌 어딘가로 가는 거야.

—나랑 너랑 여기가 아닌 어딘가를 모험하자! 깊은 숲을 빠져나가고, 넓은 초원을 달리고, 밤에는 고기를 굽고 캠핑하는 거야. 괜찮아, 나랑 네가 있으면 무적이야! 어떤 녀석에게도 지지 않아.

그 의미는 거의 이해하지 못했지만, '모험'이라는 울음소리를 내는 그는 아주 기쁘고 즐거워 보였다.

그래서 나도 아주 기쁘고 즐거웠다. 난 분명 너와 이렇게 놀기 위해 태어났구나, 그런 생각이 들었다.

내일.

알고 있다. 밝은 뒤에 어두운 게 오고, 그 뒤에 다시 밝아진다. 그게 내일.

그를 배웅한 뒤에 나는 밝을 때부터 잠에 들려고 했다. 어두워지고 밝아졌을 때 졸리면 싫으니까.

잠자리에서 몸을 둥글게 말고 눈을 감았고, 그리고.

—오, 여기 시원하네. 앗 군, 여기로 하자.

—오~, 나쁘지 않네, 응? 그보다 무슨 냄새 나지 않아?

그 녀석들이 다가왔다.

아야, 왜 돌을 던지는 거야.

—야! 똥개! 빨리 딴 데로 가!

배가 아프다. 왜 차는 거야?

—이 녀석, 떨고 있지 않아? 웃긴데!

무서워서 참을 수 없다. 그와 같은 생물인데 그와는 전혀 다르다.

냄새나고, 뜨겁고, 아프고, 무섭다.

내가 짖으니 그 녀석들은 웃었다. 웃으면서 내 배를 찼다. 나에게 돌과 뜨겁고 메케한 것을 던졌다.

아파, 뜨거워.

—여긴 우리 자리라고! 더러우니까 빨리 딴 데로 가! 가라고!

아프고, 뜨겁고, 무섭다.

하지만, 안 된다. 도망칠 수는 없다.

왜냐하면 여긴 나와 그의—.

타로와 나루히토의 자리다. 나루히토가 쓸쓸해한다. 내가 없으면 나루히토는 혼자가 된다.

싫어, 싫어, 뜨거운 것보다, 아픈 것보다, 무서운 것보다, 나루히토가 슬퍼하는 게 더 싫어.

아오오오오오오오오오오오오오옹.

내 몸에서 나도 모르는 울음소리가 울렸다. 그건 분명 옛날 옛날에, 어둡고 밝은 것을 뛰어넘은, 훠어어어얼씬 옛날부터 있었던 것.

내 안에 있는 무언가가 짖었다.

여긴 우리 영역이다. 나루히토와 나의 자리다.

너희는 거리낌 없이 발을 들여놓지 마라.

—아얏! 이 자식, 물었어?!

—아~, 이제 됐어, 재미없어졌어. 죽일까.

"깽?!"

목소리가 새어 나왔다. 입 안, 이상한 맛이 난다.

배를 또 차였다.

그 순간, 목 가죽을 잡히고, 붕.

몸이 떴나 싶더니 다음은 차가웠고 다리로 느껴지던 땅이 사라졌다.

그다음엔 금방 괴로워졌고, 숨이 안 쉬어져서 무서웠다.

—캬하하하! 엄청 잘 떠내려가네!!

—개헤엄 쳐라~, 개헤엄.

—아, 가라앉았다.

미안해, 미안해, 나루히토.

지키지 못했어. 우리의 자리를.

미안해. 넌 내일, 어두워지고 밝아진 다음에 그곳에 오겠지.

거기에 내가 없으면 넌 분명 슬퍼하겠지.

괴롭고 차가운 것보다 나루히토가 다시 슬퍼하는 게 무서웠다.

아아, 그래도.

미안해, 더는 움직일 수 없어. 더는 짖을 수도 없어.

여긴, 어디지?

나루히토, 나루히토, 너무, 차가워서 무서워. 하지만, 그것보다, 참 싫다, 너랑 더 못 보는 게 제일 싫어.

나루히토, 나의, 친구—.

눈앞이 새하얗게 변했다.

난 그 새하얀 것 속에서 뭔가 큰 것이 움직이고 있는 것을 발견했고—.

그것도 날 발견했다—.

『놀랍군. 자네, 신기한 것이 섞여 있구먼, 개의 축생. 천원보다 높고 어두운 하늘, 기라성의 저편, 뒤틀린 조화의 바깥, 예각 안쪽에서 나오는 것이 섞여 있어. 분령* 같은 것인가.』

그것은 나를 물끄러미 바라봤다.

『아아, 깊은 원망. 미운 겐가. 그 원념, 내 매개체로 걸맞구나.』

『저 「빛」, 그 지긋지긋한 여자에게 빼앗긴 나의 모든 것. 하지만 네가 있으면 아직 스러지지 않을 수 있을 것 같구나.』

---

*신사에서 모시는 신의 영을 다른 곳에 나눠서 모시는 것. 또는 그 영.

새하얀 것이 나를 만졌다.
나와 그 새하얀 것은 하나가 되었다.
그 후에는 금방 괴로운 것도 차가운 것도 사라지고, 그리고 네 목소리가 들렸어.

'죽여 주마.'

나루히토의 목소리다. 정말, 정말, 슬픈 목소리. 아아, 역시 넌 오고 말았구나.
미안해, 기다리지 못해서. 미안해, 약속을 지키지 못해서.
하지만 지금의 나이기에 할 수 있는 게 있어.

'죽여 주마.'

응, 좋아. 그렇게 하자.
너에겐 송곳니도 발톱도 없어. 그러니 내가 너의 송곳니와 발톱이 될게.
너와 함께 모험하지는 못해. 하지만 네 모험을 도와줄게.
너에게 안기지도 못하지만, 더는 널 따뜻하게 해주지는 못하지만, 대신 널 괴롭히는 사냥감을 내가 이 발톱과 송곳니로 잡아 올게.
『축생아, 나의 매개체, 사람과의 인연이었던 축생아. 그게 아니다. 사람이 다루는 송곳니와 발톱에는 걸맞은 이름이 있다.』

새하얀 것이 무슨 말을 하고 있다. 시끄럽네, 너한테는 감사하고 있지만 네 말은 안 들을 거야.

내가 말을 듣는 사람은 나루히토뿐이다.

『……생각보다 자아가 강하구나, 이 축생은…… 뭐 됐다. 이름이 있다. 나의 이 하얀 것은 새하얀 것이 아니라 안개, 높은 산들, 혹은 넓은 들에 만연한 안개로.』

『그리고 사람이 다루는 송곳니와 발톱은 이름을 바꾸는 것이다. 걸맞은 그 이름은.』

잠깐, 시끄러워. 지금 좋은 때인데. 나루히토, 괜찮아, 무서워하지 마, 전부 내가 죽여 줄게.

【— '칼날'이라고 한단다. 개 축생.】

딱히 뭐든 상관없어.

난 그 새하얀 것, '안개' 속에서 널 보고 있어. 아아, 언젠가 이 안개를 다 먹어 치워서 네 모험, 그걸 언제까지나 영원히 도울 테니까.

네가 더 이상 울지 않아도 되도록, 언제까지나.

네가 원하는 것을 손에 넣을 때까지, 몇 번이고.

자, 우리의 그다음을.

모험을 계속하자.

~히로시마 현경 관할, 미해결 사건 기록부~

2014년 히로시마시 모처 하천 부지 부근에서 지역 중학교에 다니는 소년 네 명의 사체가 발견되었다.

부검 결과, 사인은 예리한 날붙이로 전신에 입혀진 것으로 보이는 상처에 의한 출혈성 쇼크사.

너무나도 참혹한 이 사건은 당시 센세이셔널하게 전국 규모의 뉴스로 다뤄졌지만, 범인의 단서가 너무 적어 아직 사건 해명에는 이르지 못했다.

사건 현장에 있어서 불가해한 점은 흉기는 물론이고 사망한 소년 네 명, 그리고 마찬가지로 온몸을 베이는 상처를 입고 겨우 목숨을 건진 초등학생 소년 'T' 이외의 인물이 있었던 흔적도 없었던 것.

그리고 그 사인이 된 상처의 이상성에 대한 것이다. 어떠한 날붙이를 이용해서 어떤 식으로 쓰면 인간의 신체를 저렇게까지 난도질을 할 수 있는가. 당시 사법 해부에 임한 의사는 후일, 검찰관과의 대화에서 이렇게 말했다.

적어도 인간의 소행이 아니라고.

==================================

【주의… 클리어런스를 받지 않은 어카운트의 액세스를 확인. 이 앞은 일본 정부 공안 특수 조직, '치요다', 혹은 '사쿠라'의 허가가 필요합니다. 허가 없이 이 정보를 열람한 인물의 ID는 즉시 말소되며, 공안 조사의 대상이

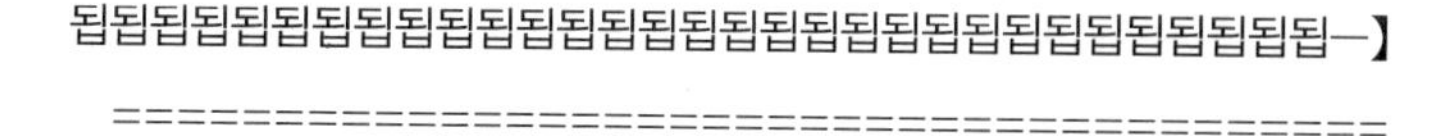

됩됩됩됩됩됩됩됩됩됩됩됩됩됩됩됩됩됩됩됩됩됩됩됩됩됩됩됩됩됩됩—】

====================================

====================================

클리어런스 레벨, 옐로를 확인.

【사건의 피해자가 된 소년 네 명은 절도와 상해, 그리고 동물학대 등의 상습범이었다.

또한 현장 근처 류오산 출입 금지 구역의 '이계 봉인식 14호'가 소멸된 것을 공안부 공안 제13과 이상 사건 대책실 '키타노' 소속의 조사원이 확인, 키타노의 조사에 의하면 당시 소년들의 사망 추정 시각인 오전 9시 반 무렵, 현장에는 계절과 맞지 않는 짙은 안개가 발생했다고 한다.

키타노의 추가 조사로 현장의 유일한 생존자인 당시 10세인 고아 시설 출신 소년 'T'가 회복한 뒤, 카운슬링을 사칭하여 사건 당시의 이야기를 청취.

소년의 이야기에 따르면 사망한 소년들이 고가교 아래에 버려진 '강아지'를 강에 떠내려 보내서 죽였다. 정신을 차리고 보니 주위가 안개에 휩싸여 있었고 그 뒤부터는 아무것도 기억나지 않는다는 말을 반복했다.

키타노 소속의 이능력자가 독심을 시도해 보아도 소년의 마음에는 아무것도 없었으며, 사건 당일의 기억도 존재하지 않았다고 한다.

두 번째 카운슬링 때 이능력자의 몸 상태에 명백한 이변이 발생하여 소년 'T'에 대한 카운슬링은 중지.

이후 '이상 존재 접촉 보호 감시 대상'으로서 공안부 공안 제13과 '키타노'에 의한 감시 체제를 시행한다—.】

제4화 토오야마 나루히토와 수집룡

"죽, 여…… 주…… 마."

얼마나 시간이 걸렸을까. 토오야마는 자기 잠꼬대에 눈을 떴다.

"으, 고. 어라, 이런, 곯아떨어져 버렸네……."

눈을 딱 떴다. 푹신푹신한 침대에 잠겨 있던 몸을 일으키고 눈을 비볐다. 뭔가 굉장히 그리운 꿈을 꾼 듯한 느낌이 든다. 하지만 아무것도 떠올릴 수 없었다. 입 안에 넣으면 녹아서 사라지는 솜사탕처럼 꿈의 기억은 사르르 풀어졌다.

—놀랄 정도로 몸이 가볍다. 이 침대 덕분인 걸까.

"쌕, 쌕, 므흐흐, 어머님…… 과연, 수컷이 나이프를, 찌른다는 것은, 교미에 가까운 행위, 므흐흐흐."

"우와."

깜짝. 옆에서 울린 여자 목소리에 새삼스럽게 놀랐다.

긴 속눈썹에 하얀 피부, 엄청 작은 얼굴의 굉장한 미인이 콧물 방울을 볼록 부풀리면서 잠꼬대를 중얼중얼. 잠옷으로 보이는 가운의 틈새로 쇄골이 엿보였고 시트보다도 하얀 피부가 보였다.

토오야마는 그 녀석이 깨지 않도록 침대에서 내려가려다가 동작을 멈췄다.

"뭐냐, 이 엄청 큰 침대는. 바보가 만들었나? 20명도 넘게 잘 수 있겠네."

침대가 너무 크다. 혼자 사는 공동주택 숙소의 낮은 침대라면 뒹굴 구르면 그대로 나갈 수 있었는데, 이 침대는 너무 넓었다.

가장자리가 바로 안 보였다. 무릎을 꿇은 채로 몸을 일으키니 겨우 침대의 가장자리가 있다는 걸 알 수 있었다.

"뭐랄까, 그거네, 방의 사이즈 자체가 굉장하네. 이건 방이라기보다는 광장이잖아, 완전."

토오야마가 조용히 기어서 침대에서 내려왔다. 방도 1인용 방이라기보다는, 굳이 말하자면 호텔의 로비처럼 넓었고, 큰 연회실을 그대로 1인용 방으로 삼은 것 같았다.

푹신푹신한 융단 위를 살며시 걸었다. 깨닫고 보니 잠옷도 그 너덜너덜한 노예복에서 목욕 가운 같은 것으로 바뀌어 있었다.

"실례, 했습니다~."

일단 여자의 침실에 있었다. 이상한 곳에서 성실한 토오야마가 머리를 숙이고 문을 천천히 열었다.

살짝 닫고, 방에서 탈출.

자 그럼, 도망칠까. 지금은 생각을 정리하기 위해 혼자—.

"좋은 아침입니다, 젊은이. 아니, 신랑 공이 적절할까요."

이마를 닦고 있던 토오야마의 움직임이 딱 멈췄다.

옆에서, 목소리.

연미복을 차려입은 멋진 노인이 가슴에 손을 대고 인사를.

"케엑?! 할아버지, 당신. 어디서."

"이 방 앞에 계속 있었고말고요. 아가씨의 침소를 지키는 것 또한 집사의 일이니까요."

호호호, 하고 부드럽게 웃는 할아버지. 하지만 토오야마는 알고 있다. 이 노인의 믿기지 않는 높은 전투력을.

“그래서, 신랑 공, 어디로 가실 생각입니까?”

스윽 가늘어지는 눈을 보고 오줌을 지릴 뻔하면서도 토오야마는 머리를 굴렸다.

힘으로 돌파하는 건 무리. 그렇다고 해서 속일 방법도 생각나지 않는다.

“아, 아니, 어디로 가냐니…… 생각해 보니 난 갈 곳이 없네.”

냉정하게 생각해 보니 여기에 끌려온 시점부터 꽤나 막다른 곳에 몰렸다는 것을 깨달았다.

“호호호, 허나 무모함은 젊음의 특권입니다. ……아가씨께서 당신이 일어난 뒤에는 의복을 준비하라고 명하셨습니다. 아아, 그리고.”

쾌활하게 웃는 노인. 그의 손이 한순간 흔들렸다.

아니, 정확히는 손날이 휙 하고 토오야마에게 휘둘러졌지만, 잠에서 깬 토오야마는 그걸 시각으로 확인할 수 없었다.

“우, 와.”

덜컥.

토오야마의 손목에 그대로 감겨있던 수갑이 풀렸다.

어라, 말도 안 되는데? 싸구려 수갑이지만 너무 깨끗이 잘리는 거 아냐? 와아, 쇠는 손날로 자를 수 있구나. 와아.

“응애.”

말을 엮으려고 했지만, 너무 놀라서 아기가 되고 말았다.

"수갑은 이제 필요 없겠죠. 뭐라고 할까요, 일단 쇠사슬이 떨어져 있으니 불편하지는 않겠지만, 아무래도 보기에 좋지 않습니다."

"아~, 묘하게 가벼워서 신경 안 썼는데, 손목에 수갑이 그대로 채워져 있었네요."

어떻게든 아기에서 성인 남성으로 돌아왔지만, 내심 엄청 떨고 있다. 이 시점에 완력으로 이곳에서 도망친다는 선택지가 완전히 사라졌다.

"호오, 가볍…… 습니까. 신랑 공은 아까 전에도 그렇고 몸이 상당히 강건하시군요. 레벨도 잘 볼 수가 없고. 실례입니다만 그러한 '스킬'을 가지고 계신지? ……어이쿠 실례했습니다. 아직 아가씨가 알고 계시지도 않은데 주제넘은 짓을."

"아, 네, 스킬? 그보다 이 옷, 착용감이 엄청 좋네요."

"그건 잠옷입니다. 당신은 이제부터 회의장에 들어가시게 될 테니, 그에 맞는 복장으로 갈아입어 주시기 바랍니다."

노인이 손뼉을 팡팡 쳤다.

대리석 복도, 고급 호텔과 같은 만듦새를 가진 기둥 뒤에서 많은 메이드가 나타났다.

나풀거리는 롱스커트에 머리에 차고 있는 뭔가 하얀 볏 같은 그것. 응, 메이드다.

"이 분은 아가씨의 빈객이다. 의복을 준비해 드려라. 옷을 갈아입는 것도 도와주도록."

""""알겠습니다.""""

인형 같은 메이드들, 모두 예쁘다. 가련함과 묘하게 작은 동물 같은 귀여움이 있었다. 하지만 세쌍둥이인가? 얼굴이 너무 닮은 것 같은데.

어렴풋하지만 그 삽옷생이, 금발 여자의 취향이 피악되기 시작했다. 좋은 취향을 가지고 있다.

"……선택지는, 없겠죠."

토오야마가 중얼거렸다. 노인이 눈을 가늘게 뜨고 토오야마를 봤다.

그리고 빙긋 미소 지었다.

"……역시 당신은 재밌는 분입니다. 이성과 광기가 아무런 어긋남 없이 동시에 존재하고 있습니다. 지금 여기선 저를 죽일 수 없으니 말을 듣는다. ……뼛속까지 차가워지는 듯한 인격입니다."

"사람을 살인귀라는 듯이 말하네요."

"설마요, 당신은 저들 종족과는 정반대겠죠. 사실은 죽이고 싶지 않고, 죽이는 것에도 그다지 흥미는 없죠. 다만 그 방법이 가장 확실하고, '가능'하기에 선택한다. 그뿐인 이야기겠죠? 호호호, 용이 기대할만해요."

왠지 노인이 기뻐하는 것처럼 보였다.

발치에 굴러다니는 깔끔한 단면의 수갑. 토오야마가 그걸 슬쩍 보고 숨을 내쉬었다.

"그래서, 전 어디로 가면 될까요."

모든 의문과 생각하는 것을 포기한 토오야마가 물었다. 들뜬 표정의 노인이 길을 가리켰다. 순순히 그 길을 따라가기로 했다.

◇◇◇◇

"우오, 뭔가 엄청나네 이거."

안내받은 곳은 드레스 룸이었다. 무식하게 넓은 방에 마네킹이 박물관처럼 늘어서 있었다.

메이드들이 토오야마에게 옷을 입히려고 둘러쌌지만, 그것만큼은 어른의 자존심으로 거부하고 어떻게든 스스로 준비된 복장으로 갈아입고 방에서 나왔다. 메이드들은 여전히 무표정이었지만.

"……만만치 않아."

"……역시 아가씨가 인정한 사람."

"……시중들고 싶었어, 흑흑흑."

중얼중얼. 똑같은 얼굴을 가진 무표정한 메이드들이 모여서 소곤소곤 이야기하는 소리를 냈다. 뒤돌아봐서는 안 된다. 토오야마는 본능적으로 깨닫고 조용히 드레스 룸을 뒤로했다.

"이거, 빨리 갈아입으셨군요. 메이드들의 도움도 필요 없었던 것 같군요."

"아니 뭐, 일단 사회인이라서. 그보다 이 옷, 정장…… 이세계인데 복장 센스가 비슷하네."

"그렇다면 어디선가 입으신 적이 있습니까? 아가씨가 디자인하신 새로운 무도회용 웨이스트 코트라는데. 흠, 당신의 출신에 흥미가 생기지만, 시간이 그다지 없습니다. 아가씨도 이제 슬슬 잠에서 깰 때일 테니, 갑시다."

노인이 다시 발걸음을 옮겼다. 토오야마는 이제 흐름에 몸을 맡기기로 했다. 지금 기분은 상황 파악이 너무 안 돼서, 이제 될 대로 되라~ 상태다.

"오시죠, 이곳이 용 회의장, 제국에서 용에 관한 중대한 사항을 정하는 신성한 곳입니다. 이미 모두 모이신 것 같군요."

한층 더 큰 쌍여닫이문. 경첩부터 문의 장식. 용의 얼굴이 돋아나 있는데, 디자이너는 중학생일까.

"이거, 이 문을 여는데 보스방 열쇠 같은 건 필요 없어요? 작은 열쇠로는 안 열리는 타입의 문이잖아요."

"글쎄요, 보스방? 호호호, 그렇게 긴장하지 마십시오. 당신은 아가씨의 빈객이니. 그럼."

노인이 토오야마의 농담을 화려하게 흘려 넘기며 문을 열었다. 이제 됐어, 라고 생각하며 토오야마가 기세를 타고 그 문을 넘어섰고.

"와우."

먼저 눈에 띈 것은 스테인드글라스.

넓은 공간 안쪽, 천장 벽에 붙은 형형색색의 유리가 반짝거리며 햇볕을 통과시켜 넓은 공간 전체를 빛나게 했다.

다른 부분도 천창이 달려 있어 엄청 비싼 호텔이나 해외의 성당 같았다. 다만 안타깝게도 토오야마는 그런 곳에 가본 적이 없어서 감수성이 부족했다.

"흐카카, 아아, 주역이 와줬구나. 서방님, 자, 홀의 중심으로."

홀이다. 빨간 융단이 깔린 그 끝, 토오야마의 눈앞, 전방에는 또 커다란 의자가.

왕좌. 호화. 그것 말고는 감상이 떠오르지 않았다. 그야 다리부터 팔걸이에 등받이까지 금빛으로 번쩍이니 말이다.

"카카, 왜 그러는가, 서방님. 내 홀의 호화로움에 시선이라도 빼앗겼는가? 뭐, 난 너에게 심장을 빼앗겼지만 말이야."

기분이 아주 좋은 금발 미인이 빙긋이 웃었다. 방금 전에 콧물 방울을 부풀리며 자던 모습과는 달리, 금빛으로 번쩍이는 의자에 한껏 거들먹거리며 앉아있는 그 여자.

그런데 금빛 머리카락은 그 왕좌에 뒤지지 않을 정도로 아름답고 눈부시게 빛났다.

긴 다리를 꼬고 손바닥에 턱을 두고 의자에 깊숙이 앉은 그 모습.

태어났을 때부터 강자, 위에 서는 자의 태도. 보통 사람이 그렇게 하면 자칫 품위 없고 우스꽝스럽게 보이는 동작이라도 그 여자가 하면 그야말로 왕의 품격.

"자, 서방님, 좋다, 허락하지. 그 의자에 앉아라."

"………."

왕좌와 마주 보듯이 홀 중심에 놓인 나무 의자. 화려함은 없지만 이것도 좋은 재료로 만들어졌다.

토오야마가 권하는 대로 홀을 걸어서 의자에 앉고 여자를 봤다.

날개옷 같은 복장. 토오야마는 옛날에 영화에서 본 고대 로마의 튜닉을 떠올렸다. 심플하지만 그 여자가 입고 있으면 어느 신화의 여신으로도 보였다. 스커트 부분에서 쭉 뻗은 길고 하얀 다리가 눈부셔서 토오야마는 꽤나 전력으로 뚫어져라 쳐다보고 있

었다.

"저게, 용의 무녀의……."

"흑발, 밤색 눈. 희귀하군……."

"흐음……. 스비, 뭔가 보여?"

"아뇨, 주교님. 아무것도 보이지 않습니다. 뭔가 안개가……."

"흥, 의상만은 1급품인가……."

"아~, 천사님, 권속님, 부탁이니까 아무 일도 일어나지 않게 해주세요. 부탁이니까 길드와 도시 운영에 아무런 영향 없이 모든 것이 끝나게 해주세요."

"영주님, 걱정을 그렇게 너무 구체적으로 말씀하시면 오히려 안 좋은 예감이 드는데요."

왕의 자리와 토오야마의 자리에서 먼 한 단 아래의 자리. 홀을 사이에 끼듯이 줄지어 늘어선 자리에도 각자가 앉아있었다.

모두 하나같이 토오야마를 바라봤다. 품평하는 듯이.

"……슬슬 괜찮은가?"

금발 여자가 말했다.

그러는 것만으로도 주변의 분위기가 무서울 정도로 조용해졌다. 생물이 사라진 숲처럼.

"자, 자, 나의 사랑스러운 모험도시. 그 도시를 지탱하는 수명이 정해진 자, 인간 중에서도 엄선된 우수한 자들이여. 오늘은 잘 모여 주었다. 괜찮다. 그래, 변경백, 길드 마스터, 방금 전 길드 안에서는 소란스럽게 했군, 용서해라."

"……네, 수집룡 님께서 진심으로 관대하신 마음으로 저희 길드 모험가의 실수를 눈감아 주신 것을 진심으로 감사드리는 바입니다."

"……수집룡 님의 말씀을 업신여길지도 모르는 언동, 태도를 취한 모험가는 모두 뜻하시는 대로 엄벌에 처한다, 그것이 길드의 총의입니다."

여자의 말에 한 단 아래에 있는 자리에 앉아있던 통통한 남자와 안경을 쓴 미인이 일어나 정중하게 머리를 숙였다.

"카카카카, 길드 마스터, 그대는 정말 총명하구나. 흐음, 그렇네. 오늘은 기분이 좋다. 소란을 피우던 그 암고양이 한 마리를 용 축제까지 내 저택 지하로 넘겨라. 웜 놈들에게 사냥 연습을 시키고 싶다."

기분 좋게, 명랑한 말투로 금발 여자가 뭔가 잔혹한 말을 하고 있다. 이 자연스럽고 빌어먹을 행동에 토오야마는 120% 확신을 얻었다.

이 여자, 저 오만한 태도는 틀림없이 그 갑옷쟁이다.

"……알겠습니다. 바로 1급 모험가에게 그녀에 대한 구속 명령을 내리겠습니다."

"음, 그렇게 하거라. 그 암고양이의 말은 좀처럼 들어 줄래야 들어 줄 수 없었으니까. 스스로의 힘으로 복수를 하면 몰라도, 부끄러운 줄도 모르고 자기는 그저 흐느껴 울기만 할 뿐. 차마 볼 수가 없어. 용으로서 그러한 자의 인자를 후세에 남기는 것은 용서할 수가 없어서 말이야. 아아, 그렇지. 그 암고양이, 가족이 있다면 가족도 전부 데려와라. 사이좋게 웜의 사냥 장난감으로 만들어 줄 테니."

"……네, 우리의 용의 무녀의 분부대로."

용의 말은 무겁다. 제국에서 그 존재는 지금은 목소리를 전해 주지 않는 '천사'보다 더 가까우며, 그렇기에 강한 것이다.

방약무인하고 오만하기 이를 데 없다.

이 홀에 모여 있는 모두는 각자가 모험도시를 구성하는 세력의 정상.

모험가 길드, 도시 운영 책임자, 귀족, 천사교회, 상인 길드 등등 각 인원 모두 우수하고 선택받은 자들.

개중에는 용이 한 말을 듣고 짚이는 구석이 있는 자도 있었으나 모두 하나같이 눈을 내리깔고만 있었다.

"흐카카, 괜찮다. 길드 마스터, 변경백, 물러가도 좋다. 허락하마."

"예."

인간이 그 존재에게 할 수 있는 일이라고는 그저 머리를 숙이고 심기를 건들지 않도록 그저 지나가는 것을 기다리는 것뿐.

여기에 모인 명사들은 모두 그것을 숙지하고 있었고, 익숙하기도 했다.

용의 말에 거역하지 말 것. 용의 뜻을 거스르지 말 것.

그게 아무리 자신의 의지와 반하는 일이라 하더라도 인간이 용을 거스르는 일은—.

"아니 잠깐, 갑옷쟁이. 그건 너무하잖아. 가족이라는 건 설마 기르는 개도 포함하는 거냐?"

뭐?

그 자리에 있는 인간 모두가 눈을 휘둥그레 떴다. 물론 용의 허가 없이 발언 따위를 하면 어떤 꼴을 당할지 알 수 없다.

그래서 모두 눈을 휘둥그레 뜬 채로 그 녀석을 봤다.

용의 허가 없이 불손한 주장을 한 그 노예를.

"……물론이다. 한 마리도 남김없이 내 권속의 먹이로 삼을 것이다. 그게 기르는 개나 고양이라 하더라도."

뼛속까지 차가워지는 목소리다. 용이 불을 다루기 직전에 그들은 독특한 소리를 낸다. 그와 아주 비슷한 목소리다.

이 자리에 있는 제국, 아니, 이 세상에 사는 생명들 모두가 확신했다. 그 남자가 다음 순간에라도 숯덩이가 되어도 이상할 것이 없다고.

"그건 아니지. 확실히 그 고양이귀 여자는 짜증났으니까 딱히 어찌 되든 상관없지만 말이야, 너 인마, 개한테 죄는 없잖아, 개한테는. ……그만둬, 그런 짓은."

""""""""""!???!??""""""""""

죽는다.

모두 그렇게 생각했다. 나무 의자에 앉은 남자는 지금부터 용에게 죽는다.

용은 모두 긍지 높고, 자기보다 아래에 있는 자에게 충고를 듣는 것을 무엇보다 싫어한다. 용보다 상위의 존재는 이미 이 세상에 없기에. 즉, 용 이외의 그 누구라 하더라도 용에게 충고하는 것은 불가능하다.

용의 말에 대한 부정. 용에게 하는 충고. 그것은 곧 안이한 죽음을 의미했으나—.

"음? 그런가. 네가 그렇게 말한다면 그렇게 하지. 길드 마스터, 아까 한 말은 취소다. 데려오는 건 암고양이만으로도 충분하다. 놈의 가족은 필요 없다. 이제 됐나? 서방님."

"그래, 불만 없어."

두 사람이 태연하게 말을 주고받았다. 남자는 아직 죽지 않았다. 아니, 그뿐만 아니라 있을 수 없는 광경이 거기에 펼쳐지고 있었다.

용이 다른 자의, 하물며 인간의 의견을 무시하기는커녕, 죽이지 않을 뿐만 아니라 남자의 말대로 했다.

""""""""""네?""""""""""

모두 더는 소리를 내는 걸 참을 수 없었다.

"음? 길드 마스터, 자네 왜 그러나. 비둘기가 화살이라도 맞은 듯한 멍청한 표정을 다 짓고. 그대에겐 그 얼굴은 어울리지 않는다."

"……아, 그, 아, 아니, 큰 실례를 범했습니다. 용의 말씀을 감사히 받들겠습니다. 전부 뜻하시는 대로."

길드 마스터가 있을 수 없는 일을 봤다는 표정을 지은 채로 어색하게 머리를 숙였다.

"음, 수고가 많다. 물러가도 좋다."

금발 여자는 여전히 기분이 좋았다. 턱을 괴면서 토오야마에게 시선을 돌리고 눈을 크게 떴다.

"오오, 그러고 보니 서방님, 그 옷은 잘 어울리지 않는가."
"어, 어어, 고마워. ……너도 그 멋진 갑옷도 좋지만 그 옷도 대단하네. 뭔가, 그, 로마의 대단한 사람이라는 느낌이 나서."
"로마, 라고? 카카, 뭐 됐다. 칭찬으로 들어두도록 하지."
깔깔 웃는 금발 여자.
제국의 백성이 보기에 그 모습은 그야말로 이상(異常).
"마리 양, 저게 뭐지."
"용……… 이라고, 생각, 합니다만……."
변경백과 길드 마스터. 이 도시 안에서 용 대사관과 상당히 가까운 파벌의 수장들은 있을 수 없는 광경에 정신을 차리지 못했다.
그리고 그 광경을 가만히 지켜보지도, 받아들이지도 못하는 자도 있었다.
"………어이!! 노예!! 불경하다!!"
높은 남자의 목소리가 울렸다. 호화로운 장비, 많은 장식이 달린 의례용 갑옷을 입은 미청년이다. 토오야마에게 손가락질하더니, 자리에서 일어나 토오야마에게 성큼성큼 다가가기까지 했다.
"아, 잠깐만! 거짓말이지?! '기사 크란'?! 위험하다고, 지금은 위험하다니깐!"
"……………."
옆자리에 앉아 있던 검은 수녀복을 입은 실눈의 여성이 남자를 말렸지만, 이미 늦었다. 하얀 수도복 차림의 작은 여성은 입을 다물고 조금도 움직이지 않고 그저 허공을 바라보고 있었다.
"어?"

"아까부터 가만히 듣자 하니 그 태도는 뭐냐?! 눈앞에 계신 분이 누구신지 아느냐!! 제국의 수호룡, 인간과 용의 인연의 매듭, 용의 무녀님께 무슨 태도냐!!"

남자가 당장이라도 때릴 듯한 기세로 토오야마에게 바싹 다가갔다. 갑옷 소리가 시끄럽다.

"용의, 무녀?"

가끔 듣던 단어인데 의미를 모른다. 하지만 어감을 생각하면 아마 저 갑옷쟁이의 통칭 중 하나인가.

토오야마는 태평하게 추측을 시작했다.

"뭐, 뭐냐, 그 표정은? 설마 모른다는 말이라도 할 셈이냐? 불경한 데도 정도가 있다! 원래라면 네놈 같은 출신도 알 수 없는 비천한 자가 보는 것조차 외람되게 느껴지는 분이다! 그 태도, 용서할 수 없다!!"

"아, 예, 그렇습까. 형씨, 그만해. 난 비무장 상태야. 그 허리에 찬 대단한 검에서 손 좀 떼 줘. 무서워서 참을 수가 없구만. 뭐, 무기도 없는 사람한테 검을 슬쩍슬쩍 보여 주는 게 취미라면 더는 할 말이 없지만."

품평. 시끄러운 것치고는 이 남자는 강하다. 1대1로 싸우면 나에게 승산은 없을 것이다. 안개칼날을 쓰면 얘기는 달라지겠지만.

즉, 언제든지 죽일 수 있다는 것이다. 토오야마는 비교적 여유로웠다. 하지만 그 태도가 청년의 자존심을 건드렸을 것이다. 청년이 허리에 찬 검에 손을 댔다.

"무슨, 나, 나를 우롱하는 거냐!! 밖으로 나와라!! 교회기사로서 지금 말은 그냥 넘어갈 수 없다!”

교회기사. 명예로운 그들은 무엇보다 모욕당하는 것을 싫어한다. 노예 따위가 그들이 동경하는 존재인 용과 대등하게 이야기하는 그 모습, 그리고 요즘 일어난 사건으로 쌓여있던 불만이 이때 폭발—.

“기사여.”

그 목소리가 내려왔다. 그것은 분기점이다. 그것은 사선이다. 그리고 그 기사는 그것을 잘못 봤다.

“죄송합니다만 수집룡 님께 말씀 올립니다!! 이 자는 명백하게 귀하에 대하여— 어?! 불, 불?! 불꽃, 아, 아아아아아아아아아아아아아아아아.”

그 기사는 미숙했기에 그것을 깨닫지 못했다. 기사가 용의 말에 이견을 제시한 순간, 그는 황금색 불길에 감싸였다.

“갸,아아아아아아아아아?! 요, 용이시여어어어, 어째서, 어째서어어어어어, 저, 마아아아안.”

불덩이가 되어 땅바닥에서 괴로워하며 몸부림치는 그 모습.

“우와. 진짜냐.”

토오야마는 평범하게 기겁했다. 살이 타는 냄새에 살짝 토할 뻔했다.

“네놈, 누구의 허가를 얻고 지껄이는가. 지금 난 서방님과 이야기하고 있다.”

여자의 목소리는 한없이 차가웠다. 굴러다니는 청년에겐 안 들리겠지만.

"아이고~, 그래서 말했는데……. 하아, 황공하옵니다, 우리의 용이시여, 저 어리석은 자에 대한 책임은 전부 저에게 있습니다. 다만 저기 있는 남자의 발언은 전부 귀하를 생각한 나머지 벌인 것. 용을 연모하는 불쌍한 인간의 천성이니 부디 관대하게 봐주실 수 없습니까?"

검은 수도복을 입은 실눈의 여성. 쭈뼛거리면서도 상당히 태평한 모습으로 목소리를 냈다. 아니, 아니다. 토오야마는 봤다. 실눈 여자의 긴 백발, 그 머리카락 끝이 흔들리고 있었다. 아주 미세하게 흔들리고 있었다. 공포를 억누르고 있을 것이다. 백발에 실눈인 수도복을 입은 여자가 일어섰다.

금발 여자는 한순간 얼어붙는 듯한 살기를 뿜었지만, 발언한 사람이 실눈에 수녀복을 입은 사람이라는 것을 알아차리자 그 분위기를 누그러뜨렸다.

"음, 돈에 미친 자여. 그러고 보니 네 예언이 나와 서방님을 만나게 해줬지. 좋다, 여주교, 그대의 얼굴을 봐서 용서하겠다."

딱. 긴 손가락이 시원한 소리를 냈다.

고통에 몸부림치며 땅에서 날뛰는 남자를 감싼 불꽃이 거짓말처럼 사라졌다.

"아, 그아……."

새까맣게 탔다.

아름다운 금발은 녹아서 떨어졌고, 까맣게 탄 인간이 움찔움찔

경련하고 있었다.

"……하아, 정말, 이래서 안 데려오고 싶었는데. 용의 무녀시여, 저 어리석은 자는 저희 천사교회의 검 중에서 가장 날카로운 것으로 10명 안에 들어가는 남자입니다. 부디 관대한 마음을 베푸시어 치료 허가를 내려 주십시오."

"호오, 뭐냐. 이 녀석 십기사 중 한 명인가. 흐카카카카! 그래서 숯으로 만들려고 했는데 아직 숨이 붙어 있구나. 좋다. 허락한다. 치료해 줘라."

"관대한 마음에 감사드립니다. 스비?"

"네, 주교님."

하얀 수도복을 입은 몸집이 작은 여성. 140센티도 안 될 것 같다.

그녀가 까맣게 탄 남자 곁으로 도도도도 걸어가 쪼그려 앉아 손을 위에 댔다.

"고귀하신 당신의 은혜를 나의 손에."

맑은 목소리. 자아내는 말.

"'시스템' 치료의 손."

그것은 천사에게 부여된 기적. 인간의 재능, '스킬', 그 특이점. 천사교회가 인정한 스킬 중에서도 강력하고 이 세상의 법칙을 뒤집는 그야말로 천사의 조화와 필적한다고 인정받은 것은 '시스템'이라 불린다.

치료의 권능이 까맣게 탄 남자에게 작용했다.

"……으, 아……."

놀랍게도 남자는 아직 살아 있는 듯했다. 오렌지색 빛이 들어

올 때마다 작게 신음했다.

"호오, 교회의 성녀. 소문과 다르지 않은 짙은 향기, 천사의 깊은 향기가 그대에게서 나는구나."

"과분한 말씀입니다, 용의 무녀."

"나, 는."

"조용히 해. 네가 지금 살아있는 건 용의 무녀님의 변덕과 주교님이 목숨을 걸고 말씀해 주신 덕. 그것도 모른다면 내가 여기서 널 죽이겠어."

"크……."

그리고 남자는 더 이상 아무 말도 하지 않았다.

하지만 까맣게 탄 얼굴은 토오야마가 있는 쪽을 향하고 있었다. 징그러워서 토오야마는 바로 그것에서 눈을 돌렸지만.

"흐카카. 그럼, 한 차례 말씀이 있었지만 여기에 있는 선택받은 인간인 너희라면 이미 이해하고 있겠지? 왜 불렀는지를 말이야."

다시 금발 여자가 이야기하기 시작했다.

"지금 내 눈앞에 있는 이 남자. 흑발의 노예. 이 녀석이 바로 이 몸, 수집룡을 죽인 남자. 틀림없는 진검승부에서 나는 이 남자에게 패배했다."

분명한 목소리가 홀에 울렸다. 아무도 끼어들 수 없었다.

"그래서 허락하는 것이다. 내 눈앞에 앉는 것을. 내 말을 막는 것을. 내 말에 이견을 제시하는 것을. 나와 대등하게 있는 것을 허락하는 단 한 명의 흠이다."

용의 무료함을 죽여 버린 남자를 칭송했다.

"저기 있는 교회기사는 어떤 착각을 했겠지. 용이 인간에게 얽매여 있다고. 카카카, 그 대가는 비싸게 치렀구나. 아니다, 결코 아니다."

그녀는 한없이 유쾌하다는 듯이 말을 이어 나갔다. 영원히 약속되어 있었을 터인 무료함, 상위생물로서 피할 수 없어 받아들이고 익숙해지는 수밖에 없었던 무료함과 고독. 그것을 죽인 남자를 바라보며—.

"내가 인정하고 이끌리는 자는 단 한 사람. 이 남자뿐이다."

용의 파란 눈동자가 토오야마 나루히토만을 비추고 있었다.

"이렇게까지 말하면 나의 뜻이 네놈들 모두에게, 즉 모험도시, 아니, 제국에 전해졌겠지? 오늘을 기해서 난 이 남자를 짝으로 삼기로 정했다. 용이 신랑을 들이는 것이다. 명예로 여겨라, 모험도시, 모시면 좋을 것이다, 제국이여. 이 남자와 나의 혼인으로 제국과 용계의 연은 영원한 것이 될 테니."

그 말은 용의 말.

제국은 지금 선언을 들은 것이다.

용이 짝을 찾았다는.

"오오…… 역시."

"와우, 마리 양, 위장약 좀 줘."

"죄송합니다. 아까 전에 전부 먹었습니다."

"……그렇군, 이렇게 됐나."

홀이 술렁였다. 이곳에 있는 것은 제국의 운영에도 관여하는 유력자들. 예상은 하고 있었지만 새삼스럽게 용이 스스로의 입으로 한 선언은 역시 충격이었다.

"카카, 술렁거리는 것도 이해된다. 하지만 말이다. 혼인이란 곧 축복이다. 이 혼인에 불만이 있는 자는 손을 들라. 없다면 고분고분하게 침묵하여 찬성의 뜻을 보여라."

있을 리가 없다.

인간계에서 용의 말을 뒤집을 수 있는 자는 없으니까.

"카카, 좋다 좋아. 흠, 이로써 오늘부로 용과 인간. 옛날의 약정 하나가 다시 이루어졌다. 아아, 용으로서 아주 영광스럽구나. 용살자와 맺어지는 것은 용의 숙원이지."

"모험가 길드를 대표하여 이번 수집룡 님의 혼인을 진심으로 축하드리며, 이에 용 축제 때에는 투기장에서 축하의 일전을 올리고자 합니다."

소리도 없이 일어나 정중하게 머리를 숙이는 자는 안경을 쓴 여자, 모험가 길드 마스터 하이데마리 스나베리아.

"오오, 좋지 아니한가. 흐음, 그렇구나. 고대종과 탑급의 시합을 보고 싶다. 탑급은 누구든 상관없다. 녀석들은 내가 봐도 지루하지 않은 몇 없는 인종이니."

"넷, 반드시 귀하의 지루함을 해소할 시합을 준비하겠습니다."

"흐카카, 좋다 좋아, 열심히 하거라."

"……송구합니다만, 제국을 대표하여 말씀 올립니다. 이번 혼인은 실로 경사스러운 일입니다. 수도에 있는 황제도 이곳에 있지 못한 것을 굉장히 후회하고 있을 겁니다."

이어서 통통한 남자, 변경백 사판 폰 티치도 입을 열었다.

"아아, 그 늙은이도 나름대로 바쁘겠지. 좋다, 용서한다. 변경백, 너라면 그 늙은이의 대리로서 나무랄 데 없다. 벌하지는 않는다, 안심해라."

"네, 이 얼마나 자비로운 말씀입니까. 제국으로서는 이번 혼인을 축하하는 형태로 가벼운 범죄를 저질러 투옥되어 있는 자의 특사, 그리고 농촌지대의 조세 감세, 도시부에서는 채권을 포기하게 하는 형태로 빚 탕감을 행하고자 합니다. 수집룡 님의 자비라는 형태를 생각하고 있습니다."

"음, 나쁘지 않군. 하지만 돈을 빌려준 녀석들이 불쌍하구나. 흠, 이렇게 하지. 이로 인해 대부 회수를 할 수 없게 된 채권자 녀석들에겐 용 대사관 명의로 그 몫을 보전해 주지. 장부 제출, 혈판장, 계약서 등을 준비시켜 둬라."

"예이, 이 얼마나 감사한 말씀입니까."

"카카카. 뭐, 대금업자 놈들이 곤궁하면 그대의 장사에도 영향이 미칠 테니……. 카카, 평소의 네 능글맞은 모습을 평가하여 내린 판단이다. 마음껏 사욕을 채우는 게 좋을 것이다."

"아, 네, 용의 무녀님도 참 사람, 아니, 용이 짓궂으신 것 같습니다."

통통한 남자가 진땀을 흘리면서 억지웃음. 용은 그것을 마지막으로 흥미를 잃었는지 남자에게서 시선을 뗐다.

"그래서, 그 외에는?"

금발 여자가 어둡고 푸른 눈으로 홀의 자리를 둘러봤다. 용이 말없이 넌지시 전했다. 축하해라, 모셔라, 아첨해라, 그러는 것을 허락하겠다고.

그 자리에 모인 명사들이 경쟁하듯이 용의 혼인을 축하하고 그 축하로서 자신들의 파벌이 무엇을 할지, 무엇을 할 수 있는지를 제각기 발표하기 시작했다.

용이 그것을 기분 좋게 듣고, 의젓하게 고개를 끄덕여 이야기가 진행되어 갔다.

이 세계에서 용의 혼인이란 곧 견줄 수 없는 명예이며 역사에 남을 경사다.

조금이라도 용의 흥을 돋우려고 파벌의 수장들이 용에 대한 경의를 표하기 위한 축하를 제안해 나갔다.

"이번 수집룡 님의 혼인을 축하하여 상인 길드에서는 임대 점포의 임대료 인하, 그리고 길드의 영향을 받는 상인 모두에게 용의 혼인을 축하하는 상품을 진열시키도록 하겠습니다."

"흠, 조금 약하군. 내일까지 다른 안을 대사관에 제출해라. 시시한 안이라면 네놈들의 교역로를 전부 부술 것이다."

"네, 모든 지혜를 모아 귀하의 흥을 돋워 보이겠습니다."

"호오, 카카, 계집. 네놈 나쁘지 않구나. 기대하겠다."

"과분한 말씀이십니다."

젊은 나이에 상인을 통솔하는 존재가 된 소녀가 머리를 숙인 채로 그 자리에서 물러났다. 용의 위세에 겁먹지 않을 수 있었던 것은 한 방울로도 집을 지을 수 있다고 할 정도의 희소품, 헤렐의 탑의 가운데 층 이상에서만 핀다고 하는 용기의 꽃의 꿀을 먹은 덕분이다.

인간, 원래라면 용의 눈에 한 개체로서 인식되지도 않는 보잘것없는 존재. 그런 존재가 잇따라 용의 시중을 들었다. 각자의 의도를 가슴에 품고 용을 받들어 섬겼다.

"용의 무녀님, 아까 전의 교회기사의 만행은 이 목으로도 속죄할 수 없다는 것은 알고 있습니다. 하지만 그래도 귀하를 축하하기 전에 우선 마땅한 벌을. 교회에 속한 자가 부족한 것에 대한 책임은 전부 저에게 있으니."

백발에 실눈인 수녀가 소리도 없이 용 앞으로 걸어 나와 무릎을 꿇고 머리를 숙였다. 하얀 머리카락에 가려져 표정은 보이지 않았다.

"카카, 돈에 미친 자여. 돈에 인색하고 전혀 성직자답지 않은 네놈을 미워할 수 없는 건 그 배짱 때문이다. 네놈, 내가 무슨 일이 있어도 네놈을 죽이지 않을 것이라 보고 그런 말을 하는 것이겠지. 카카카, 용서한다. 전부 용서하겠다. 저기 있는 기사의 폭주는 이제 괜찮다. 네놈의 예언과 그 배짱을 봐서 봐주지."

금발 여자는 기분 좋게 웃었다. 마음에 드는 장난감을 바라보는 듯이 백발의 여자를 내려다보면서.

"……당신은 지고하신 우리의 빛과 나란히 설 정도로 훌륭한 존재입니다. 제국에 당신이 있는 것을 자랑스럽게 생각합니다."

"흐카카카, 좋다, 좋아. 그래서 교회는 이번 축하는 어떻게 생각하고 있지?"

용은 동떨어진 존재다. 인간의 법칙에서 벗어나 있으며 한없이 강하고 무엇보다 아름다운 생물.

인간은 접촉할 수조차 없는 상위생물. 하지만 역사 속에서 가끔 드물게 용이 첫눈에 반하는 사람이 나타난다.

용이라는 무수한 생명의 도달점, 그런 존재에게 짝으로서 선택받는다. 그것은 곧 세상 그 자체의 총애를 받는 것과 마찬가지다.

인간을 뛰어넘는 지혜, 재산, 불로불사, 아름다움, 대부분의 평범한 사람이 바라 마지않는 것의 전부를 용은 가지고 있다.

"네, 수집룡 님의 이름으로 우선 교회가 물류권과 판매권을 확보하고 있는 성물 가격의 대폭 인하와 시장으로의 방출을. 구체적으로는 '천사분(天使粉)'을 중심으로 한 식품 필수품에 대한 교회세의 감세, 그리고 당신을 칭송하는 찬송가를 작곡하겠습니다."

"호오, 카카, 좋다. 허락한다. 용 축제 전까지는 전부 완성해라."

"네."

모두가 머리를 숙였다. 인간과 용의 관계는 옛날부터 정해져 있었다.

용이 위, 인간이 아래.

인간은 용에게 선택받는 것 외에는 그 존재를 접하는 것조차 허락받지 못한다.

용이 인간을 시험한다. 용이 인간을 선택한다. 그리고 인간은 용이 인간에게 반하는 것을 최대의 영예 중 하나로 추구한다.

천사교회의 교회기사가 용에게 이겨 그 짝으로 선택받는 것을 지고의 목표로 삼는 것도, 제국이라는 나라 자체가 용을 수호룡으로 숭상하는 것도 전부 용이라는 존재의 절대성, 신성함 때문. 그것은 이 세계 사람의 영혼에 새겨진 절대적인 개념—.

그래서일까.

이 자리에 있는 모두, **이 세계**에서 살아가는 모두는 잊고 있었다.

난폭자, 보통내기가 아닌 무법자를 총괄하는 자, 제국 최대의 모험가 길드를 통솔하는 재원인 길드 마스터도.

제국의 국교, 통일 종교, 천사교회의 총본산, 돈에 미친 여주교와 역대 가장 우수하다고 칭송받는 교회 최강 전력인 성녀도.

제국 제일의 경제 특구를 지배하는 실력 좋은 상인 길드의 수장도.

수도의 귀족원, 그리고 황제가 직접 이 남자가 없었으면 모험도시는 성립되지 않았을 것이라고 말한 변경백도.

그 외에 사람들 중에서 가려 뽑은 자들. 최소 용 대사관에 초대받는 것을 허가받은 사람들.

모두가 잊고 있었다.

"아아, 드디어, 드디어 난 이 공동을 메울 수 있다. 100년의 고독과 무료함은 분명 끝날 것이다. 오늘은 얼마나 좋은 날인가. 난 용생 최고의 수집품을 손에 넣었다."

그렇다. 용마저도. 수백 년 만에 나타난 용살자의 존재에 정말 당연한 것을 잊고 있었다.

당연한 것을, 모두 잊고 있었다.

"아니, 결혼 같은 건 안 할 건데? 혼인이라던가 축하라던가 하고 있는데 말이야, 난 아직 독신으로 있고 싶거든."

공기가 얼어붙었다.

최종화 모험의 계속

혼인이란 한쪽만의 의사로 정해지는 것이 아니다. 세 살 먹은 아이도 알고 있는 것을 모두가 잊고 있었다.

용과의 혼인을 거절하는 인간이 **이 세계**에 있을 리가 없으니까.

"……………………뭐?"

"아니, 아니 아니, 뭐? 가 아니라고. 이해가 안 되네. 왜 내가 너랑 결혼하는 것 같은 흐름이 형성돼있는 건데? 새로운 수법의 사기라 해도 설정이 너무 헐렁헐렁하잖아."

"………………서방님, 난, 용, 인데?"

"어, 응. 근데?"

"—?!"

쾅~. 정말 그런 표정이다. 그녀의 금색 머리칼에서 드리워진 듯이 엿보이는 뿔도 움찔 튀었고.

뻔뻔한 웃음과 보는 자를 떨게 만드는 얼음과 같은 표정만을 보이던 용이 눈을 휘둥그레 뜨고 굳었다.

"아가씨!!"

흔들 하고 비틀거리는 용을 노집사가 떠받쳤다.

"아, 아아, 미안하다, 할아범. 잠깐 안 좋은 꿈을 꾸고 있었다. ……내 혼인을, 서방님이 거절하는 꿈이다. 카카, 그럼 혼인 의상으로 갈아입어야지…… 어라, 이미 입고 있네……."

용이 고개를 숙이고 이마를 문지르면서 메마른 웃음을 띠고.
"아가씨, 정신 차리십시오. 꿈이 아닙니다."
연미복을 입은 집사가 가차 없이 용의 현실 도피를 끊어버렸다.
"어, 뭐야? 난, 용이라고?"
"네, 용입니다."
"……용인데 혼인을 거절당한 거야?"
"그렇습니다."
"……용인데, 차인 거야?"
"그렇습니다."
"그런가."
대화가 끝났다. 용과 집사의 대화가.
"?!"
토오야마의 몸이 굳었다.
쿵. 알아차리고 보니 아까 전까지 용에게 머리를 숙이고 있던 주위의 신분 높아 보이는 인물들 대부분이 의자에서 굴러떨어져 괴로운 듯이 땅바닥에 납작 엎드려 있었다.
"켁, 우엑."
"이, 건, 여, 영주, 님, 정신 차리십시오……."
"스, 비, 경계를……."
"……네, 주교님."
"우웨엑…… 주, 죽겠어."
안색이 바뀌지 않은 사람은 겨우 몇 명뿐. 대부분 거품을 물거나 눈을 뒤집는 등 아비규환.

생물이 생물과 접촉하지도 않고 이런 영향을 줘도 되는 걸까. 아니, 된다. 이것이 용. 상위생물의 위엄. 하위생물인 인간은 그 위엄에 머리를 숙일 뿐.

겨우 의자에 앉은 채로 있을 수 있는 토오야마. 탐색자로서 괴물을 죽인 3년이 없었다면 아마 기절했을 정도의 압박감.

"……야, 무슨, 속셈이냐."

배에 힘을 주고 마음을 굳게 먹었다. 조금이라도 긴장을 풀면 쓰러져버릴 것 같을 정도로 기분이 안 좋다.

"무슨 속셈, 이라고 했나. 네놈, 서방님. 뭔가 착각을 하고 있는 것 같구나."

여자의 눈, 파란 눈의 동공이 세로로 갈라져 갔다. 인간이 아닌 위대한 존재의 눈이다.

"……신랑 공. 당신은 용과의 혼인이 무엇을 의미하는지 모르시는 것 같군요."

옥좌 옆에 선 노인이 조용히 토오야마에게 말을 했다.

"뭐? 그게 뭐냐. 무엇을 의미하든 그런 건—."

토오야마가 몸의 힘을 끌어올려 대답하려 했고—.

"전부, 입니다. 신랑 공."

"뭐?"

"당신도 인간이라면 욕망이 있겠죠. 생명, 금전, 명예, 성, 현실. 인간에게 있어서 욕망이란 그 자를 앞으로 나아가게 하는 원동력과 같은 것. 인간은 그 욕망을 이루기 위해 살아가고 있죠. 거친 표현일지도 모르지만 하나의 진실이라는 것은 확실합니다."

"히, 히히, 그건 부정 안 해. 할아버지."

욕망 이야기. 그것은 토오야마 나루히토에게 있어서 들어볼 가치가 있는 것이다.

"호오, 그렇다면. 이런 식으로 말씀드리면 혼인을 납득해 주실 수 있을까요? 한 번 더 말합니다. 전부, 입니다. 즉 용과의 혼인이란 인간이 추구하는 욕망 그 모든 것을 손에 넣는다는 것과 같은 뜻입니다."

낮은 목소리가 스테인드글라스를 통해 내리쬐는 빛에 섞였다.

"용과 혼인하고, 용에게 선택받는다. 그것만으로도 당신의 이름은 이 제국의 역사에 새겨집니다. 설령 당신이 스러진 뒤라도 모든 제국 신민의 기억에 당신은 명예의 상징으로서 계속 살아가죠."

"끝없는 재물, 이 세상의 모든 열락을 당신은 아무런 고생도 하지 않고 얻을 수 있는 겁니다. 용과의 혼인은 곧 인간이 바라는 모든 것의 구현, 모든 것의 완성이라고도 할 수 있죠. 보십시오, 아가씨의 위세에 엎드린 저들의 모습을."

노인의 얼룩 하나 없는 하얀 장갑에 감싸인 손가락이 그들을 가리켰다.

용의 위엄에 납작 엎드린 인간들을 가리킨 것이다.

"인간은 다른 사람보다 뛰어나고 싶고, 다른 사람에게 이기고 싶고, 다른 사람보다 우수하고 싶다는 비교의 욕망을 가진 존재. 보십시오, 당신이 용과 혼인한 뒤에 볼 수 있는 광경을. 아무리 인간의 세계에서 위에 군림하는 자라 하더라도 용 앞에서는 이렇게 모두가 엎드립니다. 즉, 당신에게 엎드리는 것이죠."

"전부, 이루어집니다. 전부, 손에 들어오는 겁니다. 당신이 원하는 것, 그 모든 것이."

그 노인의 말은 달콤한 독이다.

인간을 뛰어넘은 존재가 인간을 꼬드기는 말이다. 그 말은 거부하기 힘든 매력이 넘쳤다.

그 말을 듣는 대상이 아닌 자까지 몽상했다. 만약 자신이 용에게 선택받았다면.

그렇다. 모든 것이 손에 들어오는 것이다. 용과의 혼인은 곧 욕망의 완성과 다름없다.

인간의 몸에 너무나도 과분한 이 세상의 모든 것을 욕망대로 탐할 수 있는 권리 그 자체—.

"…………….."

토오야마가 의자에 깊숙이 앉았다. 용이 진심으로 드러내는 살의를 접한 몸이 마비되어 눈은 공허하게 천장과 천장에서 들어오는 빛을 우러러보고 있었다.

"두 번은 말하지 않겠다, 인간이여. 난 널 선택했다. 내 짝이 되어 내 것이 되어라. 내 일곱 개의 목숨 중 하나를 빼앗은 네놈에겐 그럴 권리가 있다."

"선택하십시오. 선택받은 인간이여. 당신은 이 세상에서 누구보다도 운이 좋으니."

용과 초인.

두 초월자가 토오야마 나루히토에게 목소리와 위세를 전했다.

선택할 여지도 없을 것이다. 그것은 완성, 그것은 전부. 그저 고개를 끄덕이기만 하면 모든 것이 손에 들어온다.

그렇다. 죽은 것이다. 그때, 동료를 도망치게 하고 사지에 남아 홀로 죽었다. 그리고 무슨 우연인가, 무슨 인과인가.

계속되었다. 다음이 있었다.

이제 됐잖아. 의미도 모르겠지만, 이유도 모르겠지만.

혼인, 그것을 하면 모든 것이 손에 들어온다고 한다. 호반에 세운 집, 그것도 손에 들어올까.

"서방님."

"신랑 공."

초월자, 상위존재들이 그 욕망대로 하위의 존재에게 모든 것을 손에 넣으라고 말했다—.

아아, 이제 됐나. 전부 손에 들어온다면 그걸로—.

토오야마 나루히토가 그에 굴하듯이 힘을 뺐고.

—모험을 떠나는 거야! 나랑 네가!

—멍멍, 멍!

—호숫가에 가게를 세우고 싶었다.

모든 것을 손에 넣기 위해 모든 것을 내던지려 한 토오야마. 하지만 고개를 끄덕이는 일은 없었다.

시작도 못한 친구와의 모험.

몸에 전율을 가져다준 도마뱀 남자의 말.

그것들에는 공통점이 있다. 그래, 그것은 한없이 멀고, 한없이 꿈 같은 이야기이며, 한없이 어리석고, 무모하고, 바보 같고, 덧없고, 그리고 한없이, 한없이—.

"아니, 재밌을 것 같아. 스스로 하는 편이."

자신의 욕망은 스스로 이루는 것이다.

토오야마 나루히토가 바라 마지않는 것, 욕망대로 모든 것을 스스로 정한다. 사는 방식도, 죽는 방식도. 전부, 스스로.

그렇다. 그것만이 즐거움이다.

"히, 히히히히히. 히히히히히히히히히히히히히히히히, 아아, 그런가, 난 바보인가."

"……서방님. 대답을."

말소리는 조용하다. 하지만 지근거리에서 커다란 종을 울린 듯한 압력에 심장이 삐걱거렸다.

하지만 더 이상 토오야마의 웃음을 멈추는 것은 불가능했다.

"쉬는 날이란 건 말이야, 사실 휴일이 시작되기 전날 밤이 제일 즐거운 법이란 말이지."

"……뭐야?"

뾰롱. 소리가 울렸다. 그것은 운명의 알림을 내던진 것으로 인해 생긴 부산물.

==================================

【보유 기능 '화술'을 확인, 스테이터스 수치 INT6 이상을 확인. 시스템 '퀘스트 마커'에 대한 저항 롤 성공을 다수 확인. 토오야마 나루히토의 말에 의한 세계에 대한 간섭을 확인, 조건을 전부 달성】

==================================

그것은 말하자면 게임의 버그와 같은 것. 이렇게 해야 한다고 정해진 운명, 세계의 구조를 내다버린 것으로 인해 생겨난 세계의 일그러짐.

"그래, 맞아. 그렇다고. 게임 같은 것도 말이야, 레벨 MAX, 소지금 MAX인 올클리어 상태보다 초반의 돈벌이 같은 게 제일 재밌었어. G급도 막 G급이 되어서 스킬 구성을 재검토할 때가 제일 재밌단 말이지."

==================================

【조건 달성 새 기능 획득, '스피치 챌린지(모험가의 혀)'. 이로 인해 적대자에 대한 '스피치 챌린지' 시스템에 의한 설득이 가능해졌습니다】

==================================

"신랑 공, 당신, 무슨 소리를?"

"히히히히히히, 아니, 그 뭐냐. 다시금 이해했어. 욕망이라는 것은 그것을 이루려고 발버둥치고 있을 때가 제일 즐겁다는 것을. 그래, 맞아—.”

==================================

【스피치 챌린지 개시 목표 ‘용과 초월자의 설득’ 상대와의 우호도가 낮기 때문에 ‘협박’이 가능합니다】

==================================

메시지가 춤춘다. 유래를 알 수 없는 힘. 하지만 쓸 수 있는 것을 전부 쓰는 것이 탐색자의, 아니 모험가의 업이라면—.

일어서라.

몸이 비명을 지른다. 움직이지 말라고. 눈앞에 있는 생물의 기분을 상하게 하지 마라, 죽는다고.

하지만 그걸 무시했다. 영혼이 겁먹는 것을 허용하지 않는다. 그것이 토오야마의 욕망이니까.

그 혀는 세계를 침범한다. 세계를 속인다.

“—호숫가에 집을 짓자.”

그때 이루지 못했던 소원. 그 욕망은 마지막 순간부터 확실하게 이 세계에 이어져 있었다.

“그러기 위해서는 우선 돈이다. 땅을 사는 데도, 집을 짓는 데도 일단 돈이 필요해. 이 세계의 경제, 화폐 제도도 공부하자. 돈을 벌기 위해 일도 하자. 그러기 위해 이 세계를 잘 알자. 아아, 뭐야, 뭐냐고, 이루고 싶은 욕망은 하나, 다다라야 할 곳은 정해져 있는데.”

고생도, 고통도, 괴로움도, 슬픔도, 외로움도. 욕망을 이루기 위해 치러야 하는 모든 대가도 남김없이 토오야마의 몫이다. 이 세계에는 다음이 있었다. 그렇다면 나아가는 것은 스스로의 의지와 다리로.

“할 일이 잔뜩 있어. 귀찮아. 하지만 그 모든 것이 기대돼. 그 모든 것이 내 욕망으로 이어지는 길이다. 도중에 겪는 고생, 곤란, 시련, 그걸 달성했을 때의 기쁨. 그래, 맞아. 그 모든 것은 내 것이야.”

꿈을 이루기 위해 넘어서야 하는 시련. 그 모든 것은 도전하는 자에게만 주어지는 보상이기도 하다.

한 걸음 나아갔다. 모두가 초월자들의 압력에 굴복해 있는, 따듯한 빛이 드리운 홀에서 탐욕스러운 인간만이 그저 나아갔다.

눈을 괴이하게 반짝반짝 빛내며. 혀를 짓씹어 가며 **진정한 인간의 힘**, 언어와 함께.

“너희한테 하나라도 줄까 보냐. 전부, 라고? 멍청하긴. 아무것도 필요 없어. 너희의 것 따위, 너희가 나한테 주는 것 따위는 무엇 하나 관심 없어.”

고생도 하지 않고 수중에 들어오는 것 따위는 필요 없다. 누군가에게 빌리기만 하는 인생에 관심 없다.

“너희가 가지고 있는 것 따위는 아무것도 필요 없어. 그러니까 내 것에 손대지 마, 죽인다.”

토오야마의 대답은 심플했다.

그리고 그가 각오를 했다면, 그래, 그가 아직 토오야마 나루히토가 모험을 계속한다면 그것은 분명 힘을 빌려줄 것이다. 어린 시절의 약속 또한 이어지고 있으니까.

"호오."

"이건."

안개다.

토오야마 나루히토의 몸에서 새하얀 안개가 새어 나오기 시작했다. 용의 위세가, 금색 불꽃이 곧바로 안개에 섞인 칼날을 태워 버렸다.

하지만 이번 안개는 짙었다. 설령 용의 불꽃이라 하더라도 쉽게 태워 버릴 수 없는 무거운 안개.

"……그렇군, 신랑 공의 안에 있던 자, 예상 외로 만만치 않아."

"할아범?! 설마."

노인이 하얗고 풍성한 콧수염 틈으로 주르륵. 빨간 피를 흘렸다. 사라지지 않는다. 이번에는 그 안개는 사라지지 않는다. 주인의 길을 막아서는 모든 것을 손톱과 송곳니로 없애려고 했다.

======================================

【스피치 챌린지 어시스트 발생 '미등록 유물 안개칼날'】

======================================

토오야마의 몸에서 새어 나온 안개는 흐트려도, 달구어서 끊어 버려도 사라지지 않았다.

오히려 채워져 갔다. 아아, 어째서일까. 이 공간의 구석에서 계속해서 차례차례 안개가 차올랐다.

"경고다. 날 자유롭게 해라. 정하는 건 너희가 아니다. 나다. 욕망대로, 모든 것을 정하는 건 나다."

그 안개는 주인의 욕망을 전부 긍정한다. 그 안개는 주인의 모험을 방해하는 자를 모두 사냥한다.

모두 눈을 크게 떴다. 용의 말에 이견을 표했다. 용을 대등하게 대했다. 백번 양보해서 여기까지는 괜찮다.

하지만, 뭐냐, 이 광경은.

용과의 혼인을 거절하는 것만으로도 제국의 역사, 아니 이 세계의 섭리에서도 벗어난 만행. 그런데 거기에 더해서 지금—.

"우웩, 진짜, 새 위장약이 필요해."

복통에 신음하는 사판 변경백이 공허한 시야 속에서 그 모습을 봤다.

아아, 악몽이다.

—인간이 용을 협박하고 있다.

==

【스피치 챌린지(협박) 진행 중 기능 '용살자'로 인해 용에 대한 행동에 플러스 보정이 걸립니다. 기능 '머리 나쁨'으로 인해 상위생물로부터의 정신오염을 무조건 무효화 합니다】

==

이 자리의 주도권이 넘어갔다. 모험가의 혀가 정해져 있던 세계의 구조를 속여 나갔다.

그 혀는 있을 수 없는 결말, 선택할 수 없어야 하는 선택지에 다다랐다.

"나에겐 이제부터 해야만 하는 일이 잔뜩 있어. 방해하지 마라, 썩을 드래곤, 썩을 늙은이, 거기서 비켜라."

"후, 후후후후, 애송이가 괄괄하군."

신사의 얼굴을 유지하던 노인의 가면이 한순간 벗겨졌다. 노인이 투쟁에 목마른 악귀와 같은 흉악한 표정을 지었다.

"그쪽이 본성인가, 늙은이. 히히히, 어울린다고, 그 악한의 얼굴 말이야~. ……비켜, 노인을 괴롭히는 취미는 없어."

"하하하, 말 한번 잘하는구나, 건방진 애송이."

토오야마의 다리가 멈췄다. 압력이 심상치 않다.

죽을지도 모른다. 쉽게 그런 예상이 됐다. 하지만 이제 후회는 없다.

"그래, 모험이야. 여기엔 분명 그다음이 있어. 뉴 게임을 시작할 시간이다. 욕망을 이룬다. 내가 하고 싶은 대로 하기 위한 모험이다. 위험을 무릅써 주지, 삼켜 주마. 죽어도 난 욕망대로 모든 것을 이룰 거다."

"하하하하하하하하, 그게 마지막으로 남길 말로 알아들어도 되겠지?"

"네놈이야말로 품위가 없어졌다고, 할아버지."

"어디 지껄여 봐라, 애송이."

노인에게서 뿜어져 나오는 살의가 불어났다.

이에 반응하듯이 이 공간의 구석이라는 구석에서 짙은, 아주 짙은 토오야마의 지배 하에는 없는 안개가 자욱하게 꼈다.
초월자와 모독자.
서로 물러설 수 없는 대등한 살육전이 시작되려 했으나—.

====================================

【스피치 챌린지(협박) 성공 수집룡의 정신을 깎아내려 전의를 빼앗았습니다】

====================================

있을 수 없는 결말, 존재하지 않아야 하는 선택이 시작됐다. 혀를 놀려 마음을 어지럽혔다.

"………서방님, 그렇게 나와의 혼인이 싫은가."

토오야마는 언변의 도전에 성공했다.
나지막이 중얼거린 말은 용이 한 말이었다.
노인의 살의가 조금 사그라들었다.
그 목소리가, 고개 숙인 용의 목소리가 너무나도 풀이 죽어 있어서 토오야마는 자기도 모르게 그냥 생각하는 그대로 대답했다.
"그래. 왜냐하면 난 네가 싫어."
"흐카."
단적인 토오야마의 말에 용이 짧은 목소리를 냈다. 비명으로도 들렸다.

"인상은 최악이고. 도마뱀 씨를 죽이려 하고, 얕보는 태도를 취하고 거들먹거리고. 그냥 싫어."

토오야마가 느낀 그대로 말했다.

"싫은, 건가."

"응."

"그런 건가."

"그래."

"………………훌쩍."

"아, 아가씨?!"

노인의 살의가 한번에 사라졌다. 사그라들다가 사라진 것이다. 그와 함께 이 공간의 구석에 차올라 있던 안개도 거짓말처럼 사라져 갔다.

"…………이제 됐다. 훌쩍. ……서방님, 미안한 짓을 했다. 할아범, 난 조금 쉬겠다. ……서방님을 욕탕에 안내하고 깨끗이 한 다음 거리로 보내 줘라…… 정중하게."

"아, 네, 괘, 괜찮겠습니까?"

"……그치만, 싫다고 하는걸. 난 더 이상 미움받고 싶지 않으니까…… 목욕, 하게 해주고, 밥도 먹여 줘. 훌쩍."

펄럭.

여자가, 풀죽은 용이 일어섰다. 긴 금발과 뿔도 축 처졌나 싶었는데 그 날씬한 등에서 커다란 황금의 날개가 펼쳐졌다.

날개가 펄럭이며, 바람이 세차게 몰아쳤다.

훌쩍...

바로 위로 날아가는 여자. 천창을 깨고 순식간에 아득한 저편, 높고 높은 하늘로 향했다.

깨진 천창의 유리가 빛을 받아 반짝반짝 반짝였다. 용의 눈물도 똑같이 반짝인다는 것을 토오야마는 모른다.

"아, 아가씨, 기다려 주십시오!! 아가씨! 젠장!! 파란! 신랑 공을 아가씨의 말씀대로 욕탕으로 안내해 드려라! 그리고 모험도시에서 오신 분들에게는 차와 과자를 대접하고 정중하게 도시로 배웅해라!! 난 아가씨를 쫓겠다! 아가씨!! 기다려 주십시오!!"

노인이 우아함을 전부 떨쳐 버리고 큰 소리로 외쳤다.

"**아리스** 아가씨이이이이!!"

그러는가 싶더니 그대로 점프. 순식간에 보이지 않게 되었다.

토오야마가 그걸 보고 굳어 있으니.

"네, 알겠습니다. 집사님. 파린, 파룬, 파론. 신랑 공을 운반하세요."

무표정한 메이드가 조용히 손뼉을 팡팡 쳤다.

슥, 슥, 슥. 마치 마술을 하듯이 겹쳐진 카드가 하나씩 밀려나 기울어져서 삭 나타나는 것과 같이 메이드의 등 뒤에서 세 명의 메이드가 나타났다.

"시중을 들겠습니다, 신랑 공."

"후후, 시중들 찬스 도래."

"아가씨를 울리다니, 얕볼 수 없어. 이것이, 용살자, 꿀꺽."

정신 차리고 보니 똑같은 얼굴을 한 인형 같은 메이드 집단에게 둘러싸였다. 외모를 보면 상상도 안 되는 그 강한 힘. 영차영차, 여러 명에게 들려서 옮겨졌고.

"………응, 뭐, 이제 됐어."

토오야마가 눈을 감고 그대로 저항하는 것을 그만뒀다. 분위기의 온도차가 너무나도 심해서 모든 사고가 돌아가지 않게 되었다.

영차, 영차. 메이드에게 운반당하는 정장 차림의 남자.

천창을 깨고 눈에 눈물을 글썽이며 하늘로 도망친 용.

그리고 그 용을 그냥 점프로 쫓아간 노인.

혼란스러운 상황에 불쌍하게 남겨진 모험도시의 권력자들.

"……역시, 고대 일본어, 학원, 갈 걸 그랬어."

"……그렇, 네요."

불똥이 튀어서 쓰러지고 너무 겁을 먹어서 토사물 범벅이 된 변경백, 비교적 멀쩡해 보이는 길드 마스터.

그들의 목소리는 깨진 천창을 통해 홀에 흘러들어온 것으로 보이는 작은 새가 짹짹짹짹 노래하는 목소리에 섞였다.

◇아리스◇인◇스카이◇

싫다고, 했어.

싫다고, 했어. 용인데, 내 것인데, 싫다고 했어.

"우으… 으, 우으으으으으."

날았다. 날개를 퍼덕였다. 더 멀리, 더 높이. 구름을 뚫고 안개를 뚫고, 나는 창공으로 도망쳤다.

"도망쳐……? 난, 도망친 건가."

둥실. 세계가 둥글다는 걸 알 수 있는 하늘에서 보는 광경. 인간의 몸에는 살짝 춥고 공기가 희박한 곳에서 상승을 멈췄다.

파랑과 하양밖에 없는 하늘의 세계. 나는 용에게만 허락된 세계로 도망쳤다.

난 지금 명백하게 이상하다. 스스로가 스스로가 아닌 것 같은 감각에 그때부터 계속. 그때 그 흑발의 노예, 날 죽인 남자와 재회한 순간부터 난 이상해졌다.

"……싫다, 이건가."

내 목소리는 아무도 없는 하늘에 공허하게 새어 나와 바로 사라졌다.

녀석에게 들은 그 짧은 말. 그걸 떠올릴 때마다 가슴이 욱신욱신 아팠다. 대체 뭐냐, 이건. 이해할 수가 없다.

"그 녀석은 이 몸의, 수집룡의 말을 거부했어. 만 번 죽어 마땅해."

부탁한다, 내 마음, 내 영혼이여. 화를 내줘. 용의 명예를 걸고 날 업신여긴 그 작은 자가 뼈저리게 깨닫게 해줘야 한다.

"난, 용이다, 용이란 말이다."

인간과는 다른 탁월한 존재. 이 세상의 선택을 받아 모든 것을 정할 권리를 가진 존재.

나다. 내가 선택한다, 내가 부순다, 내가 지킨다, 내가 손에 넣는다. 내가 정한다. 세상은 그런 식으로 이루어져 있을 것이다.

전부 내 마음대로 된다. 세계는 간단하고 단순하고, 재미없다. 내 마음대로 되지 않는 일 따위는 존재하지 않는다. 지금까지 계속 그랬다. 앞으로도 그럴 것이었다.

"그런데, 왜, 녀석은—."

인간도 마찬가지로 재미없다. 변화의 선택을 받은 아이라 불리지만 사실은 하찮고 약한 수명이 정해진 자들 뿐.

—수집룡 님.(무서워, 두려워)

—지극히 존엄하신 수호룡 님.(그 불꽃을 무슨 일이 있어도 이쪽으로 돌리지 말라고)

—정말 아름다운 모습이야.(아, 그래도 저 눈은 어쩜 저렇게 차가울까)

—우리의 용이시여, 교회는 당신과 함께.(꺄~, 무서워, 무서워, 진짜 무서워~! 지, 지지지지진짜 용! 이, 이런 건 천사교회가 총력을 다해 부딪쳐도 이길 수 있을지 알 수 없잖아! 개체가 집단을 멸하다니, 너무 치사해서 웃겨. 으갸~, 하지만 용과의 양호한 관계는 반드시 돈이 될 거야. 괜찮아, 나, 힘내라 나, 천사교회 주교는 당황하지 않아! 카노사 테이엘 필드는 쿨하게 떠나 주지!)

일부 이상한 녀석이 있지만 녀석들은 항상 거짓말만 한다. 귀에 들리는 말과 내 눈에 비치는 녀석들의 마음은 항상 다르다. 인간 따위는 용에게 마음조차 간단히 읽히는 하등종족인데.

—싫어.(싫어)

"아……."

머리가 이상해진다. 난 파란 세상의 위, 더욱 파랑이 짙은 곳으로 올라갔다. 별들과 가장 가까운 세계, 하늘과 별의 틈새, 짙은 파랑만이 있는 세계에서 나는 망설였다.

그 녀석의 말에는 거짓이 없었다. 인간은 모두 혀에 얹는 목소리와 내면에 품은 말이 다른 생물일 텐데, 녀석은 무엇 하나 거짓말을 하지 않았다. 그렇기에 지금 나에게 들이민 그 말은 곧 내가 인간계에 와서 처음으로 들은 진실.

"싫다……."

녀석의 말을 반추할 때마다 괴롭다. 있을 수 없다. 이건 뭐지. 난 무슨 짓을 당한 거지? 독이라도 탄 건가? 녀석의 얼굴, 목소리, 냄새, 말. 몸이 이상하다.

"—죽이지 않으면, 안 된다."

용서할 수 있을까 보냐. 녀석은 나에게 뭔가 했다. 그렇다. 난 무슨 생각을 하고 있었던 건가. 뭐가 용살자냐. 이 몸을 거슬렀단 말이다. 한 번이 아니라 두 번이나 나를 거슬렀단 말이다.

녀석은 용인 나를 이겼다. 그래, 용서할 수 없다. 이 얼마나 **멋진**, 아니다, 밉살스럽고 이 얼마나 **아름다운**, 아니야! 어리석은 녀석인가.

아아, 이 얼마나 사랑스럽고 재미있는 존재—.

"아, 아아아아아아아아아아아아아아아아아아아아아."

화내고 싶은데 화낼 수 없고 미워하고 싶은데 미워할 수 없다.

머리가 이상해진다. 아아, 나의 날개여, 녀석의 곁으로 날갯짓

해라. 아아, 나의 목이여, 녀석에게 금빛의 불꽃을 퍼부어라. 내 마음, 화내라, 미쳐라, 미워해라. 부탁이니 녀석을, 그 흉을, 그 남자를 용서하지 말아 줘.

"나는—."

—욕망대로.

또 다시 녀석의 목소리가 귓가에 되살아났다. 가슴이 뜨겁다. 녀석에게 찔린 심장이, 녀석에게 받은 상처가 욱신거렸다. 아아, 하지만 어째서일까. 그게 불쾌하지 않다. 달콤하고 황홀한 감각이 몸에 퍼져갔다.

"아아, 그 눈."

떠올리는 것은 그 흉의 눈. 날 사냥감으로 보고 가차 없이 몰아넣은 사냥꾼의 눈.

"아아, 그 말."

되살아나는 것은 용의 결정을 비웃는 귀에 거슬리는 말, 불쾌한 웃음소리. 하지만 무슨 일이 있어도 그걸 다시 듣고 싶어서 참을 수 없었고.

"어째서."

녀석을 모르겠다. 녀석이 이해가 안 된다. 그게 괴로웠다. 어째서 녀석은 날 거스르는가. 어째서 녀석은 날 따르지 않는가. 어째서 마음대로 안 되는가. 어째서.

그 마음은 뭐냐. 마음을 그대로 혀에 실은 그 목소리는 뭐냐.

당혹감마저 차차 기분 좋아졌다. 녀석을 생각하면 괴로워진다. 그런데 난 그걸 멈출 수 없다.

"싫어."

내가 부서져 간다. 난 완성되어 있었을 것이다. 세상은 재미없다. 재미있는 것도 즐거운 것도 아무것도 없다. 그건 내가 완성되어 있기 때문. 고난도 곤란도 나에게 방해가 되지 못하니까.

괴로움이 없으니 즐거움도 없었다. 그래서 사실은 좋았다. 그런데.

"용, 살자."

나의 용살자. 나만의 용살자.

녀석이 날 죽였다. 그래서 난 부서지기 시작했다. 아아, 무섭다. 이것이 공포인가. 지금까지의 자신이 사라져 간다. 세상을 재미없는 것으로 취급하고 무료함을 느끼던 내가 사라져 간다. 무서운데, 그 감각이 서서히 나쁘지 않은 것으로 변해 갔다.

"아아, 널 모르겠다, 널 용서할 수 없다, 용서하고 싶지 않은데 난 너와 이야기가 하고 싶다."

이야기를 듣고 싶다. 왜냐고 묻고 싶다. 무슨 생각을 하고, 어떻게 살고, 무엇을 행복으로 삼는지를 묻고 싶다. 녀석을 알고 싶어서 참을 수가 없다. 녀석을 갖고 싶어서 참을 수가 없다. 나의 용살자, 나의 수집품, 아아 하지만—.

"넌, 내 것이 아니지."

녀석의 모습이 뇌리에 새겨져 사라지지 않았다. 그 한없이 냉혹하고, 한없이 비뚤어지고, 한없이 자유로운 모습이 사라지지 않았다.

"미움을, 받고 말았지."

싫어. 그 말은 진실이었다. 난 인간의 **거짓말을 알 수 있다**. 토오야마 나루히토의 말은, 마음은, 그래, 처음 만났을 때도 전부. 전혀, 거짓이 없었는데.

"정말 아름다웠어."

난 오늘 한 가지 새로운 것을 알았다. 누군가에게 미움을 받아버리면 그 누군가와는 헤어지게 된다는 것을 알았다. 싫다, 싫다, 싫다. 미움받고 싶지 않다. 나의 용살자에게 미움받고 싶지 않다. 나의 용살자와 헤어지기 싫다.

"훌쩍."

슬프다. 그 말만은 알고 있었다. 의미는 몰랐다. 오늘 이 순간까지는.

아아, 난 지금 슬픈 것이다. 내가 원하는 것은 내 것이 되지 않는다. 힘으로 억눌러도 그건 분명 손에 들어오지 않는다고 수집룡인 나의 감이 그렇게 알려줬다.

"아아, 싫다."

정말 괴롭다. 그래서 나는 몸을 둥글게 말고 눈을 감았다.

용계에서 나오면 즐거운 것이 기다리고 있을 줄 알았다. 하지만 그런 건 없었고 세상은 변함없이 지루했다. 그랬을 텐데, 아아, 눈을 감으면 싫어도 그 모습이 눈꺼풀에 달라붙어 있었다.

"용살자……."

나는 눈을 감은 채로 녀석에 대해 중얼거렸다. 날 죽인 남자를.

그 웃는 얼굴, 그 냄새, 전부 선명하게. 하지만 그건 더 이상 내 것이 되지 않는다. 녀석에게 미움을 받고 말았다. 용과 인간의 관계는 선택하느냐, 선택받지 못하느냐 말고 없는데.

"난, 선택받지 못한 건가."

심플한 대답. 코 안쪽이 찡하게 아팠다.

자신이 다가가고 싶어 하는 존재에게 거절당하는 것이 이렇게까지 괴로운 일일 줄은 몰랐다. 왜냐하면 거절당할 줄은 몰랐다. 난 용이고 녀석은 인간이다. 그래서 이번에도 전부 내 마음대로 될 줄 알았다.

가슴의 상처가 아팠다. 억눌러도 억눌러도 옥죄이는 듯한 아픔이 사라지지 않았다. 텅 비어서 허전하다.

"……난, 어떡하면 좋지."

답은 모른다. 지금까지 전부 마음대로 되어 왔으니까, 마음대로 되지 않는 것을 어떻게 하면 좋을지 알 수 없었다.

"드디어 진심으로 고민하는 당신을 보는군요."

용에게만 허락된 세계에 울린 목소리. 난 눈을 크게 떴다.

"아가씨, 돌아갑시다. 당신은 결코 지금 그 남자에게서 도망쳐서는 안 됩니다."

할아범이 있었다. 날개도 없고 용도 아닌 할아범이 당연하다는 듯이 하늘에 떠 있었다.

"싫어…… 더 이상 비참한 경험을 하고 싶지는 않다. 잘 알았다. 난 녀석을 화나게 해버린 것이다. 난 용이다. 원하는 것을 손에 넣는 수단은 힘으로 제압하는 것밖에 몰라. 하지만 그렇게 해도 의미가 없다.”

자기 자신이 무서워졌다. 난 이런 약한 소리를 할 정도로 약했던가. 이젠 오히려 웃음이 나왔다.

“방법이 있습니다. 아가씨, 그 자를 짝으로 삼지 않아도 인간과 용, 아니, 의지가 있는 존재라면 이웃하는 방법이 있습니다.”

“……뭐, 라고?”

할아범의 말을 듣고 내 피와 살이 꿈틀거렸다.

“아가씨, 당신은 지금 성장하려 하고 있습니다. 성장에는 아픔이 필요합니다. 당신은 그냥 용이 아닙니다. 인간과 가장 가까운 용, 그 전지의 용보다 인간과 더 깊이 관계된 용입니다. 당신은 지금 아픔과 함께 유년기를 끝내려 하고 있는 것입니다.”

할아범의 날카로운 눈. 인간의 몸으로는 숨을 쉬는 것조차 어려운 하늘의 세계에서 막힘없이 말했다.

역시 할머님의 용살자라 할만하다. 마음을 읽는 것이 불가능한 인간을 뛰어넘은 무언가.

“아가씨, 당신은 결코 그 남자를 포기해서는 안 됩니다. 아가씨의 용살자입니다. 결코 손을 놓아서는 안 됩니다.”

“무리다. 그야 난, 싫다는 말을 들었으니…….”

코 안쪽의 찡함이 결국 눈꺼풀 뒤쪽으로.

눈이, 이어서 볼이 차가워서.

“울지 마십시오. 속히 기운을 차리시오, 수집룡.”

“에…….”

할아범이 어느샌가 내 눈을 들여다보고 있었다.

"진심으로 무리라고 생각하고 있습니까. 용인 당신이 인간 한 명에게 그렇게까지 마음이 어지러워져서 어떡할 겁니까. 긍지를 떠올리시오, 수집의 용이여."

"……네놈, 누구에게 말하는 거냐. 아무리 할아범이라 해도 날 그런 눈으로 보는 건 용서치 않는다. 내가 누군지 알고—."

그 눈은, 할아범이 나를 보는 눈은 어디까지나—.

"계집. 남자에게 차여 주눅이 든 평범한 계집과 다름이 없지요."

"—뭐?"

죽인다. 용으로서의 본능, 폭력과 잔학성이 내 몸에 열이 되어 퍼졌다.

이 자식이 나보다 오래된 존재인 것, 마음도 읽을 수 없는 섭리 바깥의 존재, **나보다 강한 존재**라는 게 상관있겠냐. 오른손을 뻗었고.

"느려."

"익."

비틀.

정신을 차리고 보니 팔을 아무렇게나 잡혀서 꺾여있었다. 비명만큼은 지르지 않도록 억눌렀다.

"이, 자식, 주인에게 손찌검 따위는 하지 않는 것 아니었나?"

"제 주인은 한 번의 패배로 꺾이는 자가 아니라서. ……아가씨, 당신은 정말로 이대로 좋다고 생각하고 계십니까."

"뭐, 야?"

팔을 꺾인 채로 주고받는 물음.

"무료하다고 말씀하시며 강자인 척을 하나 싶었더니 지금은 이 꼴. 용이 듣고 어이없어 하겠군요."

"이 자식."

대꾸할 말이 없다. 보복할 힘도, 폭력도 미치지 않는다.

"당신은 아직 도전을 모릅니다. 몇 번이든 말하죠, 수집의 용이여. 당신은 성장해야만 합니다. 선택할 때가 온 겁니다. 그대로 평범한 용과 같이 고독한 초월자로서 계속 존재할 것인가, 아니면 다른 무언가가 될 것인가."

"으, 끅, 시, 시끄러! 시끄러워 시끄럽다고! 나는, 나는 더 이상 모르겠다! 싫다는 말을 들었다! 그, 그 녀석의 말에 거짓은 없었다. 진심인 거다! 진심으로 미움받은 것이다……. 그 녀석은 더는 내 것이 되지 않아! 난 고생이나 시련이 멋진 것이라 생각하고 있었다! 그것이 있기에 기쁨과 즐거움이 있는 줄 알았다!"

하지만 아니었다. 괴로운 것은 괴로운 것이고, 슬픈 것은 슬프다. 그저 그뿐이다.

"이젠 싫다! 모르겠다. 괴롭고, 난 이상해져 간다. 이런 건 필요 없다. 슬픔도 괴로움도 나에겐 필요 없는 것이다!"

필요 없었다. 무료해도 좋았다. 그렇게 애타게 바랐던 고난은 나의 유치한 상상을 초월했다.

이런 경험을 할 바에는 지루한 그대로 있는 게 좋았다. 옛날이야기의 정체도 시시한 그대로 있어도 좋았다.

아아, 어째서냐. 자신의 목소리인데, 나는 내 목소리가 짜증 났다.

"하지만 그 자는 그걸 짊어지겠다고 했습니다."

"아—."

할아범의 말에 목이 막혔다.

"당신의 용살자는 말했습니다. 괴로움도 고생도 전부 자신의 것이라고. 오만하게, 탐욕스럽게, 고상하게 말했습니다. 당신은 그걸 보고 들으며 어떻게 생각하셨습니까?"

"아, 으."

아름다웠다.

내 금색 머리카락과 뿔이나 비늘보다 더. 모든 것을 자기 것이라 단언한 녀석의 모습, 그 모습은 그저 아름다웠다.

마치 어릴 적에 어머님께 들었던 옛날이야기처럼 반짝이고 있었다.

"대답해 주십시오, 아가씨. 당신은 당신의 용살자를 어떻게 하고 싶습니까? 당신이 원하는 것은 무엇입니까?"

할아범의 물음은 차갑고 짧았다. 그렇기에 나는 그 물음에서 도망칠 수 없었다. 높은 곳, 별과 하늘의 틈새, 공기가 흐르는 소리가 퍼지고.

"……친해지고 싶어."

하늘의 소리가 사라졌다. 마음을 말로 바꾼 순간, 더 이상 내 목소리밖에 귀에 들어오지 않았다.

"난 녀석에게 심한 짓을 많이 했다. 녀석을 잘못 봐서 내 사정을 강요했다. 미움받고 말았다. 하지만 난 녀석과 더 이야기해 보고 싶다. 녀석에 대해 알고 싶다. 녀석을 만져 보고 싶다. 부끄럽지만 이름을 불러 줬으면 한다. 녀석을, 포기하고 싶지 않다."

마음이 새어 나왔다. 말로 하면 간단한 일이다. 난 그저 녀석과 친해지고 싶을 뿐이었다.

"난 어떻게 하면 녀석과 친해질 수 있지? 나로서는 이해가 안 되는 그 남자와 어떻게 하면 서로 마음을 통할 수 있는 거지?"

그게 부끄러웠다. 그래서 용으로서, 짝으로서 녀석을 손에 넣으려고 했다. 의례적인 형태를 취하면 마음을 있는 그대로 보이는 듯한 부끄러움이 조금 누그러졌으니까.

"답은 나와 있습니다. 아가씨, 속히 기운을 차리십시오. 당신은 한 번 실패했습니다. 그 자에게 패배했습니다. 하지만 그걸로 끝이 아닙니다. 성장할 때입니다. 자신이 원하는 것이 손에 들어오지 않는 괴로움, 그것을 극복하는 방법은 하나뿐입니다."

난 할아범의 말을 기다렸다. 누군가의 말을 재촉하지 않고 기다리는 것은 처음이다.

"계속해서 맞서는 것. 아가씨, 이는 시련, 아니, 당신의 첫 **모험**입니다."

"모, 험?"

심장이 꿈틀거렸다. 녀석에게 찔린 가슴이 질척하게 뛰었다.

"손에 넣으십시오. 성장하고, 학습하고, 계속해서 곤란에 맞서는 겁니다. 당신은 수집의 용. 원한다고 생각했다면 그 마음에 거짓말해서는 안 됩니다. 그 남자를, 용살자를 사로잡는 것입니다."

모험, 이 얼마나 좋은 울림인가. 아아, 녀석도 같은 말을 했다. 할아범이 내 팔을 놓았다. 살과 뼈가 무럭무럭 꿈틀거려 다친 몸이 재생되어 갔다.

"그것만이 당신의 공백을, 무료함을 해소할 수 있는 유일한 방법입니다."

하늘의 소리가 되살아났다. 세계는 항상 계속해서 움직이고 있다. 세계가 태동하는 소리가 지금은 그저 기분 좋았다.

"모험에 도전하는 겁니다. 수집, 인간의 개념을 그 이름으로 삼아 태어난 수호룡이여."

난 심장이 울리는 것을 느꼈다. 아아, 좋은 경치가 아닌가.

"모험에는 도달해야 하는 경치가 필요합니다. 아가씨, 수집의 용이여, 당신이 도달하고 싶은 경치는 어디입니까?"

별과 가장 가까운 장소, 짙고 푸른 세계 속.

난, 나의 경치를 봤다. 내 소원을 바라봤다.

"이 경치를 함께 보고 싶어."

용에게만 허락된 세계, 이 창공을 녀석에게 보여주고 싶다. 세계에 빨려 들어가 안기는 듯한 이 공간에 녀석을 데려오고 싶다.

녀석은 이 하늘을 보고 무엇을 느낄까. 녀석은 이 세계를 마음에 들어 할까.

"정했어, 할아범."

나의 수집품, 내가 소중하다고 생각하는 것을 용살자에게도 보여 주고 싶다.

"녀석을 사로잡을 거야. 언젠가 반드시 녀석을 여기에 데려올 거야. 그래, 난 분발할 거야."

기분이 좋다. 바람이 스치는 소리, 바다가 퍼지는 소리, 세계의 호흡이 전부 전해지는 느낌이 들었다.

모험을 생각했다. 내 모험은 녀석과 친해지는 것. 미움을 받고 말았을 것이다. 하지만 그 공포보다 가슴의 고동이 더 강했다.

약간 무서우면서, 엄청—.

"이것이, 기대, 라는 건가."

표정이 풀리고 입꼬리가 올라갔다. 나쁘지 않은 느낌이다.

"그래야 우리의 수집의 용이십니다. 그럼 좋은 일은 서두르라고 하니 바로 그 자를 만나러 갑시다. 아무 걱정 마십시오. 저희는 신명을 다해 아가씨의 모험을 도울 것입니다."

"으, 음. 살짝 불안하지만 하는 수밖에 없겠지. 그래서 할아범, 뭔가 방법은 있는가?"

내 말에 할아범이 지금까지 본 적 없는 천하고 음흉한 웃음을 띠었고.

"오래 전 시대, 그 긴 대전보다 훨씬 더 아득한 옛날, 사람들이 하늘에 반짝이는 별이 총총한 하늘에 손을 뻗던 시대. 제2문명에 남아 있는 말에 답이 있습니다."

"무, 무슨 말을 하는 거냐, 할아범."

"알몸의 교제라는 말이 있습니다. 으음~, 좋은 말이군요."

"……하, 할아범, 네놈, 무슨 생각을 하는 거지?"

내 물음에 할아범은 대답하지 않고 그저 싱글싱글 계속 미소만 지었다.

안 좋은 예감, 용은 감도 좋다.

—이거 봐, 말했지? 무료함은 끝난다고.

들릴 리가 없는 목소리. 용과 초월자밖에 없는 하늘의 세계에 목소리가 닿았다. 난 진심으로 그 목소리가 어디서 오는 것인지를 찾았다. 하지만 그것도 알지 못했다.

파란 세계 속에서 망설임과 함께 내 무료함은 끝났다.

모험이 시작된 것이다.

◇◇◇◇

"우왓, 아아아, 난 왜 서로 죽일 듯이 싸워서 진짜 죽였던 녀석의 집에서 목욕을 하고 있는 거지. 아아아아, 녹는다아아."

풍덩~.

온천이다. 욕탕이다. 그 외에는 없다.

무표정인 주제에 자기주장이 유난히 강한 메이드들에게 으쌰으쌰 옮겨져, 입고 있는 것을 전부 벗겨져 내던져진 곳은 엄청나게 넓은 욕탕이었다.

"엄청난 목욕탕이네. 슈퍼를 넘어선 하이퍼 목욕탕이야."

무의식중에 바보 같은 말을 중얼거렸다. 토오야마는 탕에서 몸을 녹이면서 그 호화로운 욕탕을 다시 둘러봤다.

금빛으로 번쩍이는 사자상의 입에서 우윳빛의 탁하고 따뜻한 물이 콸콸. 넓은 욕조의 가장자리와 중심에는 미술관에 놓여 있을 법한 다양한 조각이 장식되어 있었다.

대리석 같은 석재로 둘러싸인 욕조는 100명의 사람이 들어가도 여유가 있을 것 같을 정도로 넓었다.

"……아아아아, 그래도, 역시, 온천, 좋아. 아~, 이젠 전부 어찌 되든 좋아. 아아아아아."

기분이 너무 좋아서 마음까지 편안하다. 온천이 몸에 스며들어 뇌가 녹는다.

머리끝에서 발끝까지 전부 편안하다. 더러움과 함께 피로도 풍부하게 솟는 온수에 녹는 듯했다. 몸의 세포 하나하나에 스며드는 듯한 편안함에 큰 신음 소리를 내면서 온천을 만끽하는 토오야마.

"……그 녀석, 울고 있었, 지."

그런 편안함에 가시가 박혔다.

그 갑옷쟁이의 기운 없는 목소리가 문득 뇌리를 스쳤다.

"아니아니아니아니, 우는 건 반칙이지. 그 녀석 뭐냐고. 처음 보는데 얕보면서 죽이려고 한 주제에 그 알 수 없이 높은 호감도는 진짜 뭐야."

그렇다. 첫만남은 최악이었다. 토오야마가 가장 혐오하는 타입이다.

강하고, 그 강한 힘을 휘두르는 타입. 벼룩보다 생각이 얕은 민폐 녀석.

"……잘못 없어, 난 아무 잘못 없을 거야. 그보다 애초에 죽였을 텐데, 왜 당연하다는 듯이 리스폰 해 있는 거야."

죽였다. 그건 확실하다. 하지만 끝이 아니었다. 다음 기회가 있으면 잘 살려 보라고, 그런 말로 폼까지 잡았는데 진짜로 다음 기회가 있다니 개그잖아.

"하아…… 젠장, 기분 좋은데 재미없어……."

깊이깊이, 탕 안으로 가라앉았다.

아아, 기분 좋다. 수증기를 빨아들이면 몸에 차오른다. 믿을 수 없을 정도로 힘이 솟아나는 듯한 느낌.

수증기에 뒤덮일 때마다 회복되어 가는 기력. 문득 생각이 났다.

그러고 보니 아까 전의 그 메시지, 스피치 챌린지. 그건 뭐였을까. 토오야마는 자신의 입가를 만졌다. 입이 잘 움직이고 혀가 춤춰서 용과 집사를 앞에 두고 시원시원하게 말한 그 신기한 고양—.

"신랑 공, 어떻습니까. 아가씨가 자랑하는 용 대사관의 대욕탕, '용의 샘'의 온도는?"

"아아, 솔직히 최고임다. 뭔가 온도도 높은 편이고 이 대리석 욕조도 등받이가 달려있어서 엄청 좋아. 잠들 것 같아………… 말도 안 돼…… 할아버지, 당신 언제부터 거기에 있었던 거야……."

토오야마가 이마에 손을 대고 고개를 숙였다.

말도 안 된다. 진짜 이 할아버지는 뭐지.

어느 틈엔가 토오야마가 독점하고 있던 욕조에 근육이 울퉁불퉁 솟은 집사도 풍덩~.

"당신이 메이드들에게 입고 있는 걸 전부 벗겨졌을 때부터일까요. 먼저 와 있었습니다."

콧수염을 쓰다듬으면서 훗훗훗 하고 웃는 그 모습에서는 방금 전의 흉포함은 전혀 찾을 수 없었다.

"………내가 목욕탕에 들어왔을 때는 아무도, 한 사람도 없었을 텐데요."

"호호호호호, 집사의 소양입니다."

그런 소양이 있는 게 말이 되냐. 토오야마는 지긋이 노려봤지만, 노인은 신경 쓰는 기색이 없었다.

"……아가씨인가 뭔가는 안 쫓아가도 돼요?"

토오야마가 나지막이 중얼거렸다.

"호호, 안심하십시오. 이미 확보하여 지금은 침실에서 쉬시는 중입니다. 당신에게 들은 말에 어지간한 충격을 받은 듯해서요. 심통이 나서 누워 버린 것이죠."

"……이해가 안 되네."

욱씬. 또다. 아무래도 이상하다. 뭔가 기분이 안 좋았다.

"신랑 공, 당신은 역시 신기한 사람이군요. 이 상황이 무섭지 않습니까? 전 대단히 송구스럽지만, 방금 전에는 진심으로 당신을 죽이려고 했습니다만."

"역시 죽일 생각이었냐. ……뭐, 그야 무섭죠. 당신은 틀림없이 나보다 강한 괴물이야. 뭐 그래도, 이렇게 목욕탕을 빌려 쓰고 있으니, 항상 싸우려는 태도로 있는 것도 실례겠다 싶어서."

서로 죽일 뻔한 사이지만, 온천 안에서는 모든 것이 노 프라블럼. 이 공간에서 싸우는 건 금지다.

온천 안에서 싸우는 건 너무 야만적이다. 이 세상에 절대악이 있다고 한다면, 그건 알몸으로 있는 장소에서 매너가 없는 녀석이다. 고대 로마 제국 시대부터 그렇게 정해져 있다.

"실, 례? ……크크크, 하하하하하하하하하!! 이거, 이거 좋군요! 실례, 말입니까, 하하하하하."

어안이 벙벙하다는 태도에서, 완전히 바뀌어 집사가 등받이에 몸을 크게 맡기고 입을 크게 벌리고 웃기 시작했다.

"뭐 그렇게 재밌는 말이라도 했나요?"

"아뇨, 뭐, 용의 구혼을 거절한 사람이 진지한 얼굴로 예의 이야기를 하시니 저도 모르게 그만, 크크크, 이거, 좋군요."

아직도 웃음이 멈추지 않았다. 노인은 유쾌해서 참을 수 없다는 듯이 조용히 어깨를 계속해서 들썩였다.

"……할아버지, 대답해 줘. 그 여자. 그건 분명 내가 죽인 갑옷쟁이야. 그게 왜 팔팔하게 살아 있고, 더군다나 나한테 호의를, 아니, 특별한 감정을 품고 있지? 그걸 모르겠어."

토오야마가 마음에 있는 불만을 그대로 말했다. 뜨거운 물에 머리가 멍해져 머리가 그다지 잘 돌아가지 않았다.

"진심으로 그런 말씀을 하시는 겁니까? 신랑 공은 제국 출신이 아닙니까……? 아니, 하지만 왕국에서도 용에 대한 이야기는 어린아이라도 알고 있는 주지의 사실일 터인데……, 오히려 왕국에서는 용 신앙이 활발하지 않습니까?"

"아~, ……그, 여기보다 아득히 먼 곳이 고향이에요. 엄청나게 먼, 돌아가는 방법도 모르는 곳. 게다가 부모도 없는 고아라서 배운 게 없어요."

거짓말은 하나도 하지 않았다. 그 엘프의 말대로라면 일본은 아마 멀 것이다. 혈혈단신이라는 것에 관해서는 무엇 하나 거짓은 없다.

“흠, 고향이라는 곳이 어디인지는 궁금하지만, 고아라, 그렇군요. 그렇다면…… 당신은 용에 대해 얼마나 알고 계십니까?”

“오? 저한테 용에 대해 이야기하게 한다면 길어질 거라구요? 용, 드래곤. 신화에서는 수많은 영웅에게 주는 시련이나 하늘이 내리는 재해의 상징으로 묘사되는 파충류의 특징을 가진 가공의 생물. 서양의 용에 대한 인식과 동양의 용에 대한 인식은 다르며—.”

뾰롱.

==================================

【기능 ‘오타쿠’ 자동 발동】

==================================

토오야마에게 있어서 기초 교양인 판타지 이야기를 술술 하기 시작했다. 물론 빠른 어조로.

“용은 일곱 개의 목숨을 가지고 있습니다.”

“동양에서는 자연의 화신…… 어? 일곱 개?”

오타쿠의 빠른 말을 멈춘 것은 노인의 조용한 말이었다.

“예, 일곱 개. 인간, 수명이 정해진 자라면 한계가 있고, 하나밖에 없는 목숨. 하지만 용이란 태어나면서 세계로부터 일곱 개의 생명을 부여받고 태어나는 상위생물.”

일곱 개의 생명? 뭐냐 그게, 치트냐. 토오야마가 눈을 가늘게 뜨고 말을 들었다.

"불로. 불사는 아니지만 그에 한없이 가까운 완벽한 생명. 그 힘은 강하며 '마술식'도 '스킬'도 '시스템'조차 관계없이 그저 한 번 쳐다보는 것만으로 세계에 영향을 끼치는 것마저 가능한 섭리 바깥의 존재, 그것이 용입니다."

노인의 몸에는 크고 작은 상흔이 남아있었는데 그 중 몇몇은 발톱에 할퀸 자국으로도 보였다.

"방약무인하게 행동하고 마음대로 살죠. 거기에 다른 자에 대한 동정이나 세상에 대한 배려 따위는 존재하지 않습니다. 모든 것은 자기 기분대로 스스로의 즐거움만을 위해 살아가는, 그것이 용이라는 생물. 그러는 것이 허락된 생물입니다…… 그랬어야 했는데 말이죠."

"……그랬어야 했다?"

고개를 갸웃하는 토오야마에게 노인이 시선을 돌렸다. 그 눈길은 어딘지 부드러웠고, 표정은 지금까지 토오야마에게는 지은 적 없는 종류의 표정이었다.

—동경.

"네, 그것이 용입니다. 하지만 오늘 모든 것이 뒤집혀 버렸죠. 어떤 남자가 용과의 혼인을 거절했을 뿐만 아니라, 크크크, 그 모든 것이 필요 없다고 단언했으니까요."

노인이 유쾌하다는 듯이 웃었다.

"그야 그렇잖아. 들떠서 산 대작 게임을 시작한 순간에 엔딩이 나와 보라고. 전쟁이 일어난다고, 전쟁이."

그때 한 말과 마음에 거짓은 없다.

욕망대로. 그것이 토오야마 나루히토가 살아가는 지침이며, 절대적인 기준이다. 그 욕망은 안이한 완성을 결코 인정하지 않는다.

"글쎄요. 당신은 가끔 신기한 말을 쓰시는군요. 호호호, 개인적으로 당신에게 흥미가 솟습니다만, 그걸 물어보는 건 제 역할이 아니죠."

"어?"

노인이 소리도 없이 욕조에서 일어났다. 그리고 그대로 90도로 허리를 굽혀 머리를 숙였다.

"신랑 공, 이번의 거듭된 무례, 거듭 사과드립니다."

"우와, 몸이 엄청나네."

토오야마는 노인의 말보다 잘 다듬어진 몸에 시선이 고정되었다. 토오야마도 몸이 자본인 생업을 영위하고 있기에 몸을 단련했다. 그렇기에 알 수 있는 심상치 않은 육체.

도대체, 도대체 어떤 단련에 몸을 내던져야 몸이 그런 음영을 낳는 것인가. 그 몸은 르네상스 시대의 조각보다 훨씬 더 장엄했다.

"……당신을 얕보고 안이하게 위협한 것, 변명의 여지가 없습니다. 이 노구의 목숨이 닿는 데까지 무엇이든 분부를 내려 주십시오. 대가로 바치겠습니다. 하지만 부디, 부디, 부끄러움을 무릅쓰고 하는 제 부탁을 들어주지 않겠습니까."

"아니아니아니, 확실히 그 순간에는 나도 욱해서 죽일 생각이었지만 지금은 완전히 독기가 빠져서 말이야. 그만하세요, 진짜로. 화나는 건 화나는 거지만, 뭐, 온천에 들여보내 주기도 했고."

토오야마는 자기도 모르게 90도를 넘어 뭔가 몸을 앞으로 쭉 숙이는 듯한 자세를 취한 노인을 제지했다. 탕에 얼굴이 잠길 것 같다.

진심으로 토오야마에게서는 노인에 대한 앙금은 사라져 있었다. 온천 안에서 적의를 계속 가질 수 있는 일본인은 적을 것이다.

"오오, 이 얼마나 관대한 말씀이십니까! 그럼 부탁의 얘기입니다만."

씨익.

엄청 활짝 웃는 얼굴. 어딘지 뻔뻔스러움마저 느껴지는 듯한.

"뭐? 잠깐, 할아버지, 당신의 사과는 필요 없지만 부탁 같은 건 따로—."

"부탁드립니다!! 신랑 공!! 아리스 아가씨와의 혼인, 지금 당장 하라고 하지는 않겠습니다. 두 번 다시 힘으로 엎드리길 요구하는 짓도 하지 않겠습니다. 하지만 부디 한 번 더 기회를!! 우선 어떻습니까, 친구부터 시작해 주실 순 없습니까?!"

"치, 친구?"

또 소리도 없이 노인은 욕조에 몸을 담갔다. 자연스러운 움직임이 괴물이라는 증거다.

"그렇습니다! 친구입니다! 이 베르나르! 처음입니다!! 아가씨를 모신지 어언 100년!! 그 100년이라는 세월 중에서 아가씨는 처음으로 다른 자에 대해 감안한다는 행위를 오늘 처음으로 행하신 것입니다!"

"어, 아, 예에……."

"이것이 얼마나 이질적인 일인가!! 그 용이, 당신을, 당신 단 한 명을 위해 칼을 거두었습니다! 이는 징조입니다. 아가씨가 진정한 용이 된다는, 이니, 아가씨는 지금 성장하려 하고 있습니다! 다름 아닌 당신이라는 사람 덕분에!"

"아니, 아니아니아니, 잠깐잠깐, 그렇게 대단한 일이야? 그 녀석은 대체 뭐야, 진짜로."

"용은 아시다시피 세상의 균형을 관장하는 존재이기도 합니다. 용의 이름이란 곧 각자가 균형을 지키는 세계의 개념 그 자체. '수집', 초연하면서 세상 그 자체에 살고 있는 존재가 많은 용 중에서 아가씨의 이름은 이질 그 자체. 원래 용에게는 없었던 개념입니다. 무언가를 모으고, 무언가를 아끼고, 무언가를 자신의 것으로 삼는 욕망이라는 것은."

"응? 아니 잠깐만, 동서고금의 용들은 보물을 좋아했던 것 같은데."

"음? 어디의 용이죠? 적어도 전 아가씨만큼 인간에 가까운 용을 모릅니다. 그렇습니다. 아가씨는 정말 인간에 가깝습니다. 욕망, 무언가를 바라는 마음, 그것이 바로 아가씨가 관장하는 균형. 그것은 인간이 가장 진하게 이어받는 성질. 다시 말해서 수집룡이란 어떤 용보다도 인간에 가깝고 인간계에 강한 영향을 끼치는 용인 겁니다!"

"아, 예."

"아가씨는 다른 용과는 다릅니다. 수집룡이라는 인간과 가까운 그 존재는 현재 상태 그대로 있으면 언젠가 확실하게 뒤틀리고 맙니다! 아가씨는 다른 용과 같은 초월자가 되어서는 안 됩니다. 그분에겐 인간이, 함께 나란히 설 수 있는 인간이 꼭 필요합니다. 그분의 행동을 꾸짖고 그분에게 맞설 수 있는 인간이!"

"……그거 당신이 해도 괜찮지 않아?"

그렇다. 나란히 선다고 한다면 말 그대로 이 노인으로도 괜찮다.

토오야마는 일류도 아니고 선택받은 자도 아니지만, 나름대로 도박판에 익숙하고 목숨을 빼앗고 빼앗기는 싸움을 업으로 삼고 살아남은 인간이다.

그렇기에 안다.

이 노인이 생물로서 아득히 높은 경지에 있다는 것을. 어쩌면 갑옷쟁이, 아니, 용보다도…….

"전 이미 인간이 아닙니다. 인간인 채로 있지 못한 약자입니다. 전 아가씨와 대등한 위치에는 설 수 없습니다. 용과 나란히 서야 하는 존재는 인간입니다."

"뭐 하는 사람이야, 당신."

"전 아무래도 좋습니다. 전 오늘 당신의 욕망에서 고결함을 보았습니다. 용의 위세에도, 초월자의 압력에도 지지 않고 비뚤어지고, 뒤틀리고, 망가졌지만, 당신의 모습, 욕망을 이루기 위해 쓰라린 고생조차 자신의 것이라 주장하는 그 모습! 확신했습니다. 당신밖에 없습니다. 아가씨와 나란히 설 수 있는 자는, 아가씨의 친구가 될 수 있는 자는 당신밖에 없습니다!"

"으, 으음~, 기분의 낙차가 아무래도 좀 그렇지. 난 그 녀석한테 죽을 뻔했고, 무엇보다 마음에 안 드는 건 즐기면서 사람을 시험했어. 도마뱀 남자 라자르와 나를 서로 죽이게 하려고 한 녀석이라고."

역시 그 부분이다.

그 태도는 지금 떠올리기만 해도 화가 치밀어 오른다.

"으, 극. 확실히 용과 잔학성은 분리할 수 없습니다. 인간이 먹고 자고 범하는 것과 마찬가지로 용은 다른 자를 괴롭히고 지배하는 욕구를 가진 생물. 아가씨에게도 그러한 면이 있는 것은 사실. 하지만 그건 어린아이의 그것입니다. 선악, 이 또한 인간의 개념이긴 하지만 그 분은 선악에 대한 판단조차 서 있지 않습니다. 인간과 함께 있어야 하는 용인데, 그것을 그분에게 가르쳐 줄 자가 지금까지 나타나지 않았습니다……. 아니, 변명에 불과하다는 것은 알고 있습니다만."

"아아, 그렇구나. 어릴 때 사마귀를 잡아서 엉덩이를 물에 담가서 기생충을 끄집어 내면서 노는 것과 똑같은 건가. 아이는 잔혹하니까. 그렇군, 그렇다면 이해가 안 되는 것도 아니지."

약간의 친근감. 토오야마가 고개를 끄덕이면서 대답하니—.

"어, 그건, 뭡니까. 젊은이, 자네, 진짜인가. 좀 깬다……."

꽤나 기겁하고 있는 노인이 거기에 있었다.

뭘까, 엄청 배신당한 기분이다.

"할아버지, 속마음이 나오고 있다고, 속마음이."

토오야마는 말하면서 조금 생각했다. 선악의 구별이 안 되는 아이. 적절한 표현이다.

—흥을 돋워라.

—지루하지 않을 것이다.

그래, 확실히 떠올려 보면 그런 말을 했던 것 같다.

잘못했다고 가르쳐 줄 존재도, 꾸짖어 줄 친구도 없는 고독한 용. 그 모습이 눈에 선했다.

"……우는 건 반칙이잖아."

자신과 조금 닮았다는 그런 느낌이 들었다. 사실 토오야마는 꽤나 자각하고 있었다. 자신의 감성이나 사고방식이 상식과는 조금 괴리되어 있다는 것을.

그래도 선악의 구별이 되는 것은 전적으로 주위에 다른 사람이 있었기 때문이다. 어린 시절에는 없었다. 사춘기 때 구하기 시작하고, 탐색자가 되어 겨우 알게 된 것.

동료, 친구. 토오야마에게 있어서 목숨을 걸 가치가 있었던 것. 그들과 만나지 못한 자신을 상상했다.

그 모습이 아무래도 그 금발 여자. 아니, 수집룡과 겹친다.

"………역시, 너무 뻔뻔한 부탁이었군요. ……그, 죄송합니다. 하지만 이것만큼은 이해해 주셨으면 합니다. 아가씨가 당신에게 품은 마음에 거짓은 없습니다. 그분은 처음으로 대등하게 누군가를 존중하고 계십니다. 당신이 존재하는 방식을 존중하고 당신을 생각하는 그 마음만은—."

아직 이 노인은 포기하지 않았다. 그 용이 어지간히 소중한 모양이다. 마치 손자에게 어떻게든 친구를 만들어 주려고 노력하는 어디에라도 있는 할아버지 같다.

토오야마는 다시 한숨을 쉬었다. 혼자인 괴로움을 반추하고 음미하면서.

"……용은, 예의를 모르는 거야?"

아아, 진짜. 정에 얽매인 것은 아니다. 그저 도리에 어긋난다고 생각했을 뿐이다.

"……호?"

"보호자가 애들 싸움에 끼어들어서 화해해 달라니, 너무 멋없잖아. 본인이 오라고, 본인이."

본인이 없는데 무슨 얘기를 한단 말인가. 곱슬머리를 꾸깃꾸깃 만지작거리며 토오야마가 내뱉었다.

"오, 오오, 서, 설마."

"뭐, 그, 그거예요. 생각해 보면 난 그 녀석을 한 번 죽였고, 심장에 나이프를 꽂아서 공들여서 숨통을 끊기도 했으니까. ……뭐, 두 번 다시 날 죽이려고 하거나 라자르를 건드리지 않는다면, 그…… 뭐, 쌤쌤이라서."

젠장, 뭔가 괜시리 부끄러워하는 듯한, 징그러운 느낌이 돼버렸다. 누구한테 변명하고 있는 거냐. 토오야마가 얼버무리기 위해 물을 떠서 얼굴에 첨벙첨벙 끼얹었다.

힐끗, 갑자기 조용해진 할아버지를 언뜻 보니.

"………전 지금 맹렬하게 감동하고 있습니다…… 염룡 나르시스트 놈과의 싸움을 끝냈을 때와 같은 느낌. 이것이, 감동……."

소리도 없이 노인이 눈물을 흘렸다.

"저, 저기, 할아버지, 그, 조용히 눈물을 뚝뚝 흘리면서 우는 건 그만해 주실 수 있나요?"

"신랑 공!! 아니, 친구 공!! 용살자여! 지금 한 말에 거짓은 없겠지요!!"

홱. 머슬 영감이 토오야마의 어깨를 꽉 잡았다. 크고 장인이 깎은 듯한 가슴팍이 가깝다.

생물로서의 위기감을 느끼면서 토오야마가 외쳤다.

"으겍. 힘세네?! 아, 네, 거짓말은 안 해요. 그러니까 잠깐, 흔들지 말라니깐?! 머리가 푸딩이 되겠어!"

"어이쿠, 실례!! 그리고 당신의 말은 지당합니다!! 이런 문제는 확실히 당사자끼리의 의논이 중요!! 그럼 뒤는 젊은 두 분께 맡기겠습니다! 아가씨, 건투를 빕니다! 승산이 있습니다!"

"어푸, 아니, 거짓말이겠지, 사라졌어……. 뭐야, 그 노인은. 램프의 요정인가 그런 거냐?"

몸을 붕붕 흔들려 머리를 잡은 순간, 노인은 이미 사라져 있었다. 진짜 뭐지, 그 늙은이는.

"흐카, 카카, 할아범은 탑급 모험가 중에서도 윗물 중의 윗물. 보법과 속도로, 그, 모습을 감추는 건 식은 죽 먹기지."

"설마 했던 신체능력이냐. ……난, 무서운 상대한테 싸움을 걸려고 했구나."

"카, 카. 뭐, 그래도, 그거, 다. 그, 그때의 넌 눈을 뗄 수 없을 정도로 아름다웠다."

"…………………혹시, 내 뒤에 누구 있어?"

너무나도 자연스럽게 말을 걸어온 여자의 목소리. 이 자식들 대체 뭐지. 왜 난 매번 나에게 접근했다는 걸 못 알아차리는 거지. 그 사실은 토오야마와 그들의 절망적인 실력 차이를 나타내고 있었다.

"아, 안 된다, 돌아보지 마라. 나다, 내가 있다."

뒤돌아보려는 순간, 가냘픈 목소리를 듣고 토오야마는 움직임을 멈췄다.

"Woh……."

찰박. 토오야마가 목을 탁 숙여서 얼굴을 물에 담갔다. 노인이 떠날 때 남긴 말을 떠올렸다. 젊은 두 분께 맡긴다던가, 승산이 있다던가—.

첨벙. 물소리가 났다.

그냥 들어와 버렸어. 영감이 아니야, 여자야.

금발벽안의 미룡이 옆에서 온천에 몸을 담그고 있다.

"카, 카카……, 그, 그런 게 아니다. ……메이드 녀석들이 지금 물이 굉장히 좋은 느낌으로 솟고 있으니 100년에 한 번 볼만한 물이라느니, 싱싱함이 느껴지고 피부에 스며드는 천질이라느니 말하는 것이다. 그래서, 그, 결코 그대와 함께 목욕을 하고 싶다거나 그런 건 아니다."

시선이 자연스럽게 옆으로 향하고 말았다.

금빛 머리칼은 묶여서 정리되어 있었다. 머리카락과 동화되어 있는 듯한 뺨에서는 물방울이 떨어져 거룩한 분위기를. 하얗고 뿌연 물이 숨기고 있을 몸의 라인. 하지만 눈에 보이고 마는 새하얀 쇄골과 가슴팍과 어깨로 그 완성된 아름다운 육체를 쉽게 상상할 수 있었다.

"……너네 메이드, 부업으로 와인 만들지 않아? 매년 11월에.*"

어떻게든 시선을 똑바로 돌리고 아무렇지 않은 척했다.

아, 틀렸다, 무리다. 엄청나게 좋은 냄새가 난다. 왜지? 입욕제를 넣었나? 토오야마는 호화로운 꽃 같은 향기에 머리가 이상해지기 시작했다.

그건 틀림없이 옆에 어깨를 나란히 하고 욕조에 몸을 담근 여자의 향기인데.

"십일월? 음, 확실히 용 대사관에서는 조석의 달이 되면 와인을 만든다만."

"진짜로 만드냐……. 그러니까, 난, 그 안 봤으니까. 그 왜, 눈 감고 있으니까, 그, 성희롱으로 신고하는 건 좀 봐줘."

그렇다, 눈을 감으면 되는 것이다. 괜찮다, 냉정하다, 문제없다. 스스로를 타일렀다.

"성, 희롱? 신고? 그대는 기묘한 말을 쓰는구나. 그, 뭐, 내 몸에 부끄러이 여기는 부분 따위는 전혀 없어서 원래라면 아무 문제없지만, 그, 그대에겐 그다지 보여 주고 싶지 않은 것이다."

"보여 주기 싫으면 목욕탕에 들어오지 말라고."

토오야마는 자기도 모르게 쭈뼛거리며 중얼대는 여자에게 진심으로 딴지를 걸었다.

"……역시, 화내고 있구나……. 싫, 겠지, 내가."

---

*11월의 와인으로 유명한 보졸레누보의 이야기. 그 해에 수확한 햇포도를 숙성해 11월에 판매하는데, 햇와인의 신선함을 이용한 마케팅이 대성공해 일본에서 엄청난 유행이 있었다. 즉 대표적인 마케팅의 성공사례.

딱 잘라서 말한 토오야마에게 가냘픈 목소리가 돌아왔다. 아니, 이미 눈물을 글썽이는 목소리다.

그만해, 진짜 그런 짓은 그만해. 토오야마는 상당히 초조해하기 시작했다.

"아니, 잠깐만, 뭐야, 그 갸륵한 태도는…… 너 진짜 그 갑옷쟁이 맞냐?"

"……리, 스, 다."

"어?"

"그러니까, 그, 난 갑옷쟁이가 아니다! 이름이 있다! 어머님과 아버님이 붙여 준 이름이!"

첨벙첨벙 물을 때리며 그녀가 외쳤다.

"뭐, 그야 있겠지. 아, 그러고 보니 그 할아버지가 외쳤었지. 그러니까, 분명."

토오야마가 골똘히 생각했다. 그렇다, 분명 그 할아버지가 수직으로 뛰어서 하늘로 향하기 직전에 외쳤다.

이 여자의 이름을.

"아리스."

기억하고 있었다. 그 이름을.

"캬오."

여자가 울었다.

굉장히, 그래, 드래곤 같은 울음소리로.

"어, 지금 짖지 않았어?"

"핫, 짖거나 하지 않았다. 나는 수집룡! 이제 어른 용이다. 어린 용처럼 운다는 건 있을 수 없는 일이다!"

바싹 다가오는 여자. 토오야마는 눈을 감은 채로 다시 중얼거렸다.

"아리스."

"캬우."

또 여자가 울었다. 어딘지 기쁜 것 같은 음색인 듯한 느낌이 들었다.

"………………그만해라, 너, 심술궂다."

침묵한 뒤에 여자가 나지막이 중얼거렸다.

"아, 예, 죄송합니다."

캬오 라고 했다. 캬오 하고 울었다. 토오야마는 멍하니 생각했다.

"…………할아범과 무슨 이야기를 했나."

침묵을 깬 것은 여자의 목소리. 어딘가 뚱하니 삐진 것처럼 들리기도 했다.

"……아마 너에 대한 이야기. 친구가 되어 줬으면 좋겠단다. 내가, 수집룡인가 뭔가 하는 녀석의."

"뭣?! 아, 안 된다, 그대는 나의, 짝, ……그런가, 이런 게 안 되는 거였지, 이 자식, 수집룡……."

첨벙. 물이 튀는 소리. 일어섰을 것이다. 안 된다, 눈을 뜨면 엿보는 게 돼버린다.

토오야마가 필사적으로 눈꺼풀에 힘을 줬고.

"수집룡은 내가 아니더냐!!"

키잉 하고 기운찬 목소리가 울렸다. 이 녀석, 뭐지. 바보 같은 짓을 하고는 딴지를 걸고 다시 바보 같은 짓을 했어. 무적인가?

"우와, 진짜 뭐냐. 너 그런 캐릭터였냐? 좀 더, 뭐랄까, 짜증 나는 느낌의 녀석이었잖아. 여기서 그런 순진한 느낌 내는 건 그만두라고. 정성 들여서 죽인 내가 엄청나게 나쁜 놈처럼 보이잖아."

"흐, 흐흥, 그 가차 없는 모습은 훌륭했다고. 대전 초기, 자기 전에 들었던 이야기에서의 '사냥꾼'을 방불케 하는 가차 없는 모습. 카카카, 용살자는 마땅히 그래야지."

"그 고평가는 뭐야…… 솔직히 왜 나에 대한 너의 호감도가 그렇게 높은 건지 역시 모르겠어. 죽인 쪽과 죽은 쪽. 그게 우리의 관계잖아."

"…………그래서다, 흠."

유난히 차분한 목소리였다.

"뭐라고?"

"……처음이었다. 나에게 정면으로 맞선 사람은. 네놈이 처음이었단 말이다. ……나도 의외였다. 되살아난 직후, 이 몸을 감싼 것은 분노가 아닌 흥미, 이 영혼에 차오른 것은 증오가 아니라 기쁨이었으니까."

물이 부글 하고 튀었다. 수증기 속에 비치는 그녀의 옆모습은 그 자체가 그림과 같았다.

"머리에 네놈 생각밖에 없었다. 어째서 네놈은 날 거스른 것일까, 어째서 네놈은 내 마음대로 되지 않았던 것일까. 한번 신경 쓰니 더는 멈출 수가 없었다. 아아, 그렇다. 난 욕망으로서 네놈을 원하는 것이다. 알고 싶은 것이다, 바라보고 싶은 것이다."

"……………."

"그랬을 텐데, ……이젠 솔직히 나 자신도 잘 모르겠다. 카카, 100년을 살았는데 어째서일까. 전부 마음대로 해 왔는데, 네놈도 힘으로 손에 넣으면 되는데, ……싫은 것이다. 그런 짓을 하면 네놈은 날 싫어하겠지. 싫은 것이다, 네놈에게 미움받는 게, 정말, ……무서운 것이다."

그 마지막 목소리는 작고 가냘팠다. 마치 홀로 밤이 오는 것을 두려워하는 미아의 목소리 같았다.

"으, 극……."

깨닫고 말았다.

이 녀석은 꼬맹이다. 그리고 이 녀석은 나다.

토오야마는 생각했다. 이 녀석은 탐색자가 되지 않았을 때의 나 자신이다.

세상과 관계를 맺는 법을 모르고, 다른 사람을 대하는 법을 모른다. 그것을 배우는 것도, 무엇보다 그걸 배울 필요조차 없었을 것이다.

"용이라서, 인가."

"카카…… 웃긴 이야기지. 용인데, 난 지금 어딘가 이상하다. 병, 일지도 모르지."

어딘지 쓸쓸한 느낌이 드는 목소리였다.

—멍!

뜨거운 김 너머에서 그, 혹은 그녀의 목소리가 들린 듯한 느낌이 들었다.

시작하지 못한 모험. 하지만 확실하게 어린 시절의 토오야마 나루히토를 한때 고독에서 구해 준 복슬복슬한 친구의 목소리가.

"……."

눈을 감으니 타로의 검은 털뭉치가 눈꺼풀 안쪽에. 들떠서 땅에서 뛰어오르듯이 네 발로 걷는 모습, 둥글게 만 꼬리가 보인 느낌이 들었다. 그리고 그와 함께 즐거운 듯이 모험에 대해 이야기하는 어린 시절의 자신이.

그래, 알았어, 타로. 너라면, 아니, 그때의 우리라면 그렇게 하겠지. 기억 속에만 있는 친구에게 토오야마는 자신의 마음을 중얼거렸다.

"병 같은 게 아니야."

그리고 마음속에 있는 것을 말했다.

"음?"

"그건 네가 심각한 의사소통 장애를 겪고 있을 뿐이야. 보통이라고. 누군가와 친해지고 싶다, 누군가와 함께 있고 싶다, 그건 정당한 욕망이야."

"인간이여, 무슨 소리를??"

"나루히토다. 이름이 있어. 토오야마 나루히토. 독신. 취미는 독서, 게임에 테라리움에 캠프에 사우나에 낚시 등등. 그리고 요리. 꿈은 호숫가에 집을 짓는 것이다."

"뭐?"

용이 어리둥절하여 고개를 갸웃했고.

"뭐, 가 아니라고. 자기소개다, 자기소개. 너의 그 참견쟁이 영감의 말을 들어서 하는 거 아니거든. ……내가 정했기 때문이다. 짝이나 혼인 같은 건 사양이지만 말이야. 뭐, 그 뭐냐, 친구, 친구라면, ……나도 있으면 좋겠어. 친구, 적으니까, 난."

큰일났다. 진짜 기분 나쁘다. 말이 빨라진 것을 자각하면서 토오야마가 다시 물에 얼굴을 담갔다.

좀 더 스마트하게 말할 수 없는 걸까. 남자 츤데레는 해악이나 다름없는데.

나한테 기겁하거나 하진 않았을까. 만약 그런 반응을 보이면 마음이 죽고 만다.

가슴을 졸이면서 토오야마가 눈을 가늘게 뜨고 되도록 용의 몸을 보지 않도록 최대한 노력하면서 모습을 확인하니—

"나, 루히토……… 흐, 흐카카, 나루히토, 나루히토, 그런가, 네놈은, 그대는 나루히토……."

입에 손을 대고 히죽거리는 여자가 거기에 있었다.

괜찮은 것 같다.

"그래, 나루히토다. 그래서 넌?"

"으, 응?"

"응? 이 아니라고. 난 이름을 댔다고. 그래서 넌? 어디 사는 누구냐? 아직 네 입으로 말하는 걸 제대로 못 들었어. 자기 입으로 이름도 말하지 못하는 녀석이랑은 친구가 될 순 없으니 말이야."

"아. 으…… 수, 수컷이, 이름을…… 서, 설마 이게 어머님이 말씀하신 프러포즈……?"

"잠깐, 그건 네 어머님이 너무 무질서할 뿐이다. 커뮤니케이션이라고, 커뮤니케이션. 난 토오야마 나루히토, 마음대로 불러. 그래서, 넌?"

토오야마가 실눈을 뜨고 여자를 봤다. 되도록 몸은 시야에 넣지 않도록 하면서.

"아, 리스다."

"뭐라고?"

"—!! '아리스 드랄 플레어테일'!! 그게 내 이름이다!"

단숨에 외치듯이.

"그래, 좋은 이름이네. 잘 부탁해, 아리스 드랄 플레어테일. 오늘부터 친구다. 뭐, 그렇다고 해서 특별히 이렇다 저렇다 말할 것도 없지만."

"친구……, 친구, 나, 나에게, 친구가…… 네놈이 친구가 돼?"

"아, 설마, 싫었어?"

이런, 분위기를 타고 친구라고 말해 버렸다. 촌스러운 수준이 아니잖아.

"시시시시시시시, 싫지 않다! 결코, 싫지 않다!! 그럴 리가 없다! 알고 있다, 어머님이 말하셨다! 친구부터 시작하자는 녀석이구나!"

"음, 너, 그 정보 소스, 어머님을 한번 의심해 볼까."

"흐, 흐흐흐, 카카카카, 그런가, 나루히토, 나루히토, 네놈은, 나루히토."

기쁜 듯이 꽃다발이라도 끌어안는 것처럼 용이 토오야마의 이름을 몇 번이나 중얼거렸다.

"뭐, 좋을 대로 불러 줘. 아리스 드랄 플레어테일…… 기네. 아리스라고 불러도 돼?"

"캬우?! 조, 조, 좋다만, 조, 조금 부끄럽다. 그 이름은, 그, 어머님과 아버님, 한정된 자만이 부르는 이름인 것이다."

더는 얼굴이 빨개진 것을 얼버무리려 하지도 않고 여자가 꾸물거리며 몸을 둥글게 말았다.

"아~, 싫은가. 뭐, 그런 경우도 있겠지. 음~, 수집룡에 갑옷쟁이는 좀 그렇고. ……아리스 드랄 플레어테일…… 아, 그렇지. 그럼 드라코*라고 하자."

"드라, 코?"

어리둥절하여 고개를 갸웃하는 여자. 아니, 드라코. 토오야마는 잠시 넋을 잃고 봤다.

"별명, 닉네임이지. 하토무라라는 내 동료가 말했어. 친구끼리만 부르는 이름이래. 뭐, 나도 친구가 없었으니까 별명으로 부르는 건 처음이지만."

그런 방면의 센스. 토오야마는 자신의 감각이 어긋나 있다는 것을 깨닫지 못했다.

"처, 처음, 친구, 나쁘지 않네! 나쁘지 않아! 좋아, 좋다고! 허락한다! 나루히토, 네놈에겐 나를 '드라코'라 부르는 걸 허락한다!"

그리고 용 또한 마찬가지였고.

"그래, 잘 해보자, 드라코."

---

*일본의 옛날식 이름짓기 방식인 여자에게 ~코(子)를 붙인 명명법. 촌스럽다는 느낌을 준다.

"캬오! 아, 아니다, 이건 아니다. 지금 건 그, 우는 게 아니다!"
"아아, 예이예이. ……어라, 물이 뜨거워지지 않았어? 있잖아, 드라코, 이거."
피부로 느껴지는 탕의 온도가 뜨거워진 것 같은데.
"별명으로 불렸어……. 이건 혼인 이상의 관계가 아닌가? 바로 어머님과 상담을 또 해야겠어……. 드라코, 드라코, 흐카카, 좋아, 아주 좋아."
"이봐, 잠깐만, 있잖아, 듣고 있어? 탕이 진짜 점점 뜨거워, 지고 있는데요."
드라코는 자신만의 세계에 들어가 버린 듯했다.
토오야마의 말에 반응조차 하지 않았다.
"아아, 이 무슨 날인가. 나, 나, 나루히토를 서방님이라 부르지 못하는 건 조금 아쉽지만…… 뭐 됐다. 앞으로 나의 훌륭함과 대단함을 보여주면 조만간 나루히토가 구혼을, 캬오……. 안 돼, 생각만 해도 현기증이 나버려."
꾸물꾸물꾸물꾸물. 드라코가 자신의 볼에 손을 대고 흐물흐물해져감에 따라 온천의 온도가 명백하게 이상해져 갔고.
"야! 야! 물, 장난 아니라고!! 드라코, 난 이제 나간다! 이쪽 보지 마, 절대로 이쪽 보면 안 된다!! 나 완전히 알몸이니까!"
철썩. 토오야마가 탕에서 튀어나왔다. 거품목욕탕도 아닌데 하얗게 부예진 물이 보글보글 끓어오르기 시작했다.
토오야마가 더는 참을 수 없게 되어 튀어나왔다. 물론 앞을 가리는 수건 따위는 없이.

"음, 벌써 가는 건가? 나루히, ………꺄……."

그리고 드라코는 토오야마의 말을 듣지 않았다.

필연적으로 드라코는 보고 만다. 자연 그대로의 알몸인 남자의 몸을.

"아."

토오야마의 급소에 드라코의 시선이 가만히 고정되었고.

"꺄웅……."

첨벙.

울음소리를 내며 드라코가 쓰러졌다. 탕 속으로 부글거리며 가라앉아갔다.

"말도 안 돼!! 야, 야! 드라코?! 앗 뜨거?! 젠장, 대체 왜 이렇게 뜨겁게…… 에에잇!! 무념무상!!"

아무리 그래도 위험하잖아. 뜨거운 물 속에 가라앉는 건.

토오야마는 앞뒤 생각 않고 바로 욕조에 뛰어들었고.

"꺄아아악 뜨거워라아아아아아아아아아아아?! 드라코, 일어나! 드라코 씨!! 일어나요, 진짜! 삶은 문어가 된다고?! 할아버지이이이이이이!! 메이드 씨이이이!! 도와, 도와줘어어어어어!!"

진짜로 웃어넘길 수 없는 탕의 온도. 피부를 새빨갛게 데면서 기합으로 참으면서 뜨거운 물 속에 가라앉은 드라코를 끌어올렸다.

이젠 물이 얼마나 뜨거운지 알 수 없어서 오히려 차가운 듯한 느낌마저 들기 시작했다.

드라코는 토오야마보다 키가 머리 하나 정도 더 크다. 날씬하지만 여러 곳이 호화로운 여자의 몸을 어떻게든 끌어올려 도움을 청했다.

“무슨 일입니까, 아가씨!! 어흑…… 욕조 플레이…… 후, 젊음이란…….”

뛰어온 노인, 베르나르.

하지만 당황한 기색은 욕조 안에서 드라코에게 안긴 모양새가 되어 있는 토오야마를 본 순간 사라졌고, 갑자기 표정을 풀고 코를 가볍게 문질렀다.

“부르셨습니까, 아가씨, 신랑 공. 음, 목욕탕 플레이. ……화끈.”

메이드도 나왔다. 토오야마와 드라코를 보고 볼을 확 물들였다.

“웃기고 있네, 멍청이들이!! 장난치고 있을 상황이냐! 앗 뜨거, 잠깐만, 죽겠네, 진짜 죽겠어, 삶아져서 죽겠다고! 빨리 도와달라고오오오오오오오오오!!”

저택 전체에 토오야마의 외침이 울렸다.

그것은 제국의 용과 인간계를 잇는 상징, 용 대사관의 긴 역사에서 가장 시끄러운 한때가 되었다.

“캬오…… 흐카카, 나루히토…… 흐, 카.”

한 용은 기절했으면서도 어딘지 그 떠들썩함을 기뻐하는 듯이 열탕 속에서 토오야마의 부축을 받으면서 흐물흐물하게 웃고 있었다.

“우오, 이거 맛있네. 무슨 고기야?”

입에 넣은 순간, 지방의 감칠맛이 혀에서 춤췄다. 뇌를 탁 흔드는 고기의 맛에 눈을 크게 떴다.

작열하는 온천에서 생환한 토오야마.

초대받은 식사 자리, 무식하게 큰 테이블 위에는 은색 접시에 놓인 식사가 수없이 있었다.

"흐카카, 그렇지? 우리 메이드장인 파린이 만드는 요리는 제국이 넓다고 하더라도 다섯 손가락 안에는 들어가겠지. 이 고기는 도시의 벽 바깥, 평원지대에 가끔씩밖에 안 나타나는 '칠면우'로부터 수백 그램밖에 얻을 수 없는 희소부위다. 음, 맛있어."

절묘하게 구워진 스테이크. 처음 듣는 생물의 고기지만, 맛있다. 표면은 잘 구워졌지만 속은 촉촉한 미디엄 레어. 방울져 떨어지는 육즙을 감자에 묻혀서 입안 가득 넣고, 뜨거운 그것을 물로 넘기면 큰 한숨이 무심결에 나온다.

"맛있어."

자기도 모르게 눈을 휘둥그레 뜨게 되는 맛. 먹으면 먹을수록 단번에 배가 고파진다.

"이거, 흑후추에 육두구? 그레이비 소스에는 와인을 섞었나. 간장이 없어도 이렇게까지 감칠맛이 나는 건 육즙이 맛있어서?"

넘쳐흐르는 육즙 속에 느껴지는 향신료의 맛. 코에 스치는 향기, 누린내도 뭣도 없어 굉장히 먹기 쉽고 뿌려진 소스도 맛이 깊어 질리지 않았다. 그것이 지방과 고기에 섞여 입속에서 폭발해 나갔다.

"으, 으음? 미안하지만 난 요리의 제법까지는—."

"아, 안목이 높으시네요, 친구님. ……아가씨와 집사를 비롯해 이 저택에 계신 분은 기본적으로 식재의 좋고 나쁜 것밖에 몰라서요~, 조미료 등에 대해서 자세히 알고 계시네요~."

옆에서 대기하고 있던 메이드가 앞으로 쑥 나왔다. 무표정하지만 눈이 반짝이는 듯한데.

"오오우, 눈이 엄청 반짝반짝하네. ……다행이다, 미각의 호불호는 같은 것 같네."

토오야마는 걱정이 하나 사라져 내심 가슴을 쓸어내렸다. 식사 취향이 전혀 맞지 않는 것이 불안했던 것이다.

"입맛에 맞아 다행입니다. 이 후추는 '왕국'의 일부 지역에서밖에 채취가 안 되는 희소한 향신료라서…… 흑흑흑, 들여오는 데도 나름대로 고생하고 있습니다."

"잠깐만, 메이드 씨.혹시 이 흑후추, 꽤 비싸거나 한 거야? 아니, 흑후추뿐만이 아니야, 향신료, 그러니까~ 전해지나? 이런 향을 입히기 위한 마른 식재료 말인데."

어이쿠, 좋지 않다. 만약 향신료 종류가 귀중품이라면, 이 맛도 극히 일부 부유층 외에는 맛볼 수 없는 것이 되고 만다.

"요리에 상당히 정통하신 것으로 보이는군요! 친구 공! 네, 그렇죠! 맞습니다! 본 대사관에서 사용되는 일주일분의 향신료 가격은 아마 모험도시에서 귀족지구 밖이라면 집을 지을 수 있을 정도의 금액일 것입니다!"

그리고 그 안 좋은 예감은 맞아떨어졌다. 드라코는 아마 상황이나 주위의 반응을 보건데 이 세계의 위계질서 속에서도 상당히 상위에 위치한 존재다.

그렇기에 맛볼 수 있는 이 맛.

즉, 토오야마가 생활 기반을 갖추면서 보통 시민의 생활 수준으로 생활하면 밥이 입맛에 맞지 않을 가능성이 아직 존재하는 것이다.

굉장히 좋지 않다. 밥이 맛없는 건 괴롭다. 너무 괴롭다. 버틸 수 없다. 죽는다.

"……그렇군. 산지가 적다. 아니, 항해 기술 문제인가? 메이드 씨, 만약 모르다면 괜찮은데 이 후추나 향신료 등의 산지와 이 도시는 어느 정도 떨어져 있어? 수송 수단은?"

일본인으로서 양보할 수 없는 음식에 대한 집착이 토오야마를 움직이게 했다. 이야기를 듣는 김에 이 세계의 기술이나 지리 같은 것도 배우기 위해 대화 속에서 상황을 살피려 했고.

"거리, 까지는 자세히 모르겠지만~, 구입처의 상인의 말로는 해로로 한 달에서 세 달 정도 걸린다고 해요~. 몬스터에게 습격을 당하느냐 마느냐로 일정이 바뀐다고 투덜거렸고요."

"몬스터…… 잠깐만, 설마 그 탑 외에도 괴물이 나오는 건가. 과연…… 역시 이세계."

오타쿠 지식과 머리의 회전을 합쳐 가설을 세웠다. 기술 레벨은 즉, 현대의 기준에 맞추면 대항해시대 이전. 곳곳에 중세와 르네상스 시대와도 비슷한 부분도 있다. 그 대욕탕도 아마 부유층이기에 쓸 수 있는 시설일 것이다.

큰일이네. 서민 수준의 생활이면 밥이랑 목욕, 그리고 화장실이 어떻게 돼 있을지 엄청 불안하다. 토오야마가 현대 생활에서 보장된 생활면의 일정 수준에 대해 걱정하기 시작했을 때.

"한 가지 물어봐도 괜찮을까요, 친구 공."

"예이."

"당신은 누구십니까? 일반상식을 모르는 것 치고는 그, 묘하게 교양이 있다고 해야 할까요. ……아까 전에 고향은 멀다고 하셨는데, 태어나신 곳은 어디입니까?"

집사의 질문. 토오야마는 바로 대답하지 않았다.

"……그 전에 들려줘. 이 나라에 '이세계', '전이', 이런 말들이 금지되어 있다거나, 마법 같은 것으로 다른 세계에서 인간을 불러오는 등의 의식이 있거나 하지 않아?"

앞으로 여러 가지를 생각해야만 할 것이다. 하지만 오타쿠 지식이 말했다. 여기선 신중하게 대응해야 한다고.

"이세계? 나루히토, 그건 뭐지?"

"……실례입니다만, 아가씨. 길드의 정보에 의하면 친구 공은 카나리아로 전락하기 전에 모험가와 전투를 벌여 머리를 부딪쳤다고 합니다. ……지금은 이야기를 맞춰 줘서 너무 자극하지 않는 편이."

"우으, 고생하셨군요, 친구 공. 더 있으니 드세요. 흑흑흑, 불쌍한 오라버니."

"누가 오라버니냐. 야, 용 그룹. 불쌍한 사람 취급하지 말라고."

집사와 메이드에게 뜨뜻미지근한 시선을 받은 토오야마가 불평했다. 하지만 지금 보인 반응으로 가능성이 좁혀지기 시작했다.

이세계 전생, 전이의 클리셰 그 첫 번째.
세계의 상식으로 이세계를 인식하고 있고, 국가 단위로 이세계에서 사람을 불러들이는 패턴.
이번 경우는 그에 들어맞지 않는다. 다시 말해서 지금 토오야마의 상황은 이 세계에 있어서도 이레귤러라는 것이다.
(섣불리 이세계네 뭐네 하는 말은 안 하는 편이 좋을 것 같네. 머리의 나사가 빠진 인간 취급을 당하니까…….)
토오야마는 생각을 정리했다. 그렇다면 적당히 커버 스토리를 만들어야만 한다. 그러려면 진짜로 이 세계에 대한 어느 정도의 이해가 필수불가결하다.
"음, 나루히토, 미안하다. 말하기 어려운 걸 물어봤구나. 괜찮다, 난 나루히토가 어떤 사람이든 신경 쓰지 않는다. ……그보다 넌 앞으로 어떻게 할 생각이냐? 갈 곳은 있는가?"
드라코의 말을 듣고 토오야마가 생각을 굴렸다. 솔직히 안전책을 채택한다면 드라코에게 의지해서 이 용 대사관인가 하는 곳을 생활기반으로 삼으면서 이 세계를 공부하는 것이 안전책이긴, 하지만.
"기뻐서 눈물이 다 나올 것 같아, 드라코. ……음~, 뭐, 갈 곳은 없지만 찾아야만 하는 녀석이 있어. 드라코, 내 낡아빠진 노예복은 어디에 있어?"
그보다 지금은 그 녀석을 찾아야만 한다.
"음, 그건가. ……역시 돌려주지 않으면 안 되는 건가?"
"아니, 어? 뭐야, 그게 무슨 뜻이야? 아니, 옷이 중요하다기보다는 주머니 속에 넣어둔 물건 말인데.”

“그렇다면 친구 공, 말씀하시는 물건은 이겁니까?”

노인, 집사 베르나르가 쟁반에 얹은 어떤 물건을 토오야마에게 건넸다.

금색 플레이트 형태의 목걸이에 용 발톱 디자인의 인감.

“오오, 그거 그거. 드라코한테서 빼앗은 귀환 증표랑 목걸이. 미안, 저건 널 죽였을 때 가져갔어.”

“아아, 모험가증과 귀환 증표인가. 흐카카, 괜찮다 괜찮아. 둘 다 나루히토에게 주지. 날 한 번 죽인 보상이다. ……으음? 귀환 증표가 발동하지 않았군…… 나루히토, 너 어떻게 탑에서 탈출했지?”

드라코가 인감을 집고 고개를 갸웃하면서 바라봤다.

“……어어, 그 부분도 설명이 필요한가. 뭔가 이해 안 되고 잘 난척하는 말투를 쓰는 여자였어. 그 녀석한테 뭔가를 당하고 정신을 차리고 보니 길드에…… 어라, 근데 그 녀석 기억을 뺏는다고 했었는데…….”

그렇다. 그 이상한 엘프도 있다. 그 녀석 기억이 어쩌고저쩌고 했는데, 뭐였던 거지? 토오야마의 머리에는 그때의 대화가 기억으로 확실하게 남아있다. 그 여자 엘프를 **잊지 않았다**.

“아가씨.”

베르나르가 토오야마에게 부드러운 눈길을 준 뒤에 드라코를 타일렀다. 너, 그 불쌍한 사람을 보는 눈은 그만해 주지 않을래? 그렇게 생각하면서, 나에 대해 캐묻는 것을 피할 수 있을 것 같아서 굳이 부정은 하지 않았다.

“음, 그, 그런가. 아니, 괜찮다, 나루히토. 미안하구나. 진정되면 다시 이야기해 줘도 괜찮다. 나에게 있어서 중요한 것은 너와 이렇게 다시 재회한 것, 그리고 너와 치, 치치치, 친구가 된 것이니까.”

“아가씨, 꼬리가 나와 있습니다. 용으로 변하는 건 멈추십시오.”

드라코는 드라코대로 그런 건 아무래도 상관없었을 것이다. 부끄러워하듯이 볼에 손을 대면서 하얀 옷자락에서 갑자기 생겨난 금색 꼬리를 붕붕 흔들기 시작했다.

“음, 미안하다. 그래서, 나루히토. 찾고 싶은 자는 역시 그 리자드니안인가?”

슉 하고 순식간에 꼬리가 사라졌다. 무슨 시스템일까.

“리자드니안…… 라자르 말하는 거야? 그렇다면 맞아. 그 도마뱀 씨랑 이야기하고 싶은 게 있어서. 드라코 넌 분명 거짓말은 안 하는 녀석일 거야. 네가 돌아갈 수 있다고 했어. 라자르는 이 도시에 있지?”

그렇다. 토오야마의 현재의 목표는 그 도마뱀 남자다.

도마뱀 남자 라자르. 탑에서 헤어진 그 사람(?) 좋은 녀석과의 재회야말로 토오야마 나루히토가 스스로 정한 최초의 목표이다.

“아가씨, 혹시 그 라자르라는 리자드니안은…….”

“음, 그렇겠지. 나루히토, 그 리자드니안 말이다만, 실은 나도 찾고 있었다.”

“진짜냐?! 음, 찾았어?”

생각지도 못한 말에 토오야마가 반응했다. 하지만 베르나르와 드라코의 표정과 말이 마음에 걸렸다.

"아니. 찾고 있었다만, 더는 찾고 있지 않다. 정확히는 그 돈에 미친 여주교의 예언이 오늘이라는 날을 지목한 이후 그럴 필요가 없어졌으니 말이야."

"……그런가. 날 찾기 위해 라자르를 찾고 있었던 건가."

순식간에 감이 왔다.

그렇다. 드라코가 날 찾고 있었다면, 그때 함께 행동했던 라자르를 단서로 삼는 것은 필연이다.

"그 말대로다. 흐카카, 나루히토, 넌 머리 회전이 꽤나 빨라서 좋구나. 그래, 널 찾는 유일한 단서는 그 리자드니안이었다. 난 용 대사관의 권력을 이용해서 길드와 교회, 다양한 세력에 그 리자드니안을 찾도록 시켰지만, 결국 찾지 못했다."

"……죽었거나, 그 증표를 써서 날려진 곳이 다른 장소였다는 바보 같은 일은 없겠지?"

최악의 패턴을 예상하고 토오야마는 무의식적으로 목소리를 낮췄다.

"흐카카, 얕보지 마라, 나루히토. 용은 반드시 약속을 지킨다. 이는 절대적인 사실이다. 그 리자드니안은 틀림없이 이 모험도시로 송환되었다."

드라코는 자신만만한 표정을 지으며 토오야마에게 대답했다. 친구가 되어도 용 특유의 위압감과 사고방식에 변함은 없는 모양이다.

"설령 죽었다고 하더라도, 난 시체마저 단서로 구하고 있었다. 아직 아무 보고도 없다는 것은 곧, 그 리자드니안은 나, 더 나아가서는 모험도시의 추적에서 벗어나 몸을 숨기고 있다는 것이지."

"그거 상당히 대단하네. 찾는 것도 고생—."

두둥.

토오야마의 귀에 울리는 북소리.

시야에 흐르는 것은 **운명**으로부터 온 메시지.

==

【사이드퀘스트 발생】

【퀘스트명 '뒷골목의 도마뱀을 쫓아서'】

【목표, 모험도시 아가토라, '빈민가'를 조사한다】

==

"……아니, 어떻게든 될 것 같아. 후우, 맛있었다. 잘 먹었습니다. 이에 대한 감사 인사는 해야겠어. 목욕도 하게 해주고 밥까지 얻어먹었어. 고마워, 드라코."

이거, 역시 편리하네. 유래를 알 수 없는 게 신경 쓰이지만 지금은 이것을 따르는 게 빠를 것 같다.

토오야마의 행동 지침이 굳어졌다. 퀘스트 마커, 비디오게임으로 그것을 쫓아가는 것에 익숙해져 있기 때문에 그렇게 위화감은 없었다.

"흐, 카카. 뭘, 신경 쓸 것 없다. 치, 친구이니 말이다. 하지만 저, 정말로 가버리는 건가……. 괘, 괜찮다. 적어도 하루 정도는, 아니, 나, 나루히토라면 아예 용 대사관에 살아도 된다고?"

"아니, 아무리 그래도 그건 됐어. 그렇게까지 신세 질 순 없어."

"…………."

드라코가 말없이 아랫입술을 깨물고 토오야마를 바라봤다.

"그런 표정 짓지 마, 드라코. 이제 친구잖아. 정말 위험해지면 힘을 빌릴지도 모르고, 또 얼굴 비추러 올 테니까."

"저, 정말이냐? 정말로 정말이지?! 너, 용에게 거짓말을 하면 좋은 꼴 못 볼 거다."

"거짓말은 안 해. 적어도 친구에게는. 뭐, 아마도."

"음. 으음…… 알았다. 또 나루히토를 화나게 하는 것도 싫으니, 널 존중하지."

"오, 좋은 조짐이야. 존중이라는 건 중요하다고. 그럼 내 낡은 옷을 돌려줘. 역시 이 잠옷 같은 꼴은 별로니까."

푹신푹신한 목욕 가운을 가리키며 쓴웃음을 지었다. 그 누더기 옷이라도 이것보단 나을 것이다.

"으, 으음, 하지만 그 옷은…… 아, 할아범, 그걸."

"네, 아가씨, 이미 준비해 뒀습니다."

딱. 베르나르사 손가락을 튕겼다.

방문이 열리고 메이드가 마네킹이 실린 손수레를 끌고 방에 들어왔다.

“아, 말도 안 돼, 그건!”

토오야마가 눈을 반짝였다. 익숙한 검은색 화학섬유와 괴물 소재로 짜인 덱티길 재킷, 방검 소재의 검은색 카고팬츠. 불하품 경매로 손에 넣은 전투화.

토오야마 나루히토의 탐색복이 마네킹에 갖춰져 있었다.

“2급 탐험가 파티, ‘라이칸즈’의 생존자, 아니, 정확하게는 놈들의 승급 조사를 하고 있던 남자에게서 사들인 물건이다. 나루히토를 찾는 단서로 모은 물건인데…… 네가 이걸 입는 게 맞겠지?”

드라코가 예쁜 입술을 치켜올리며 씨익 웃었다.

“오, 오오오…… 드라코, 난 지금 맹렬하게 감동하고 있어. ……이건 두 번 다시 입을 수 없을 줄 알았는데.”

“신기한 소재군요. 공방 패거리가 며칠이나 이걸 보여 줬으면 한다면서 용 대사관에 진정을 넣은 것도 이해가 될 것 같습니다.”

“흥, 드워프 따위가 내 수집품을 만지게 할까 보냐. ―파란.”

드라코가 메이드에게 시선으로 지시를 내렸고,

“네, 알겠습니다, 아가씨.”

용 대사관이 자랑하는 메이드 부대가 순식간에 토오야마를 둘러쌌다.

“우오?!”

순식간에 메이드가 토오야마의 푹신푹신한 목욕 가운을 벗기고, 어떻게 했는지 전혀 알 수 없는 채로 옷이 다 갈아입혀졌다.

“옷 갈아입히기 완료. 낯선 복장은 안 좋은 방향으로 눈에 띄니

로브를 준비해 봤습니다.”

“흐카카, 좋다. 어울리지 않느냐, 나루히토. 그 로브는, 그 뭐냐. 내가 주는 선물이다. 그, 입어주면 좋겠다.”

꾸물거린 뒤에 천천히 미소 짓는 드라코. 토오야마는 순순히 그걸 받았다.

“우오오오오, 이거 멋지네! 진짜냐 드라코! 굉장해, 벨벳 같은데 엄청 튼튼해. 제다이잖아…… 멋져. 이거 엄청 큰 빚이네. ……아리스 드랄 플레어테일.”

대만족. 이런 로브. 게다가 후드가 달려있다. 엄청 좋다. 엄청 좋은 물건이다.

“뭐, 뭐냐?”

“고마워, 네가 나에게 해준 것은 잊지 않아. 짜증 나는 녀석을 때려눕히는 것도, 좋은 녀석에게 빚을 갚는 것도 내 욕망이야. 고마워, 정말.”

“흐, 카카. ……그렇군, 이거 참 좋구나. 나루히토, 그, 그거다. 나와 넌 친구이니 그거다. 뭔가 곤란한 일이 있으면 말해라. 내가 돕겠다.”

드라코가 바깥으로 삐친 머리카락을 쭈뼛거리며 만지작거리면서도 마지막에는 토오야마를 똑바로 바라봤고.

“아, 아가씨…….”

“흑흑흑, 감동.”

그것은 정말로 작은 변화. 오랜 시간 동안, 옛 시대부터 그 새로운 용을 계속해서 지켜본 집사와 메이드가 눈물을 살짝 글썽였다.

"그런가, 든든하네. 너도 곤란한 일이 있으면 말해 줘. 내가 도울게."

"흐카카, 난 용이다. 도와주는 건 나라고. 아, 그렇지. 편지다. 난 편지를 쓸 테니까! 묵을 곳이 정해지면 가르쳐 줘야 한다! 무조건이다, 무조건 무조건 무조건이다!"

"히히히, 그래, 알았다고."

"음, 약속이다. ……할아범, 나루히토를 배웅해 줘라. 그리고 모험도시와 제국에 알려라. 오늘부로 흑발 노예 수색을 전부 중단시켜라. 앞으로 흑발 노예에 대해 캐내는 것은 일절 용서하지 않는다."

"네, 철저하게 그리 알리겠습니다."

"미안하네, 하나부터 열까지."

"흠, 반했나?"

배시시 웃는 드라코.

"시끄러, 갑옷쟁이."

토오야마가 가볍게 대답했다. 그건 완전히 편안한 친구 사이의 대화였다.

"그럼 좋은 일은 서두르라 하니. 파란."

집사가 손뼉을 팡팡 쳤다.

"집사님, 이미 바깥에 마차를 준비했습니다. 마부는 집사님이 하셔도 괜찮겠죠?"

무표정하고 몸집이 작은 메이드가 엄지를 척 세우며 대답했다. 어떻게 보면 표정이 가장 풍부한지도 모른다.

"음, 베르나르, 나루히토를 부탁하지. 거리까지 바래다주는 거다. 음, 그렇지. 노잣돈은 얼마나 쥐어 줘야 하나? 백금화 50개나 있으면 괜찮은가?"
"……미안, 백금화 50개는 어느 정도의 일을 할 수 있는 금액이야?"
"그렇군요…… 대략 도시 시민의 평균 연 수입이 은화 500개이니. 그 10배의 금액이지 않겠습니까. 귀족이 사는 거리에 집을 짓는 것도 쉽죠."
"히엑."
상상 이상의 금액에 비명이.
"음, 부족한가?"
어리둥절한 표정으로 고개를 살짝 갸웃하는 드래곤. 토오야마는 어깨를 탁 늘어뜨렸다.
금전 감각의 차이만큼은 어쩔 도리가 없겠다면서.
두둥. 북소리가 또.

==

【메인 ㅋㅜㅔ ㅅㅡㅌㅡ』

【퀘스트명 '용을 사냥하는 ㅈㅏ'】

【아아, 좋지 아니한가. 용은 방심하여 당신에게 마음을 허락했다. 지금의 용이라면 남은 여섯 개의 목숨도 당신에게 바칠 것이다】

【'퀘ㅅㅡㅌㅡ 목표' 수집룡 살해】【'ㅋㅜㅔ ㅅㅡ트 보상' 정규 메인 퀘스트 진행, 왕국 루트 부활, 기능 '용살자'가 '용을 먹는 자'로 진화합니다.】

==================================

쿵.

메시지가 흔들렸다. 글자가 깨져가는 그 메시지가 시야에서 춤춘 순간 강렬한 현기증이 엄습했다. 동공이 열리고 저항하기 힘든 충동이 몸에 차올랐다.

취기와도 비슷한 감각. 사명감 같은 살의. 그때, 라자르를 죽이라고 ⬇가 지시했을 때와 같은 운명의 강제. 그것은 이 세계가 토오야마 나루히토에게 부여한 운명과 사명. 용을 죽이라고, 무언가가 토오야마에게 명령했다.

그것은 확실하게 토오야마의 것이 아닌, 명백히 누군가가 불어넣는 악의—.

이행하라, 행하라, 결행하라. 이세계 오픈월드가 마커를 용에게로.

"왜 그러나? 나루히토."

그래, 용은 알아차리지 못한다. 한없이 오만하고 고결하며, 그리고 순수한 이 생물은 알아차리지 못한다. 친구를 의심하는 것은 생각지도 못한다. 그런 생물이니까.

그녀를 ⬇가 가리키고 있었다. 죽여라, 라는 메시지와 함께.

토오야마의 손이 떨렸다. 열병에 몽롱해진 것처럼 문득 손이 드라코의 하얀 목으로 뻗었고—.

"……나루히토?"

꽉. 토오야마가 그것을 움켜쥐었다. 꽉 쥐어서 찌부러뜨릴 생각으로.

"얕보는 것도 작작 해라, 이 자식아."

=====================================

【끄윽】

=====================================

⬇.

토오야마의 손이 용에게 향하는 일은 없었다. 친구를 상처 입히는 일은 절대로 없을 것이다. 토오야마의 손은 자신의 욕망을 이루기 위해서만 움직인다. 친구를 죽이라고 가리키는 그 썩을 화살표를 꽉 쥐고.

"죽어라."

꾸깃. 대리석 바닥에 화살표를 내동댕이치고 힘껏 짓밟았다.

자근, 자근. 토오야마만이 찾아낼 수 있는 그 화살표를 산산이 밟아서 부쉈다.

"히히."

⬇는 더는 꼼짝도 하지 않았다.

=====================================

【메인 퀘스트를 포기하였습니다. 퀘스트 라인이 붕괴되었습니다】

=====================================

토오야마는 메인퀘스트를 포기했다.

"히히히, 누가 네놈 말대로 하겠냐."

운명을 내던지고 웃었다.

토오야마는 메인 퀘스트를 내던지고, 비틀고, 마음대로 하는 것을 선택했다.

"우와……."

"역시, 친구 공께서는…… 아니, 괜찮습니다. 여러분까지 말하지 않아도…… 파란, 우린 따뜻하게 지켜볼 뿐."

"……나루히토, 역시 내 저택에서 조금 쉬는 편이 좋지 않은가? 고민이 있으면 들어주겠다만?"

그들이 보기에는 갑자기 허공에 손을 뻗고 땅을 짓밟기 시작하고 조용히 웃는 남자의 모습은 위험했다. 토오야마에게 향하는 몇몇 따뜻한 시선.

"아니, 그게 아니라."

얼버무리려고 한 걸음 내딛는 토오야마. 사삭 하고 집사와 메이드가 거리를 벌렸다.

"…………저, 정말 괜찮은가? 그럼, 하다못해, 나, 나루히토."

드라코가 걱정스럽게 고개를 갸웃했다. 한쪽 눈을 덮는 앞머리가 한쪽으로 쏠리고 파란 눈동자 두 개가 엿보였다.

"응?"

"자, 자리를 잡았을 때라도, 괜찮다. 또, 또 금방 만날 수, 있는가?"

나를 똑바로 보는 용의 눈동자는 조금 흔들리고 있었다. 처음 생긴 친구에게 쭈뼛거리며 묻는 그 모습은 일반적인 사람으로도 보였다.

"아~, 응, 알았어. 드라코."

"음?"

"조만간 편지도 쓸게. 지금은 이 도시에서 나갈 예정도 없어."

"그, 그런가! 꼭이다. 요, 용과의 약속은 깨서는 안 된다고."

"친구와의 약속은 안 깨."

얼굴을 활짝 핀 용을 향해 토오야마는 웃었다. 용도 웃고는, 꾸물거리기 시작했다.

"그, 저기……."

"드라코."

토오야마가 천천히 오른손을 내밀었다. 새끼손가락을 세우고 살짝 기울였다.

"그건, 뭐냐?"

용이 머리를 살짝 갸웃했다. 이 세계에는 없는 약속의 증거.

"약속, 새끼손가락 줘봐."

"아."

그렇게 말하고 토오야마의 새끼손가락이 용의 새끼손가락을 억지로 휘감았다. 부드럽고 따뜻한 용의 새끼손가락에 얽혔던 토오야마의 손가락이 훅 떨어지고.

"손가락 걸고, 또 보자고 약속한 거야. 드라코. 다음에는 노예와 갑옷쟁이가 아니라 토오야마 나루히토와 아리스 드랄 플레어테일로서, 친구로서."

약속은 이루어졌다. 새끼손가락으로 맺어진 작은 약속. 하지만 이 세계의 이물질인 토오야마에게 있어서 그것은 분명 기댈 곳이 될 것이다.

"으, 음! 그래, 또 보자, 나루히토."

용이 미소 지었다. 그 모습은 처음 생긴 친구와의 약속을 기뻐하는 아이 그 자체였다. 그저 어디까지고 기쁜 듯한 미소였다.

다각, 다각.

오후를 조금 넘긴 무렵일까.

어처구니없을 정도로 큰돈을 쥐어 주고 편지를 주고받기 위한 종이와 펜을 쥐어 주는 드래곤과 표정 없이 손수건을 흔드는 메이드에게 배웅을 받으며 출발했다.

토오야마는 마차를 타고 이리저리 흔들리고 있었다.

"정말로 괜찮았던 겁니까? 동화 50개라는 노잣돈만으로. 그 돈이면 변두리의 싸구려 여관이라도 사흘 묵으면 다 떨어지는 금액입니다만."

"예, 충분하죠. 싸구려 여관 사흘분만 줘도 괜찮다고 했을 때의 드라코의 표정, 그건 참 볼만했죠."

3일분의 노잣돈만 받는다. 그리고 이 돈은 반드시 갚는다. 그렇게 말한 순간의 드라코의 표정을 떠올렸다. 배경에 우주가 펼쳐지고 어리둥절해하는 표정은 상당히 웃겼다. 우주 드래곤.

"호호호, 아가씨 입장에서는 동화라는 존재가 이해가 안 되겠죠. 이제 곧 대사관의 정원을 빠져나갑니다. 모험도시를 한눈에 바라볼 수 있습니다."

화창한 햇볕이 내리쬐는 느티나무 숲. 잘 정비된 땅에 깔린 도로를 마차가 나아갔다.

"오, 오오…… 진짜냐, 이게……."

숲을 빠져나갔다.

약간 높은 언덕, 그곳에서 그 도시가, 그 광경이 토오야마 나루히토의 눈에 들어왔다.

"모험도시, '아가토라', 제국에서 수도와 양립하는 국가의 요소. 제국이 건국되기 전보다 훨씬 더 오래 전, 제3문명, '대전' 초기에 누군가가 만든 벽에 둘러싸인 방벽도시이기도 합니다."

거리, 건물. 사람의 생활.

모험도시, 이세계의 광경이 펼쳐졌다.

벽돌로 만들어진 집들, 도시를 관통하는 강, 한층 더 눈에 띄는 성당 같은 건물. 햇볕이 그것들을 비춰 반짝이게 하고 있었다.

그리고 깨달았다. 그 거리의 풍경 너머에 벽이 펼쳐져 있는 것을.

"벽. 이거, 도시 하나가 통째로 벽에 둘러싸여 있는 건가?"

"그 말씀대로입니다. 높이는 약 100미터 정도일까요. 벽에는 동서남북에 각각의 문이 존재하며 도시로 통하는 출입구 역할을 하고 있습니다."

"수원은? 도시가 이만하잖아. 저 흐르는 강인가?"

"호오…… 말씀대로 북쪽의 히나야 산맥 지방에서 흐르는 나타 대하의 지류가 도시의 중심을 관통하고 있습니다. 대하가 다다르는 곳은 카도카해. 생활용수는 그 강이나 지하수를 끌어올려 공급하고 있습니다."

"그렇군, 이만큼 발전할만해. 그보다, 저건, 탑…… 인가?"

그리고 보기 싫어도 눈에 들어오는 것은 그 엉터리 같은 풍경. 바벨섬의 영국 마을이나 프랑스 마을의 거리와 비슷한 광경 속, 거리 중앙에는 이물질이 우뚝 솟아있었다.

탑.

하늘로 솟은 검은 건축물. 그것은 도시 중앙에 두꺼운 쐐기가 꽂혀있는 게 아닌가 하는 착각을 일으키는 광경이었다.

"호호, 탑보다 먼저 수원을 신경 쓰시는 분은 당신 정도밖에 없을 겁니다. 예, 저것이 바로 인간계에 있어서 이 세상에 남은 신비의 땅, 그 중 하나."

"제국, 아니, 인류의 제패하고자 하는 비원이 달린 신비의 땅, '헤렐의 탑'입니다."

그리고 무엇보다 토오야마가 이해가 안 된 것은.

"위가 안 보이는데, 어떤 구조야?"

말 그대로 위가 보이지 않았다.

탑은 말 그대로 하늘을 향해 뻗어있지만, 어떻게 봐도 도중에 사라져 있었다.

"'마술학원'의 이야기를 믿는다면, 그들이 말하길, 탑은 **어긋나 있다**고 합니다."

"어긋나 있어?"
"네, 이곳과는 다른 장소로 연결되어 있다, 인간계도 용계도 아닌 멀리 떨어져 있는 어딘가, 였던가요? 그래서 바깥에서는 탑의 전체 모습을 눈으로는 확인할 수 없다고 합니다. 어라…… 그러고 보니 당신도 조금 전에 비슷한 말씀을 하셨죠. 이세계, 흠, 다른 세계라는 뜻일까요?"
"어이쿠, 나 왠지 예상이 가기 시작했어."
토오야마는 눈을 가늘게 뜨고 이질적인 광경을 바라봤다. 멀리 보이는 도시의 풍경 속에 이물질처럼 우뚝 솟은 탑을.
"호호, 혹시 당신은 탑 위에서 오셨습니까? 이곳이 아닌 어딘가에서 온 여행자…… 호호, 이거 실례했습니다. 저도 이래 봬도 탑급 모험가의 말석에 자리하고 있는 몸. 로망이 끊이지 않아서요."
"로망을 싫어하는 남자는 없어요. 저도 저 탑 위에 무엇이 있는지 궁금하네요."
"……옛날이야기를 믿는다면, 헤렐의 탑 정상에는 '모든 것'이 있다고 합니다."
노인, 베르나르의 목소리가 한 톤 낮아졌다.
"다른 장소가 어쩌고저쩌고 한다 하지 않았나요."
"호호, 그것은 흔히들 말하는 어른의 이야기. 제가 한 이야기는 어린아이가 자라면서 듣는 '천사교회'가 전하는 옛날이야기 같은 것입니다. 이 세계를 창조하신 '천사'. 천사가 심심풀이로 만든 것이 저 탑. 천사의 시련인 탑을 제패하는 자에게는 모든 것이 주어진다, 였던가요."

"아이들을 위한 옛날이야기치고는 뭔가 이상하게 로망을 자극하네요."

"호호, 로망은 중요하니까요."

노인과 탐색자. 따각따각 어딘가 듣기 좋은 말발굽 소리. 해외여행에라도 온 듯한 고양감. 아아, 대단하다, 판타지 거리다. 토오야마는 그 광경을 음미했다.

천천히, 천천히 언덕을 내려가면서 그 도시를 바라보며 시간이 느긋하게 흘러갔다.

==

【메인 ㅋㅜㅔ스트 ㅂㅏㄹ생】

【귀환】

【퀘스트 목표 '헤렐의 탑'을 제패한다】

==

"……수상해~."

"호, 무슨 일입니까?"

토오야마가 싸늘한 눈으로 경치 속에 섞인 탑을 바라봤다.

그 메시지는 금방 흘러가 사라졌다.

"친구 공, 아가씨로부터 언제든지 곤란한 일이 있으면 의지해줬으면 좋겠다는 전언을 귀에 딱지가 앉도록 들었으니, 곤란하실 때는 언제든지 용 대사관으로."

마부석에서 내린 토오야마에게 베르나르의 어딘가 상냥한 목소리가 내려왔다.

목적지에 도착한 것이다.

"이거 이거, 하나부터 열까지 고맙습니다. 드라코, 아니, 수집용 나리한테도 안부 잘 전해 주세요."

마부석을 향해 머리를 숙였다.

인사하는 김에 마차를 끌어 준 커다란 말에게도 고맙다고 하면서 목을 쓰다듬었다. 손바닥으로 느껴지는 말의 살과 가죽, 탄탄하게 꽉 찬 피와 살에서 생명력이 전해져 왔다.

"푸히힝."

만족스러운 듯이 몸을 떠는 흑마. 신경 쓰지 말라고, 또 태워 주지, 라고 말해 주는 것이면 좋겠다. 토오야마는 훗 하고 웃었다.

"호호, 이거 이거. 저의 애마, 부에노스가 처음 만나는 사람에게 갈기를 만지게 해주는 일은 좀처럼 없는데…… 친구 공, 당신이라면 그다지 걱정할 필요는 없지 않을까 싶습니다. 하지만 모험도시는 넓습니다. 다양한 종족이 있으니 결코 방심하지 마십시오."

"네, 알겠습니다. 베르나르 씨, 그럼 갑니다. 또 놀러 갈 테니 그때는 잘 부탁드립니다."

"호호, 당신에게 천사와 용의 가호가 있기를."

마부석에 있는 베르나르가 이마에 검지를 대고 머리를 숙였다. 이 세계의 의례인 걸까.

"네, 베르나르 씨도 포스가 함께하길."

토오야마가 자신이 아는 중에서 최고로 멋진 인사를 했다.

"포오스?"

"아이고 죄송합니다. 왠지 그 말을 듣고 이 로브를 입고 있으니 꼭 말해야만 하는 기분이 들어서. 그럼, 이만."

따각따각, 부에노스의 큰 발굽이 포석을 울렸다.

마차가 천천히 광장을 나아가기 시작했다.

"네, 무사를 기원합니다. 그럼."

토오야마는 한동안 그 마차를 배웅하고 주위를 다시 둘러봤다.

"굉장해, 진짜 판타지잖아."

그곳에는 이세계의 광경이, 아니, 토오야마 나루히토는 확실하게 이세계 판타지의 광경 속에 있었다.

"아주머니! 오늘 저녁으로 우리 가게의 야채는 어때? 도시 근처의 농장에서 아침에 들여온 신선한 가미자와 토메토다!! 아, 아포르도 있다고. 하나 어때?" "음~, 이 아포르, 색은 좋지만 하나에 동화 7개는 비싸네~."

광장에 펼쳐진 수많은 노점.

"거기 모험가 씨! 철 방어구는 필요 없나? 공방에서 특별히 공급받은 일품이라고."

"우오, 진짜냐? 드워프의 공방 인장도 달려있잖아……."

"자자자, 지금 사면 은화 9개로 네 것이 된다고? 지금 사면 평원의 혼 보어의 모피로 만든 판초도 덤으로 주지! 안 사면 다른 모험가를 찾아보지 뭐!"

"잠깐잠깐! 젠장, 은화 9개…… 파티의 공유 저금을 쓰면…… 아저씨, 잠깐 이야기 좀 하고 오면 안 될까?!"

"행인 여러분, 와서 구경하십시오! 오늘 여러분에게 소개하는 것은 늪 오크의 내장으로 만들어낸 이 영약입니다. 이걸 상처에 한 번 바르면 마술식과 스킬도 새파랗게 질릴 정도로 한 방에 완치!"

수상한 노점에 활기찬 상인. 무장한 사람이 가게에서 구경만 하기도 하고, 주부가 물긴을 사기도 하고.

도가니.

다양한 사람으로 붐비는 광장, 이 도시가 제국이라는 곳의 요소라고 하는 베르나르의 말이 확실하게 이해됐다.

"엄청난 활기네…… 바벨섬에서 축제가 열렸을 때 같아. 이런, 가슴이 두근거리기 시작했어. 오픈월드 게임의 튜토리얼이 끝난 직후네. 제일 재밌는 거잖아."

오타쿠 지식에 근거한 정형화된 전개로 치면 여기부터는 자유 행동.

무엇을 해도 좋다. 뒤틀린 메인 퀘스트를 진행하든, 돈 마련을 위해 동분서주하든, 세상을 닥치는 대로 탐색하고 돌아다니든 전부 자유다.

아니, 원래부터 인생도 마찬가지다.

일이나 가족이나 책임 등등으로 어느덧 잊어버리지만, 원래 인간은 자유롭다. 어디에든 갈 수 있고 무엇이든 될 수 있다.

"……뭐, 전에 살던 곳에서도 난 마음대로 했으니. 여기서도 그대로 욕망대로, 가는 건가."

혼잡함을 피해 무수히 많은 노점이 늘어선 그 광장의 중심으로 향했다. 샘이다. 날개가 난 여신 같은 조각상을 중심으로 테로 둘러싼 인공 샘이 있다.

"자, 생각할 게 산더미처럼 있지만, 우선은 심플하게 가볼까."

샘 옆에 놓인 나무벤치에 걸터앉아 조용히 중얼거렸다. 토오야마는 이 상황에 다시금 그 많은 정보량에 기가 죽었다.

이세계, 용, 생사, 나라, 언어, 화폐 etc….

하지만 굳이 그것들에 대해 생각하는 것을 일단 그만뒀다.

"우선은 동료 모으기다. 그 녀석을 찾는다. 썩을 화살표, 도와."

인간은 운명에 조종당하기만 하는 게 아니다. 인간이 운명을 이용하는 것이다.

==============================

【사이드 퀘스트 '뒷골목의 도마뱀을 쫓아서'】

【퀘스트 목표 모험도시 아가토라 빈민가에서 라자르를 찾는다】

==============================

말한 대로 이세계의 혼잡함 속에 메시지가 세상에 떠올랐다.

화살표가 가야할 길, 광장의 출입구로 보이는 곳을 가리켰다.

"이 화살표도 믿을 수 없지만, 뭐, 단서는 이것밖에 없나."

아까 드라코가 있는 곳에서 짓밟아서 안 나올 줄 알았는데 괜찮은 것 같다. 토오야마가 일어나서 그 화살표를 쫓으려는데—.

"어이쿠."

"아, 죄, 죄송합니다……."

툭.

사람과 부딪쳤다. 생각을 하고 있었던 탓인지 접근하는 것을 알아차리지 못했다.

구깃한 헌팅캡을 쓴 소년이다. 머리를 꾸벅 숙이고 빠른 걸음으로 그 자리에서 떠나갔다.

뭐, 일일이 신경 쓸 일도 아닌가. 이상하게도 화살표가 가리키는 길과 그 소년이 떠나가는 방향이 같았는데—.

====================================

【사이드 퀘스트 갱신】

【목표 소매치기를 잡는다】

====================================

"뭐? 소매치기?"

"?!"

토오야마가 갑자기 흘러나온 메시지에 얼빠진 소리를 내는 것과 부딪쳤던 헌팅캡을 쓴 소년이 움찔하며 이쪽을 돌아본 것은 동시였다.

"……………."

토오야마가 퍼뜩 품속을 확인했다. 있어야 할 것. 즉, 드라코에게 받은 용돈이 사라져 있었다.

"……………!"

뒤돌아본 소년과 눈이 맞았고, 소년이 단숨에 뛰기 시작했다. 잠깐의 시간이 흐르고 토오야마는 상황을 이해했다.

지갑을 소매치기당했다.

"……쫓지 마."

소년이 나지막이. 토오야마의 지갑을 소매치기 한 채로 도망치기 시작했다.

다음이 있었다. 끝났을 터인 인생이 여기에 있다. 도달하지 못했던 꿈의 광경에 도전할 기회가 여기서 이어지고 있었다.

"아~, 형씨 당했구만. 저건 빈민가의 꼬맹이야. 소매치기는 조심해야지."

스쳐 지나간 아저씨의 느긋한 목소리가 울렸고.

높은 벽, 우뚝 솟은 탑, 수많은 이종족, 모험도시 아가토라, 이 도시에서 다시 시작하는 것이다. 푹신푹신한 검은 털을 가진 친구와 어린 자신이 시작하지도 못했던 바람을, 이루지 못했던 욕망을 여기서 전부 이룰 기회가 찾아왔다.

"엄마~, 저 아저씨 지갑을 도둑맞았대~."

"쉿, 보면 안 돼. 자, 집에 가자. 야채 스프 만들어 줄게."

떠들썩함 속에서 행인이 갑자기 모험도시의 세례를 받은 방문자를 바라봤다.

"오~, 저 꼬마 발은 빠르네."

"형씨, 안 쫓아가도 돼?"

시끌벅적 왁자지껄, 토오야마는 큰길 가운데 우두커니 서 있었다.

노예부터 시작해 용을 죽였다. 운명을 내던지고 남자는 거리에 내려섰다.

그렇다, 튜토리얼은 끝났다.

지금부터가 진짜 모험이다. 모든 것이 지금 여기에 있다. 길가에 쓰러져 죽을지도 모른다. 잃을지도 모른다. 패배할지도 모른다. 하지만 그 또한 전부 자유.

괴로움과 슬픔 또한 산 자만이 얻을 수 있는 것이라면, 토오야마 나루히토는 전부 버리지 않고 나아갈 것이다. 그 욕망대로 계속해서 나아갈 것이다.

토오야마 나루히토는 지금 확실히 이 세계에 살고 있었다.

"……맙소사."

우선은 소매치기를 잡는 것부터. 지갑을 빼앗겼다는 당혹감이 심장을 쿵 하고 크게 뛰게 했다. 몸에 열이 모이고, 그리고—.

"기다려라!! 썩을 꼬맹이! 돈 돌려줘!"

토오야마가 포석을 세게 박차고 달려 나갔다. 끝난 인생의 그 다음 생을, 뉴 게임은 지금부터.

토오야마 나루히토의 이세계 오픈월드, 1일째.

자, 모험이 시작된다.

에필로그 / 어느 용의 각성

……'인지룡' 마술식, 구축 개시. 가설 정리 설정, 유사 사건 검색 개시, 사건을 과거의 동시 진행 병렬 세계의 기록으로부터 확인, ED · NO4580 '영원의 탐구'에서 '인지룡' 동위체간의 의지 계승 사례를 확인, 유사 사례에 의한 가설 강화 완료.

인지룡 마술식, 종별 대(對) 천사 숙청급 '루프&루프' 자동 발동.

"—아아."

그녀는 마치 번개를 맞은 것처럼 모든 움직임을 멈췄다.

주위에서 그녀를 돌보던, 몸을 닦거나 약초를 달이던 미남미녀 몇 명도 똑같이 움직임을 멈췄다.

마술사들의 근거지, 하늘에 뜬 섬에 존재하는 '마술학원'. 그 결계 안의 가장 안쪽에 장난삼아 만든 샘에서 마음에 드는 시종들에게 둘러싸여 한창 목욕을 하던 도중의 일이었다.

"아아—."

나체, 검은색과 흰색으로만 구축되어 있는 부드러워 보이는 여체가 투명한 물속에 잠겼다. 그렇게라도 하지 않으면 몸에 오른 열을 버틸 수 없을 것 같으니까. 그녀의 긴 흑발이 물에 풀어졌다. 부드럽고 하얀 그릇과 같은 가슴에 젖은 머리카락이 떠 있었다.

"아아— 드디어, 구나."

작은 폭포가 샘으로 쏟아졌다. 물이 부서지고 흐르는 소리에 그녀의 한숨이 섞였다. 애태우듯이, 바라듯이, 한숨.
"아아, 전지룡 님, 이럴 수가……."
탁.
용의 한숨이 새어나올 때마다 그녀의 시종인 고(古)마술사들, 마치 그림으로 그려낸 듯한 미남미녀들은 모두 볼을 빨갛게 물들이고 공허한 눈빛을 한 채로 쓰러져 갔다.
"존엄해……."
"아름다워, 이 얼마나 아름다운 한숨인지……."
"평생 그 모습 그대로 있어 주세요."
"한숨을 병에 담아 바다에 떠내려 보내자, 닿아라, 이 마음, 어딘가의 누군가에게."
용, 전지의 이름을 딴 용. 그녀의 께느른한 표정에 그들, 그녀들은 어쩔 도리가 없었다. 한 명, 또 한 명, 행복해 보이는 얼굴로 기절해 갔다.
시종인 고마술사들은 모두 심각한 수준으로 그녀의, 전지룡 오타쿠다.
"**스푸풋**. 어라, 다들 왜 그러냐. 그런 곳에서 자면 안 되지 않느냐."
마술사는 모두 자신의 업의 시조인 그녀에게 매료되어 있다.
상위생물, 용이 인간을 매료시키는데 매료의 마안도, 마술식도 필요 없다. 그저 거기에 있는 것만으로도, 존재하는 것만으로도 인간은 그 상위의 존재에 매료당하고 만다. 그것이 이 세계의 룰이다.

그럴 터였다.

"아아, 스푸풋, 스푸풋."

그녀가 웃었다. 물에 젖은 하얗고 작은 어깨를 안고 손톱을 박으면서 그녀가 웃었다.

"드디어 내가 나설 차례가 왔구나. 다시 만나는 게 기대 돼."

그 시선은 어디로, 누구에게 향한 것인가. 확실한 것은 단 하나, 그녀는 뭔가를 갈망하고 있다. 인간을 매료하는 쪽의 존재인 그녀는 지금 무언가에 매료되어 있었고.

"분명 그의 취향은…… 응, 저는 아니고, 이 몸도 아니고, 그래 **나**로 하자, 나, 나, 나, 스푸풋. 아아, 머리 색깔도 바꿔야겠네. 스푸풋, 어떤 표정을 지을까."

전지의 용은 한없이 즐겁다는 듯이 차가운 샘 속에서 그 아름다운 얼굴로 황홀하게 흐물흐물 풀었고.

"전지룡 님이, 웃고 있어."

"천사인가?"

"나의 천사가 천사였던 건에 대하여."

"최애의 얼굴이 좋다."

"전지의 용인데 물놀이 좋아하는 거 너무 귀엽지 않냐?"

쓰러지는 자가 겹겹이 쌓였고, 의식을 유지하고 있던 시종들도 이제 얼마 남지 않았다.

자신들의 동경, 숭배 대상의 이름을 중얼거리면서 쓰러져 갔고.

"스푸풋, 아아, 거기 너."

"예, 예이이이."

마지막까지 의식을 유지하고 있던 고마술사, 역대 마술학원 학장들 중에서 최강이라는 평을 받는 여자만이 용의 말을 들을 수 있었다.

"오늘부터 저, 아니, 내 이름은 '인지룡'으로 할 테니까, 스푸풋, 잘 부탁해."

"아윽."

인지의 용이 부끄러운 듯이 볼을 긁었다. 그 동작으로 심각한 수준의 오타쿠는 전멸했다.

찰박. 물소리가 울렸다.

그곳은 투명한 물이 고인 곳. 그림 같은 광경. 아름다운 얼굴의 남녀가 행복한 듯이 코피를 흘리면서 쓰러졌고, 그 중심에서 황홀해하는 여자가 수영을 계속했다. 신비함과 어리석음과 모독이 섞인 이질적인 공간이 그곳에 있었다.

"전지의 용은, 다시 널 위해 인지의 용으로. 모든 전지룡들이여, 안심하도록 해. 너희가 이루지 못했던 것은 전부 내가 이루기로 할 테니까."

그녀가 살며시 물에 찰랑이는 머리카락을 손으로 만졌다. 어둠마저 삼켜버릴 듯이 검은 머리카락이 반짝였다. 물의 파문이 흔들리고 머리카락에 빛이 밝혀졌다.

"네 취향도 기억하고 있어. 자 그럼, 어디부터 시작해 볼까."

검은 머리카락이 은색 머리카락으로 변했다. 그것은 어느 남자의 취향, 본인밖에 모르는 숨겨져야 하는 성벽—.

"또 만날 수 있겠네."

하지만 그녀는 모든 것을 알고 있었다.

이름을 불렀다. 알고 있는 이름을, 그녀가 바라 마지않는 그 존재의 이름을. 그것만으로 물로 식히고 있는 몸의 열이. 몸의 닿지 않는 곳에 견딜 수 없는 달콤한 느낌이 반향했고.

"토오야마 나루히토 군."

물이, 찰랑였다.

후기

사실은 모험가가 되고 싶었다.

아무도 가본 적 없는 곳에 가고, 먹은 적 없는 것을 먹고, 위험을 극복하고 아직 보지 못한 곳을 목표로 삼는다. 위험과 곤란, 그런 것들도 전부 집어삼키고 다음으로, 다음으로.

그런 식으로 살고 싶었다. 더더욱 자유롭고 즐거운 세상에 태어나고 싶었다.

뭐 이런 생각을 하면서 어느샌가 어른이 되어버렸습니다. 어쩔 수 없으니 살기 위해 사회에 나가 일하며 인생을 소모하고 있었는데 어느 날 우연한 계기로 소설을 쓰기 시작했습니다.

이 이야기는 그런 제가 이루지 못한 것이나 도전조차 하지 못한 것에 '토오야마 나루히토'가 히히히 웃으며 계속 도전해 주는 이야기입니다.

만약 저처럼 지금 자신이 있는 곳을 진심으로 즐기지 못했거나, 여기가 아닌 어딘가로 가고 싶다는 마음을 계속 풀지 못한 분에게 이 이야기가 전해졌다면 그건 정말 잘된 일입니다.

다다르고 싶다, 다음으로, 다음으로, 더욱 더. 자신이 바라는 곳으로 가고 싶다.

그런 생각을 가진 사람에게 아주 약간의 위안이나 휴식이 된다면 그 이상으로 기쁜 일은 없습니다. 얼굴도 모르는 당신과 아주 조금이라도 즐거운 모험을 공유할 수 있었다면 지금까지 계속 책을 써온 보람이 있습니다. 사주시고 읽어주셔서 감사합니다.

그리고 본 작품이 출판되기까지 정말 많은 분에게 많은 도움을 받았습니다.

담당 편집 O님, 수많은 작품 중에서 불러준 것은 정말 기적처럼 느껴집니다. 찾아내주셔서 감사합니다.

일러스트를 담당해 주신 히로세 선생님. 처음 커버 일러스트를 본 순간, 우와, 이 책 갖고 싶다…… 는 생각이 들었고 일러스트로 얻어맞은 듯한 착각에 빠졌습니다. 정말, 미…… 예술…… 재능과 노력의 하이브리드.

그리고 몇 년 전, 인터넷 소설에서 온 독자 여러분, 솔직히 여러분의 감상이나 반응이 없었으면 시바이누 부타이라는 작가는 지금까지 살지 못했을 겁니다. 그러니 모두 살아있어 줘서 고마워.

그리고 여러 등장인물의 외모 모델이나 각 캐릭터의 개성에 대한 힌트를 준 전직 직장 분들. 엄청 좋은 공부가 되었습니다.

그 외에도 이래저래 상담에 응해준 친구. 거의 장난만 친 것 같은 기분이 들지만, 가끔씩 주는 적절한 의견은 느낌이 괜찮습니다. 옛날부터 쭉 변함없이 있어 줘서 감사합니다.

그리고 고향집의 개. 언젠가 또 만나자.

그리고 무엇보다 이 책을 사주신 당신. 이 엔터테인먼트가 넘쳐나는 시대에 많은 오락 중에서 선택하고 읽어주셔서 감사합니다. 이 책은 당신이 읽어주셔서 완성되었습니다.

본 작품에 관계된 모든 분들께 이 자리를 빌어 큰 감사를 전하고 싶습니다.

정말 감사합니다.

만화판과 다음에 나오는 '범인 탐색자(가제)'도 잘 부탁드립니다~! 작가의 트위터에서는 인터넷판 갱신과 서적 정보 등을 전하고 있습니다. '시바이누 부타이 트위터'로 검색해주세요. 에고서핑을 팍팍 할 테니 가벼운 마음으로 감상 트위터 등을 마구 써주시면 감사하겠습니다.

그럼 또 봐요!

시바이누 부타이

현대 던전 라이프의 다음 생은 이세계 오픈 월드에서! 1

2024년 6월 1일 1판 1쇄 발행

저　　자 시바이누 부타이
일러스트 히로세
옮 긴 이 박정철
발 행 인 유재옥
담당편집 정지원

부 사 장 이왕호
이　　사 조병권
출판본부장 박광운
편집 1팀 최서영
편집 2팀 정영길 조찬희 박치우 정지원
편집 3팀 오준영 이소의 권진영
디자인랩팀 김보라 박민솔
디지털사업팀 박상섭 김지연 윤희진
라이츠사업팀 김정미 맹미영 이윤서
영업마케팅팀 최원석 박수진 이다은
물 류 팀 허석용 백철기
경영지원팀 최정연
발 행 처 (주)소미미디어
인쇄제작처 코리아피앤피
등　　록 제2015-000008호
주　　소 서울시 마포구 토정로 222, 502호(신수동, 한국출판콘텐츠센터)
판　　매 (주)소미미디어
전　　화 편집부 (070)4260-1393, (070)4260-1391 기획실 (02)567-3388
판매 및 마케팅 (070)8822-2301, Fax (02)322-7665

ISBN 979-11-384-8301-8
ISBN 979-11-384-8300-1 (세트)